幾世の鈴

あきない世傳 金と銀 特別巻㊦

高田 郁

時代小説文庫

角川春樹事務所

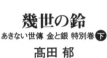

目次

《江戸》
金龍山浅草寺
東本願寺
不忍池
上野
五鈴屋江戸本店
（田原町）
隅田川（大川）
浅草御蔵
神田川
浅草御門
元飯田町
俎橋
神田
両国橋
御城
（江戸城）
江戸橋
堺町
新大橋
日本橋
日本橋
近江屋江戸店
（坂本町）
楓川
永代橋
掛川
日坂
東海道
沼津
箱根
小田原
川崎
品川
日本橋

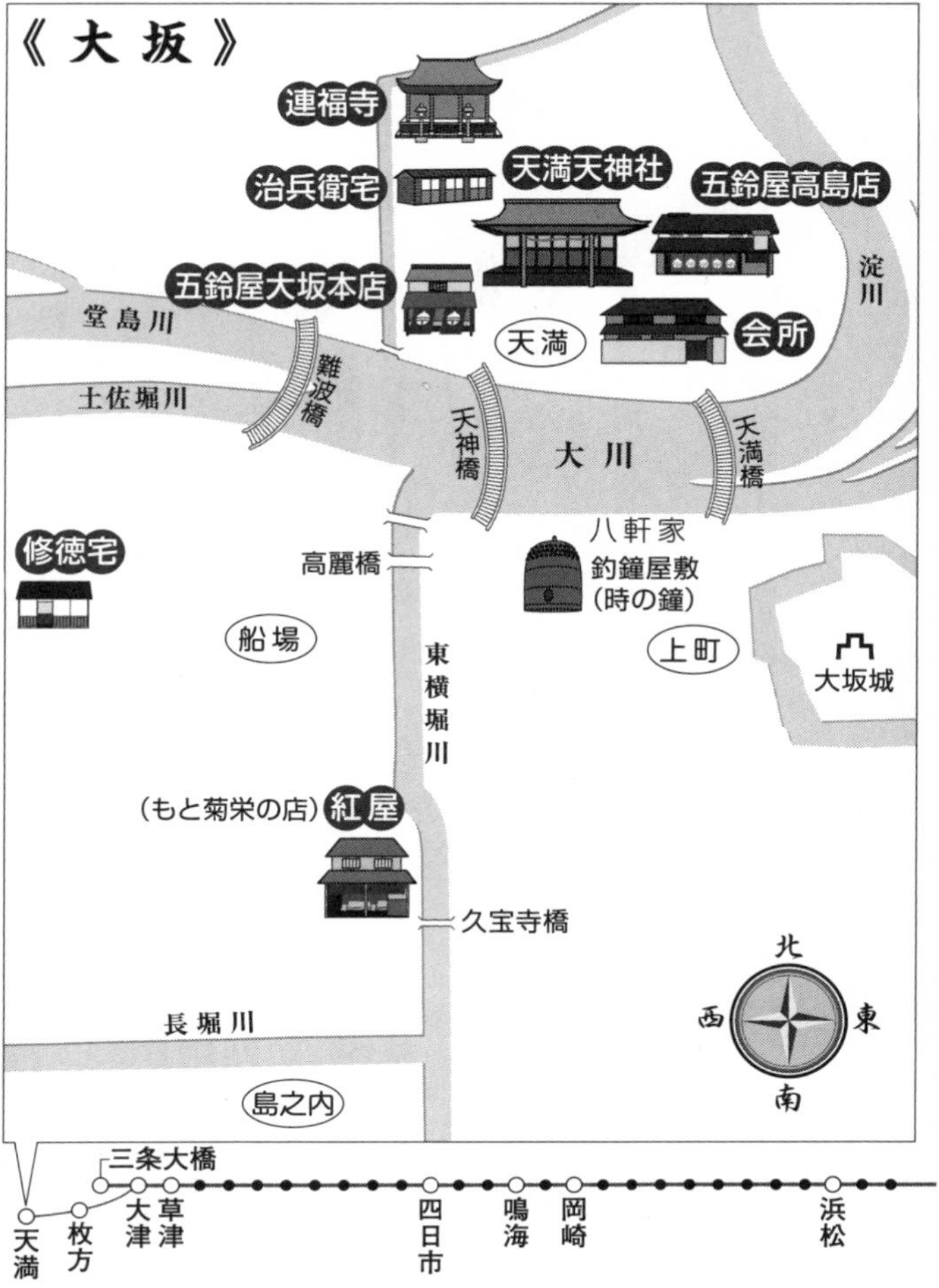
《大坂》
連福寺
治兵衛宅
天満天神社
五鈴屋高島店
五鈴屋大坂本店
淀川
堂島川
天満
会所
難波橋
土佐堀川
天神橋
大川
天満橋
八軒家
釣鐘屋敷
（時の鐘）
修徳宅
高麗橋
船場
上町
大坂城
東横堀川
（もと菊栄の店）紅屋
久宝寺橋
北
西
東
南
長堀川
島之内
三条大橋
天満
枚方
大津
草津
四日市
鳴海
岡崎
浜松

地図・河合理佳

「あきない世傳 金と銀」主な登場人物

幸《さち》　学者の子として生まれ、九歳で大坂の呉服商「五鈴屋《いすずや》」に女衆奉公。商才を見込まれて、四代目から三代に亘っての女房となる。六代目の没後に江戸へ移り、「五鈴屋江戸本店」店主を務める。

賢輔《けんすけ》　「五鈴屋の要石」と呼ばれた治兵衛のひとり息子。八歳で五鈴屋に丁稚奉公。江戸本店で手代に昇進し、型染めの図案を担当する。

お竹《たけ》　五鈴屋で四十年近く女衆奉公をしたのち、幸に強く望まれて江戸店へ移り、小頭役となる。幸の片腕として活躍中。

惣次《そうじ》　五鈴屋五代目店主で、幸の前夫。幸を離縁して消息を絶ったのち、本両替商「井筒屋」三代目保晴《やすはる》として現れる。

菊栄《きくえ》　五鈴屋四代目店主の前妻で、幸の良き相談相手。傾いていた生家の小間物商「紅屋」を立て直したのち、江戸にて「菊栄」創業。

結《ゆい》　幸の妹。音羽屋忠兵衛の後添いで元「日本橋音羽屋」女店主。

幾世の鈴

あきない世傳《せいでん》 金と銀

特別巻 下

ただ金銀が町人の氏系図になるぞかし

井原西鶴著『日本永代蔵』より

第一話　暖簾

秋分の日から居座っていた雨雲が、漸《ようや》く去った。見上げる天は御空《みそら》色、渡りの途中か、野鶲《のびたき》の群れが、濃淡のない空に橙《だいだい》の差し色を添えている。

明和《めいわ》九年（一七七二年）、葉月《はづき》二十八日。

彼岸《ひがん》最後のこの日、大坂天満《おおさかてんま》、綿屋《わたや》町の連福寺《れんぷくじ》には、早朝から墓参客の姿が目立つ。呉服商五鈴屋《いすずや》の店主、八代目徳兵衛《とくべえ》こと周助《しゅうすけ》もまた、親旦那《おやだんな》の孫六《まごろく》とともに墓参りのため、五鈴屋の菩提寺《ぼだいじ》であるこの寺を訪れていた。

如月《きさらぎ》に胸塞《ふさ》ぐことがあり、以後、二人して頻繁《ひんぱん》に墓参を重ねている。息詰まる日日を送っているが、連福寺に身を置く間は、心が安らいだ。

高齢の親旦那は、以前患《わずら》った卒中風《そっちゅうふう》のあと、右半身に麻痺《まひ》が残る。覚束《おぼつか》ない足取りの孫六を支えながら、周助は、彼岸に渡ったひとびとのことを思った。

二代目店主の女房で、お家《え》さんだった富久《ふく》は享年《きょうねん》六十六。六代目徳兵衛こと智蔵《ともぞう》は三十三だった。

周助は五十四歳、八代目を継いで十七年になる。我が齢《よわい》を思えば、三十三歳はあまりに若い、若過ぎる。

智蔵の次兄で五代目の惣次《そうじ》、女房で七代目の幸《さち》、という並外れた商才の持ち主たちに比すれば、影の薄い智蔵ではあった。だが、温和で優しい人柄が、店の内外を問わず、どれほど周りを魅了《みりよう》したことか。

思えば不思議な縁《えにし》である。

かつて、周助は同業の「桔梗屋《ききようや》」という店の番頭で、孫六はその桔梗屋の主《あるじ》だった。店が乗っ取りに遭《あ》いかけた時、救いの手を差し伸べてくれたのが、五鈴屋であった。当時の五鈴屋の店主は六代目徳兵衛、即ち智蔵だ。

桔梗屋は無くなることになったが、孫六は親旦那として迎えられ、周助も五鈴屋高《たか》島店《しまだな》の支配人となった。外された桔梗屋の暖簾《のれん》を、丁寧《ていねい》に畳んで「大事に預からせて頂きます」と押し頂いた智蔵。桔梗屋の奉公人だった者が、五鈴屋で勤め上げて別家となった暁《あかつき》に、改めて桔梗屋の屋号と暖簾を引き継がせたい――嘘偽《うそいつわ》りない想《おも》いの溢《あふ》れる智蔵の姿を、一度たりとも忘れたことがない。

――周助どん、周助どん

耳に、周助を呼ぶ智蔵の声が残っている。

――周助どん、頼みましたで

「ああ、智ぼんや」

傍《かたわ》らの孫六がふと洩《も》らした。その呟《つぶや》きに、周助ははっと我に返る。

左手に杖《つえ》を持ち、右手を周助に預けて、あやうげな足取りで歩いていたはずの孫六が、立ち止まって彼方《かなた》を見ている。

幾つもの卒塔婆《そとば》越しに、若い男と思《おぼ》しき墓参客の背中が覗《のぞ》く。なで肩の、男にしては優しい体つきの男だ。記憶の中の智蔵よりも、ずっと上背がある。

男の姿が消えたあとも、智ぼん、智ぼん、と孫六は上機嫌で繰り返した。見知らぬひとに智蔵の面影を認めたのか。それとも幻を見たのか。

不意に、周助は胸が詰まる。

孫六は齢九十五。物忘れも増えて、言動も怪しくなっていた。何時《いつ》までも矍鑠《かくしやく》として達者で居てほしい、と心から願うものの、江戸での惨事の知らせが、孫六を追い詰めているように思われてならなかった。

「親旦那《おやだん》さん、足もと、危のおますで」

さり気なく孫六を促して、五鈴屋の墓地へと辿《たど》り着けば、先客があったらしく、線香が薄く白煙を棚引《たなび》かせていた。

溢れんばかりの小菊の供花《くげ》に目を遣《や》って「誰《だれ》だろうか」と思いかけ、周助は頭を振った。周囲には律儀者《りちぎもの》が多い。墓参の心当たりなら枚挙《まいきょ》に暇《いとま》がなかった。

孫六の代わりに両の膝《ひざ》を折って、線香と供花を足す。深々と頭《こうべ》を垂れて、周助は手を合わせた。

まさに「迷惑」な明和九年の今年如月に、江戸で未曽有《みぞう》の大火災があった。火元から「行人坂《ぎょうにんざか》の大火」と呼ばれるが、十二年前の「宝暦《ほうれき》の大火」よりも遥《はる》かに甚大《じんだい》な被害を出した。武家地も町人地も寺社地も、主だった場所はほぼ焼き尽くされて、多くの人命が奪われ、江戸は大混乱に陥った。

五鈴屋江戸本店《ほんだな》も焼失を免れなかった。ただ、幸いなことに主従の誰も欠けず、四つの蔵も無事だった。

知らせを受けて、周助は直ちに手代を二人送り、現況を調べさせ、江戸本店再建に向けて懸命な支援を続けている。しかし、何せ都としての姿を失った江戸では、店の建て直しも商いそのものも思うに任せず、前途は多難だった。

「ようよう守ってやっておくなはれや」

立ったまま合掌《がっしょう》して、孫六は洟《はな》を啜《すす》り上げた。

秋の深まりに従い、前栽《せんざい》の楓《かえで》が鮮《あざ》やかな緋《ひ》色の衣を纏《まと》う。だが、五鈴屋大坂本店では、せっかくの艶姿《あですがた》を心に留める者は居ない。

庭に面した離れ座敷の障子《しょうじ》も固く閉ざされたまま、開けられる気配もなかった。かつては店主の住まいだった離れだが、先代の頃《ころ》から、重要な密談の場として用いられている。

「よもや……」

低く呻《うめ》いて、大番頭の鉄助《てつすけ》は、手にした書付を放した。書付は、大坂の市場に出回る木綿の古手《ふるて》の値を調べ上げて記したものだ。

「よもや、古手がここまで高《たこ》うなるやて」

無念そうに唸《うな》り声を上げて、鉄助は両手で白髪頭《しらがあたま》を抱え込んだ。

「それも、木綿。絹織やのうて、木綿だす」

「まぁまぁ、落ち着きなはれ」

周助は、大番頭の鉄助を宥《なだ》める。

「大火のあとやさかい、仕立ての手間のかかる反物《たんもの》よりも、古手の方が売れますのや。大坂から江戸へ運べば、ぼろ儲《もう》け出来ますよってなぁ」

「そないな輩《やから》を富ますために、法外な値ぇの古手を仕入れなならんて……」

そないな殺生な、と鉄助は拳《こぶし》を畳に叩《たた》きつけ、泣き面を周助へと向けた。髪だけでなく、その眉《まゆ》までもが白い。

六十五の今日まで、別家となるのも拒んで五鈴屋のために働き通してきた鉄助なのだ。主筋への不満は決して口にしないまでも、呉服商でありながら、木綿の古手を掻《か》き集めなければならない理不尽に、腹が煮え立つ思いに違いなかった。

放《ほう》り出された書付に手を伸ばして、周助はしげしげと眺める。幾度も検《あらた》めたが、この半月ほどで、さらに倍近い値上がりをしていた。

古手、それも木綿のものを送るように、というのは、江戸本店からの強い要望であった。売るためではない。大火で罹災《りさい》した人々に用立てるのが目的だった。

江戸本店では、常々、利鞘《りざや》の一部を罹災時のために蓄《たくわ》えており、それを当てたい、との申し出であった。だが、そんな大事なお宝を古手代に使わせるわけにはいかない。全《すべ》て、大坂側で負担する心づもりなのだが……。

実は、大火のすぐ後、周助らは集められるだけの古手を大量に江戸へ送っている。それらは五鈴屋江戸本店を始め、田原《たわら》町町内の者の役に立ったはずだ。二度目、しかも絹織ではなく木綿の古手を送れ、とは如何《いかが》なものか。

自分たちが罹災していないのなら、まだわかる。だが、店を失っているのだ。木材高騰《こうとう》により、店を再建する目途《めど》も立っていない。

しかも、それだけではない。

この度の大火では、菊栄《きくえ》の小間物屋「菊栄《きくえい》」、三代目保晴《やすはる》となった惣次の本両替商「井筒屋《いづつや》」も焼失している。四代目のもと女房だった菊栄、それに五代目徳兵衛だった惣次、双方とも五鈴屋とは縁が深い。ともに蔵は助かったというが、難儀していることは明らかで、「赤の他人を助けている場合か」と思うのは、寧《むし》ろ道理であった。

「五十年ほど前の妙知焼《みょうちや》けの折り、全焼した五鈴屋は、同じように罹災しはった米問屋の米忠《こめちゅう》はんから米一俵を貰《もら》い受けた、と聞いてます。お家さんの薫陶《くんとう》を受けた七代目だすよって、商いに障《さわ》らん限りで、困ってはるひとの役に立ちたい、と思わはるんだすやろ」

何より賢明な幸のことだ、店の身代《しんだい》を傾けるような真似《まね》は決してしない。それに、菊栄も惣次も、五鈴屋の助けを借りずとも、必ずや再建を果たすに違いない。

「何もここまで高値のものを無理して仕入れることはおまへん。何ぞ絞れる知恵がないか、今少し考えてみまひょ」

周助は言って、書付を丁寧に畳んだ。

そうだすなぁ、と鉄助は応じて、畳に置いた右の拳に目を落とす。

「そない言うたら、七代目はよう、こないして考えてはりました」

握り拳を額に押し当ててみせる大番頭に、「せやった、せやった」と店主は肩を揺らせて笑った。

妙案が出ないものか、と淡い期待を抱いて、暫《しば》し、主従は右の拳を額に当てて考え込む。

古手、古手、木綿の古手、と周助は胸のうちで繰り返す。

五鈴屋にとって、古手とは即ち初代であった。伊勢《いせ》出身の初代徳兵衛が天秤棒《てんびんぼう》の前後に古手を提げて商ったことが、商いの始まりだった。二代目徳兵衛が呉服商いに転じるまで、古手こそが五鈴屋の基《もとい》であった。

だが、それとは関《かか》わりのない場面で、古手、それも木綿の古手が話題になったことがあったはずだ。何時、どんな状況でそれを耳にしたか、思い出せない。同じく鉄助もまた「木綿の古手、木綿の古手」とぶつぶつ呟いている。

風が出たらしく、障子《しょうじ》越しに、前栽の樹々《きぎ》の枝葉がさらさらと優しく鳴っていた。

「ああ」

主従の口から、同時に声が洩れる。

「旦那さん、確か、長浜《ながはま》の茂作《もさく》さんが」

「せや、鉄助どん、あれは茂作さんに、七代目と梅松《うめまつ》さんを江戸からここへお連れ頂いた時だしたな」

前のめりになる鉄助に、周助もまた、身を乗りだして応じた。

苦労の末に生みだされた、十二支《じゅうにし》の文字散らしの型紙。その大事な型紙を結《ゆい》が持ちだしたあと、五鈴屋江戸本店は難儀続きだった。最大の難事は坂本《さかもと》町の呉服仲間を追われたことで、その渦中に店主の幸が、賢輔《けんすけ》の大叔父《おおおじ》の茂作に伴われて帰郷したのだ。

行商を生業《なりわい》とする茂作が幸に同行すると聞き、皆、どれほど安堵《あんど》したか知れない。

「ゆっくり骨休めをして頂こう、と思うてましたのに、茂作さんは次の日ぃにはもう長浜に発《た》たはりました。『飢饉《ききん》のあと、寒い思いをしてはる北国のおひとらに、手頃な木綿の古手を届けるんや』て言わはって」

鉄助の台詞《せりふ》に、周助が「せやった、せやった」としんみり相槌《あいづち》を打つ。

「東北で大変な飢饉があった年だした。どないな粗末な木綿の古手も、向こうでは高うに売れるさかい、ここらでも阿呆《あほ》みたいに値ぇが上がってました。茂作さんは『ひと肌脱ごう』て思わはったんだすやろ」

「茂作さんらしいおますなぁ」

主の言葉に、鉄助も湿った声で応じた。

在所の近江《おうみ》や長年の行商の伝手《つて》を頼ったのだろうが、大変な苦労だったと思われる。

「茂作さんは『本業と違うよって、一遍きりの商いや』て言うてはった――七代目からそない聞いた覚えがおます。その後、揉《も》めた話を聞かへんさかい、古手商らにも大目に見てもらえたんだすやろ」

茂作ならば十年ほど前、孫の健作《けんさく》にあとを譲《ゆず》り、今は長浜でゆっくりと余生を過ごしているはずだった。

「ほな、早速と長浜に遣《つか》いを送ります」

店主の考えを正しく読み取って、鉄助は一礼すると、立ち上がった。

およそ商売、持ち扱う文字は
員数、取り遣《や》りの日記、証文、注文
可愛《かわい》らしい声が、懸命に「商売往来《しょうばいおうらい》」を読み上げている。
高島店の母屋《おもや》の縁側に居た周助は、離れから聞こえてくる声に、頬《ほお》を緩めた。
あれは周助の長男で、八つになる孫一《まごいち》だ。
「宜《よろ》しおますで。ほな、『請け取り、質入れ、算用帳』と続けなはれ」

命じているのは、親旦那の孫六だった。

古手を検める手を止めて、周助は離れの方を見やった。

八代目を継いだあと、十五年下のお咲《さき》と所帯を持ったものの、なかなか子宝に恵まれなかった。漸く長男を授かり、その後、ありがたいことに、次男と長女を授かっている。長男には、親旦那の孫六から一文字を貰《もら》い受け、孫一と名付けたが、我が子ながら利発で、末が楽しみで仕方がない。

子を持つまで、これほど愛《いと》しいとは思わなかった。

しかし、四代目徳兵衛の例もある。決して甘やかさぬと決め、周囲にもそのように命じていた。また、孫六に頼んで、ああして「商売往来」を仕込んでもらっている。指南役を任されたことが、孫六にも張り合いになったに違いなく、物忘れも減っていた。

「旦《だん》那さん」

背後から呼ばれて、周助は首を捩《ね》じった。

何時からそこに居たのか、女房のお咲が、湯飲み茶碗《ぢやわん》の載ったお盆を手に、座敷の端《はし》に控えている。

「済まん、お咲、気付かなかった」

それが口癖なのだが、「何の何の」とお咲は軽く頭を振り、笑ってみせた。

縁側には古着の詰まった行李《こうり》が積み上げられている。鉄助から遣いをもらった茂作と健作が、あらゆる手立てを使って掻《か》き集めてくれた古手だった。

「ひと息つかはったら、どないだすか？　お茶、ここへ置かせて頂きますよって」

江戸本店へ送る古手に粗相があってはいけない、と思ったのだろう。お盆を隅に置いて、お咲は周助の傍らに移った。

「温《ぬく》そうな綿入れだすなぁ。これからの時季は、ほんに宜しおます」

夫の膝に置かれた古手を、女房はにこやかに眺める。

藍染《あいぞ》め木綿地、綿が入ってふっくらとした長着は子ども向けのものだった。

「焼け出されたあと、寒い思いをしてるところに、こないな綿入れが届いたら、嬉《うれ》しおますやろな。絹織と違《ちご》うて、汚れてもざぶざぶ洗えるし、毛羽立つこともおまへん。私、木綿のもんが好きでお……」

言いさして、お咲は「あわわ」とばかりに口を押さえる。呉服商のご寮《りょん》さんとして、不味《まず》い物言いだと思ったらしかった。

「堪忍《かんにん》しておくれやす」

弱った体《てい》で身を縮めるお咲は、角《つの》を突《つつ》かれた蝸牛《かたつむり》に似ている。「構へん、構へん」

と言いながら、周助は肩を揺らして笑った。

北野《きたの》村の旅籠《はたごや》屋の娘だったお咲は、誰よりも働き者で、よく気が回る。そのくせ、何処《どこ》となくおっとりと見えて、周囲に安らぎを与える。商家の女房には珍しく、その点も周助には好ましかった。

「絹織には絹織の、木綿には木綿の良さがあるよってなぁ」

寛容な亭主の台詞に、殻《から》から顔を覗かせる蝸牛のように、お咲はすっと首を伸ばす。その様子が可笑《おか》しくて、周助はまた笑った。

江戸本店と異なり、大坂本店も高島店も扱うのは呉服のみ。ただ、江戸本店が呉服仲間を追われて太物《ふともの》を専《もっぱ》らとしていた間、幸たちの力になろうと、鉄助とともに太物について随分と学んだ経験があった。そのため、太物に対する思い入れもある。さらに、この度、古手とはいえ木綿に多く触れることで、一層、愛着が湧《わ》いた。いずれ五鈴屋店主の座を下りたなら太物を扱ってみたい、などと夢想してしまうほどに。

あかんあかん、と周助は首を振り、話題を変える。

「藍染めの中形紋様の浴衣地《ゆかたじ》、江戸本店が初めに手掛けた、あの藍染めの浴衣地なぁ、肌触りもええし、着心地もええ。江戸の人らを虜《とりこ》にして、今も売れ続けてる。せやのに、木綿好みの大坂では、さして話題にもなってへん」

江戸での藍染め浴衣地の人気の高さに、大坂の太物商でも一斉に似た品を売り出したことがあった。ところが、大坂では見向きもされなかったのだ。

「確かに売れる下地があるのに、何でなんか。今も理屈がわからへん」

さいだすなぁ、と蝸牛はおっとりと首肯してみせる。

「藍染めて、色褪《いろあ》せもしにくいし、虫よけにもなりますやろ。何処の商家かて、お仕着せは大抵、藍染め木綿だす。浴衣地になった途端、売れへんのは何でだすやろか。旦那さんの言わはる通り、不思議だすなぁ」

柳に燕《つばめ》、花火や鉄線花《てっせんか》、等々。藍地に、心躍る大きめの紋様を白く染め抜いた浴衣地は、木綿ゆえに値も張らない。

ただ、仕立ての要らない分、古手の方が手軽で便利なのは確かだ。災害が起きた時には、殊《こと》に重宝される。けれど、と思案しつつ、周助は古手の綿入れを撫《な》でる。

生涯に一度で良い、仕立て下ろしの着物に袖《そで》を通す時の嬉しさ、晴れがましさを、誰しもに味わってほしい――心からそう思う。

「焼け出されたひとらかて、古手やのうて、真新しい反物で木綿の長着を仕立てられたら……そこまで暮らし向きが落ち着いたら、宜しおますなぁ」

亭主の心を読んだわけでもあるまいが、女房のお咲はつくづくと洩らした。

幼子の泣き声に混じって、「ご寮さん、ご寮さん」と女衆《おなごし》がお咲を呼んでいる。末っ子のお糸《いと》が乳を欲しているのだろう。

「お咲、ここはええから、お糸のとこへ行ったりなはれ」

亭主に命じられて、へぇ、とお咲はおっとりと立ち上がる。もう三つにもなってからに、と不服を口にしながらも、足取りは軽やかに弾んでいた。

五鈴屋のある天満組は、大坂三郷のうち、もっとも新しく、町数も少ない。北組、南組から軽んじられることがあるものの、何分、「天満の天神《てんじん》さん」と親しみをもって呼ばれる天満天神社に守られている。青物市場を始め、さまざまな市も立ち、大坂者には極めて心やすい土地であった。

初代徳兵衛が天満の裏店《うらだな》に暖簾を掲げたのが、貞享《じょうきょう》元年（一六八四年）。あと二年で、実に創業九十年を迎える。

大小柱《はしら》暦《ごよみ》ぃ、巻暦ぃ

値八文、八文なりぃ

寒風吹きすさぶ中、暦売りが声を張る。通行人が幾人も「もうそんな季節か」と足を止めた。十日ほど前に、元号が明和《めいわ》から安永《あんえい》に変わったが、馴染《なじ》むまでに至っていない。

五鈴屋の手代たちが、青みがかった暖簾を捲《まく》って、表に姿を見せる。

「霜月《しもつき》もあと三日だけ。今年も、もうちょっとしか残ってまへんな」

「この分やったら、創業九十年かて、あっという間だすやろ。盛大に気張らんと」

そんな遣り取りを交わして、屋敷売りのお客のもとへと出かけて行った。

表の賑《にぎ》わいとは打って変わって、五鈴屋の奥座敷は静寂に包まれている。ただ、仏壇の線香が薄い煙を棚引かせるばかり。

鉄助に見守られて、周助は江戸本店から届いた文《ふみ》を読み終え、ほっと安堵の息を洩らした。

「宜しおましたなぁ。ほんに、宜しおました」

やれやれだす、と丁寧に文を畳んで、大番頭に手渡す。

幸からの文は、材木の高騰により、店の建て直しを見合わせていたが、来夏から取り掛かることに決まった、との知らせであった。同じく焼失したものの、井筒屋は早々と建て替えを済ませ、「菊栄」の普請《ふしん》も今年のうちには終わるという。

「散々、気ぃ揉みましたけんど、ようやっとだすなぁ」

店主が言えば、文に目を通して、忠義の大番頭もまた、

「流石《さすが》の惣ぼんさん、それに菊栄さまもよう気張らはりました。ほんに、何よりのことで、宜しおました」

と、胸を撫で下ろした。

切紙を足した文には、最後に、大坂から届けられた古手を罹災者に届けて、大層喜んでもらえた旨《むね》が記されていた。

「茂作さん、健作さんには骨折りをしてもらいましたよって、鉄助どん、長浜に」主に皆まで言わさず、「心得ております」と鉄助はぽん、と胸を叩いてみせる。謝意を伝えるべく、遣いを送る心づもりなのだ。

かたかた、と風が障子を鳴らしている。気づけば、線香の白煙は絶えていた。

「賢輔どんが」

言いさして口を噤《つぐ》み、大番頭は周囲に他の奉公人らの気配がないか否かを探る。隣りの中座敷にも廊下にも、前栽にも、ひと気はない。緊迫した面持ちで、鉄助は主の方へとにじり寄ると、声を低めた。

「賢輔どんが七代目と夫婦になって、九代目を継ぐいう話。大火でそれどころやない、いうんはわかりますが、あの話、一体、どないなりますのやろか」

「さぁ、それだすがな」

八代目徳兵衛もまた、番頭へと顔を寄せ、声を落として続ける。

「何せ、『大川《おおかわ》に町橋が架かるのを待ってから』いう約束やったよってなぁ」

主従は昏《くら》い眼差《まなざ》しを交わすと、重い溜息《ためいき》をついた。

思い返せば、一年ほど前のこと。

江戸本店支配人の佐助《さすけ》から届いた文は、周助と鉄助を仰天させた。賢輔が大坂に戻って九代目を継ぐ、という平明な話ではない。架橋、それに七代目との婚姻《こんいん》という思わぬ条件が加えられていたのだ。

七代目で江戸本店店主の幸は、奉公人である手代。ふたりが夫婦になることを望んでいると知り、当初は驚き、戸惑うばかりの周助と鉄助であった。

幸は、五鈴屋の主筋の三兄弟、四代目、五代目、六代目の女房で、九代目と夫婦になれば、すなわち四度目の婚姻ということになる。

世間からすれば醜聞《しゅうぶん》に違いなく、古手を娶《めと》る男、受け容《い》れる女、どちらも恥知らず、と断罪されるのは想像に難くない。

だが、幸と賢輔の両方をよく知る二人なればこそ、「五鈴屋の商いを更に広げ、暖簾を後の世に繋《つな》いでいくには、またとない組み合わせ」との結論に至るまで、そう長くは掛からなかった。

夫婦約束を交わしただろう男女、それに五鈴屋の暖簾。遣《や》り方を間違えては、双方に取り返しのつかない傷を負わせてしまう。

高齢の孫六にも、それに賢輔の父親である治兵衛《じへえ》にも伏せて、主従で入念に外堀を埋めていたところへ、この度の大火が起きたのだ。

「百年以上も昔の『振袖火事《ふりそでかじ》』で、仰山のひとが大川に落ちて命を落とさはったよって、両国橋《りょうごくばし》が架けられた、と聞いてます」

何とかして気持ちを建て直そう、と思ったのだろう、鉄助の語勢《ごせい》に力が籠《こも》る。

「今回の火事でも、竹《たけ》町の渡しの辺りに橋さえあれば、助かったひとも多おましたやろ。おかみかて阿呆やない、一日も早う架橋せな、と思わはるやろし、案外、待たされずに済む……」

勢いが良かったはずが、その声は徐々に弱くなり、潰《つい》えた。

今度の大火では江戸の大半が焼け野原となり、身分を問わず家を失い、着るものを失い、食べるものを失った。まずはひとびとの暮らしを取り戻すのが第一で、架橋などずっと先のことだ。何より、賢輔にせよ、幸にせよ、店の再建が最も大事で、それには歳月を要する。江戸を離れている場合ではない。

孫六の齢を思えば、果たしてその目の黒いうちに九代目に跡を託せるのか、大いに不安ではある。だが、嘆いていても仕方がない。

「『縁と月日』――治兵衛どんが、よう言うてはりましたな」

肩を落とす大番頭を、八代目店主は慰める。

「起きてしもうた難事を解決するのに、短気は禁物だす。諦《あきら》めんと月日をかけて、ゆっくり時節を待つことや」

周助の台詞に、鉄助の目もとが和《やわ》らいだ。「五鈴屋の要石《かなめいし》」と呼ばれた治兵衛に商いの薫陶を受け、その治兵衛から番頭という地位を受け継いだ鉄助であった。

「『縁と月日』――治兵衛どん、今もよう言うてはります」

治兵衛は齢八十三、今も越後《えちご》町に女房のお染《そめ》と暮らすが、時折り、菅原《すがはら》町の店に顔を覗かせる。要石は健在で、さり気ないひと言、ふた言が商いに示唆《しさ》を与えていた。

仏壇を丁寧に拝んだあと、「なぁ、鉄助どん」と、周助は鉄助へと向き直る。

「私らに充分な刻《とき》が与えられた、と思うことにしまひょ」

店主の言葉に、大番頭は「へぇ」とゆっくりと首肯《しゅこう》してみせた。

密談を終えたところで、周助は傍らに置いていた風呂敷《ふろしき》を手に取った。

「お咲から、頼まれてました。ちょっと嵩張《かさば》るけんど、これ、お絹《きぬ》はんに渡しとくなはれ」

お絹は鉄助の女房で、お咲の生家の旅籠で奉公していたのが縁で、鉄助と夫婦になったのだ。

受け取ったものを広げて、「これは」と鉄助は破顔する。藍染め木綿で仕立てた、子ども用の袖なし半纏《はんてん》が三枚。寸法が少しずつ違うが、ふっくらと綿の詰まった揃《そろ》いの品だった。

「何と可愛らしい」

「木綿地の綿入れは温いよって、鉄助どんとこの三人娘に、とお咲が夜なべで仕立てたもんだす。うちとこのお糸とも揃いやそうな」

主の説明に、鉄助は半纏を押し頂く。風呂敷ごと胸に抱くと、商いに戻るべく奥座敷を出ていった。板張りの廊下が軽やかに鳴っている。

自分も鉄助も、所帯を持つのも父親になるのも遅かった。それが、今やともに三人の子持ち。人生はわからぬものだ、と周助はしみじみと思った。


ひと月半ほどしかなかった安永元年が去り、安永二年（一七七三年）、睦月《むつき》十五日。

五鈴屋高島店の奥座敷には、小豆粥《あずきがゆ》の柔らかな香りが名残を留《とど》めている。店主夫婦、孫六、鉄助、それに治兵衛お染を招いて、左義長《さぎちょう》の祝いを兼ねた朝餉《あさげ》を終えたところだった。

縁側越し、桂《かつら》の樹下で遊び回る子らの姿が見える。周助と鉄助の子どもたちだ。

「小正月にこないして、小豆粥を皆で食べられるんは、ほんにありがたいことや」

湯飲み茶碗をゆっくりと膳《ぜん》に戻して、孫六が緩んだ息を吐く。親旦那の台詞に、お咲がにこにこと笑みを零《こぼ》した。

小豆粥を炊くのに用いた火種は、今朝早く、店主夫妻が天満天神社に参り、とんど神事の火を火縄にもらい受け、大事に持ち帰ったものだった。

「天満の天神さんの御利益で、この一年も息災に過ごさせて頂けますなぁ」

ありがたいことだす、と治兵衛は右手で拝む仕草をした。

年寄り二人が上機嫌なのを見て、周助は鉄助に目を遣る。大番頭は八代目店主の眼差しを受け止めると、周囲に知れぬよう、密《ひそ》やかに頷《うなず》いてみせた。

周助は膳を押しやると、少し下がって、畳に両の手をついた。鉄助も周助の隣りに移って、同様に平伏する。

「親旦那さん、治兵衛どん」

口調を改めて、周助は老い二人を見やった。

「折り入って御相談したいことがおます」

「何やいな、二人ともえらい改まって」

首を傾《かし》げる孫六に、周助は、気を落ち着かせるべく、ゆっくりと息を吸い込む。

実は、八日前の七種《ななくさ》に、長浜の健作が、幸からの文を持って周助と鉄助を訪ねてきていた。陸奥《むつ》からの帰り、五鈴屋江戸本店に立ち寄ったのだという。

健作の話によると、高騰の続いていた材木の値や職人の手間賃なども落ち着いてきたとのこと。そのためか、幸からの文には、予定よりも早く普請に取り掛かれる旨、それに加えて、五鈴屋と地続きの商家から土地の買い上げを打診されていることが記されていた。

――普請を遅らせはったんは、物の値ぇが落ち着くのを待たはったからだすが、巷《ちまた》では『全焼した五鈴屋が再建を後回しにして、罹災者のために尽くした』とえらい評判で。それがええ種を蒔《ま》いて、ええ条件で買い上げを求められてはりますのや
健作の台詞を思い返して、周助は自らを鼓舞する。

五鈴屋江戸本店は、全焼から店を大きくしての再出発になる。その吉報は、孫六や治兵衛を喜ばせるに違いない。この機を逃さずに、幸と賢輔のことを打ち明けよう、というのが店主と大番頭の目論見《もくろみ》であった。

「隣りの土地だすか、そらええ。なぁ、治兵衛どん」

「へぇ、親旦那さん。お救い小屋に古手を配る善行を続けたよって、こないにありがたい巡り合わせになりましたんやろ」

同病仲間の二人は、手を取らんばかりの喜びようだ。

「ほんに、ありがたいこと」

店主の女房がおっとりと両の手を合わせ、

「賢輔どんが跡目を継いでくれはるんも、きっと早まりますなぁ。あとは、ええお相手を探さんと」

と、華やいだ声を上げた。

我が子の縁談が話題に出たため戸惑っているのか、治兵衛とお染が居心地悪そうに互いを見合った。

「せや、嫁取りは大事だすよってな」

孫六が深々と頷いてみせる。

「商家は表と奥、両方に柱が無いとあかん。表の柱は店主、奥の柱はご寮さんだす。店が栄えるか、廃《すた》るか、ご寮さん次第や」

親旦那の台詞を受けて、傍らの鉄助の喉《のど》がごくりと妙な音を立てた。

周助は「今だ」とばかりに意気込んで、身を乗りだす。

「親旦那さん、治兵衛どん。実はそのことで」

皆まで言い終わらぬうちに、廊下から「旦那さん、ちょっと宜しおますやろか」と奉公人が店主を呼んだ。支配人の末助《すえすけ》が京へ行っているため、あとを任されていた手《て》代頭《だいがしら》だが、何処か迷いの滲《にじ》む声音だった。「私が」と周助に断って、お咲は座敷を出ていく。熱を帯びていた座敷が、すっと冷えた。

よほどのことがなければ、奉公人は宴途中の店主を呼んだりはしない。何事か、と一同は押し黙って、女房の戻るのを待った。

小半刻《こはんとき》（約三十分）ほどして戻ったお咲は、弱った体で周助の傍らに両の膝をついた。色褪せた端切《はぎ》れか何かを、手にしている。

「『どないしても、五鈴屋の旦那さんに会いたい』て言わはって、店の間から動かんおかたが居ってだす」

心斎橋《しんさいばし》の紙屋「伊吹屋《いぶきや》」店主で、名は文伍《ぶんご》。手代らに替わって、お咲が直《じか》に用件を尋《たず》ねても「店主以外とは話さない」と繰り返すばかり。難癖をつけにきた風でもない、という女房の言葉に、周助は首を捻《ひね》った。

「心斎橋の紙屋はんは何軒か知ってますけんど、はて、伊吹屋いう店にも、文伍いう名ぁにも、心当たりがおまへんなぁ」

その遣り取りを聞いていた治兵衛が、

「ご寮さん、それは？　何ぞ相手から渡されはったんやおまへんか」

と、お咲の手中を指し示して尋ねた。

治兵衛に指摘されて、お咲は持っていた端切れらしきものを広げ、孫六や治兵衛も見易いように中ほどに置いた。

「こ、これは」

周助と鉄助の顔色が変わる。

店主と大番頭の動揺に気づかぬのか、孫六と治兵衛は、側《そば》へ寄ってしげしげと見入った。

ものは木綿で、端切れではないが手拭《てぬぐ》いにしては短い。風呂敷だとしても随分小さい。本来は緑に近い色だったと思われるが、陽《ひ》に晒《さら》され、幾度も水を潜《くぐ》ったらしく、随分と褪せている。ただ、白抜きにされた紋様は、辛《かろ》うじてわかった。

「これは鈴紋のようだすな、治兵衛どん」

「へぇ、親旦那さん、確かに鈴紋だす。はて、同じもんを何処かで見た覚えが」

言いさして、治兵衛は「ああ、せや」と、腿《もも》を打ち鳴らした。

「これは先代の幸が、七代目襲名の挨拶《あいさつ》回りで配らはった小風呂敷だす。披露目の品にしてはあまりに倹《つま》しい、と初めは思うたんだすが、木綿でこの寸法にしたさかい、汗拭《ふ》きにも手拭い代わりにもなる。お配りした皆さんに、大層褒《ほ》められましたんや」

治兵衛に言われて、孫六も、

「せやった、せやった。寄る年波で忘れてしもて」

と、嘆いた。

二十三年前の晩秋のその日、正式に七代目を継いだ幸が、顧客や仲間内などに出向いて、挨拶回りをした。この時、同行したのが、他でもない周助と鉄助であった。

青みがかった緑色に、鈴紋を白抜きにした小風呂敷。同じ一枚が、七代目の懐《ふところ》にあり、装いの差し色として用いられていた。

七代目として店を背負う覚悟が滲む姿を、その小風呂敷とともに、胸に刻んだ周助であった。おそらく、鉄助も同じであろう。

「これをお持ちやいうことは、五鈴屋に所縁《ゆかり》のあるおかただすのやろか」

けんど、と鉄助は眉間《みけん》に皺《しわ》を刻む。

「旦那さんと同じく、私にも『伊吹屋』『文伍』の両方に覚えがおませんのや」

「七代目は、誰にかて分け隔てのう接しはるおかたやさかい、商いとは関わらんとこで、知り合うたおひとかも知れません」

何か手掛かりになれば、と思ったのだろう、お咲が控えめに言った。

商いに関わらない、と繰り返して、周助は考え込む。商いを抜きにした付き合いに、まるで心当たりがなかった。

「あれこれ考えても仕方がない。周助、ともかく一遍、話を聞きなはれ」

「そうだすで、旦那さん、そないしなはれ」

親旦那に賛意を示して、治兵衛は、

「私らは外しまひょ。その方が先方も話し易おますやろ。鉄助どん、お前《ま》はんもそないし」

と、提案する。

庭で遊ぶ子らのことをお染に託すと、ご寮さんのお咲は、「ほな、ここにご案内しますよって」と、亭主に伝えた。

高島店は、もとは桔梗屋が暖簾を掲げていたところで、庭に植えられた樹々《きぎ》も当時からのものだ。特に目を引くのは、箒《ほうき》を逆さにしたような樹形の桂《かつら》だった。歳月を経て、幹が太くなったが、腕の立つ植木職人が丁寧に鋏《はさみ》を入れて、丈を止め、美しい形を保つ。

夏、涼やかな木陰を作り、秋、落葉すれば、その葉が甘く香る。目を凝らすと、根もとに、掌《てのひら》に納まるほど小さな石の地蔵が据《す》えてある。

この場所で、六代目徳兵衛こと智蔵は吐血して果てたのだ。もう二十三年になるのだが、あの日の動転を忘れたことはない。

文伍なる人物を待つ間、周助は縁側越しに、桂の樹と地蔵とを眺めていた。ほどなく、お咲に誘《いざな》われて、男が姿を現した。

「えらいご無理を申しました。お聞き届け頂き、ありがとうさんでございます」

心斎橋伊吹屋文伍を名乗った男は、座敷に通される早々、平伏して丁寧に礼を述べた。羽織と長着は揃いの茶染め、些《いささ》かくたびれているものの、上物の上田紬《うえだつむぎ》だ。帯に白扇子を挟み、足もとは白足袋《しろたび》。装いだけ見れば、きちんとした小商いの店主だと思われる。

「五鈴屋八代目徳兵衛だす。私とじかに話がしたい、と仰《おっしゃ》ったそうだすが」

どないな用件だすやろか、と周助は努めて柔らかに問うた。

面を上げれば、還暦前後か。周助よりも五つ、六つ、年嵩《としかさ》に見える。

どない切りだしたものか、と独り言を洩らして、文伍はふと、周助の傍らに置かれた小風呂敷に目を留めた。

「ああ、良かった。ちゃんとご覧頂けたんだすなぁ。その小風呂敷は売り物やのうて、五鈴屋所縁のおひとらに内々に配られたもんや、て聞いてます」

相手の狙《ねら》いが何かはわからないが、隠すことでもあるまい、と考えて、周助は頷いてみせた。

「仰る通り、この小風呂敷は二十三年前に、先代の襲名の披露目で、お配りしたものだす。これ、あんさんの持ち物でおますか。それとも、何処かから手に入れはったんだすやろか」

老いた男は束《つか》の間《ま》、唇を結ぶ。そして、意を決した体で唇を解いた。

「去年の夏、私の女房が亡《の》うなりました。小風呂敷は、その女房の遺したものの中におました」

連れ合いの訃報を知らせに来たのか。しかし、何のために。

悔やみの言葉に次いで、周助はさり気なく、

「ご寮さんは何というお名前か、伺わせてもろても宜しいおますやろか」

と、水を向けた。

「駒《こま》、と」

胸を反らし、頬を強張《こわば》らせて、男は続ける。

「お駒と言いました。若い頃は『銀駒《ぎんこま》』を名乗り、三味線《しゃみせん》の腕で知られた芸者でおました」

あっ、と周助は内心、ひどく狼狽《うろた》えた。「銀駒」という名、否、それだけではない、銀駒と六代目徳兵衛との格別な関わりまで、七代目から聞かされていたがゆえだった。

「先々代の頃の話だすよって、ご存じないやも知れまへん」

動揺を見せない相手に、文伍は顔を歪《ゆが》め、語調を弱めて続ける。

「三十年近《ちこ》う昔のことだすが、銀駒は界隈《かいわい》ではえらい人気で。ただ、一途《いちず》な女やさかい、浮世草子を書いてる男に尽くすばかりで、私なんぞ相手にもしてもらわれへんかった」

その銀駒が、尽くした相手に捨てられた、との噂《うわさ》が立った。折しも、文伍は父親から伊吹屋の暖簾を継いだばかり。「紙屋のご寮さんにならへんか」と傷心の銀駒を口説いて、所帯を持つに至ったという。

「月足らずで倅《せがれ》が生まれて、そらもう可愛いて、可愛いて。けんど、長じるに連れ、目鼻立ちが、私ではのうて、あれの昔の男にそっくりなことに気づきましてな」

声音に、情けなさ、口惜《くや》しさが混じる。

お駒に心底惚《ほ》れている。お駒も、紙屋の女房として懸命に支えてくれる。息子も申し分なしに可愛い。そうこうするうちに、男の訃報を知った。もう煩《わずら》わされることもない、と疑念を封じ、息子の父親として生きてきたのだが……。

「あれが亡うなってから、遺したものの中にその小風呂敷を見つけたんだす。倅が幼い頃、気に入って使うてた品だす。雑巾《ぞうきん》にでもしたらええのに、何でこない後生大事に持ってたんか、妙なことやと思うてました」

しかし、ひょんなことから小風呂敷が五鈴屋と所縁の者だけに配られた品と知り、得心がいった。

「お駒は、私の知らんとこで、五鈴屋と繋がってたんだすな、あの男が死んだあとも。それはそうだすやろ、倅は……貫太《かんた》は、おそらく六代目の忘れ形見やろさかい」

自嘲《じちょう》気味に言って、男は両の腿に置いた手を拳に握る。

男の口から「貫太」という名が出たことで、周助は「ああ、やはり」と天井を仰ぐ。幸の口から聞かされていた名だった。

さて、どうしたものか。

五鈴屋にとっての隠し子騒動は、今回が初めてではない。

放蕩三昧《ほうとうざんまい》だった四代目の時は、性質《たち》の良くない呼屋《よびや》が絡んで、随分と気を揉まされた。あの経験を踏まえるならば、「知らぬ存ぜぬ」で突っぱねるのが一番ではあるのだが……。

眼《め》を庭の桂の樹に転じて、樹下に智蔵の姿を探す。どれほど目を凝らしたところで、人影など見えはしない。

「ひとつ、伺わせて頂きとおます」

八代目店主は、客人の方へと向き直った。

「ただ話を聞いてもらいとうて、五鈴屋へ来はったわけと違いますやろ？　何のためか、そこを教えてもらえませんやろか」

単刀直入に問われて、文伍は握り拳をふと緩めた。頬が僅《わず》かに痙攣《けいれん》している。言おうか、言うまいか、逡巡《しゅんじゅん》のあと、文伍は情けなさそうに「実は」と切りだした。

「何とまぁ、智ぼんの」

左手から茶碗を離して、孫六が妙に嬉しそうに声を上げた。

「智ぼん、大人しいばっかりやと思うてたけんど、やりよりましたなぁ」

「親旦那さん、喜んでる場合と違いますで」

苦笑いする治兵衛の横で、その通り、と言わんばかりに鉄助が眉根を寄せて頷く。

三人とも周助を案じ、事の顚末《てんまつ》を知ろうと、離れの茶室で待機していたのだ。

障子越しの夕陽《ゆうひ》が、主従を潤《うる》み朱色に染めている。

「その文伍いう男、要するに五鈴屋に『金銀を出せ』て言うてますのやろ？　揺すり集《たか》りと大差おまへんやないか。何で、その場ぁで追い払わんかったんだす。『ようよう調べて、ひと月後に返事する』やて、何でそないな約束、しはったんだすか。ほんに、とんでもない」

激しい怒りを滲ませる大番頭に、店主は「どやろか」と思案顔になった。

「四代目の隠し子騒動の時とは、ちょっと違うように思えましてなぁ」

文伍が三代目店主を務める心斎橋伊吹屋は、大店《おおだな》でこそないが、長きに亘り手堅い商いを続けてきた。二年前に手形でしくじり、何とか盛り返そうと踏ん張ったのだが、思わしくない。このままでは店を閉じるよりない。智蔵の縁に縋《すが》り、五鈴屋に助けてもらえまいか、というのが相手の言い分だった。

「隠し子を種に五鈴屋から金銀を引き出すつもり、というのは前回と同じだすが、お子の話はでっち上げとも思われしまへん。ほんまに智ぼんのお子やったら無下には出来しまへん。それに、泉家《いずみや》の尚助《なおすけ》と違い、文伍いうひとには、迷いやら悔いやらが見え隠れしてましたよって」

おそらく、惣次ならば相手にしまい。甘い、と言われればそれまでだが、亡き智蔵に纏わる者を、蔑《ないがし》ろには出来ない周助だった。

その胸のうちを読み取ったのか、治兵衛が、

「情を持ち合わせん店主も、情に溺《おぼ》れて暖簾を危《あや》うする店主も、どっちも困り者だす。八代目なら、塩梅《あんばい》ようにしはりますやろ。間違いおまへん」

と、嬉しそうに笑っている。

先刻から「智ぼん、やりよりますなぁ」と繰り返す親旦那の傍らで、大番頭が腹を据えた体で口を開いた。

「心斎橋で三代続いてる店なら、調べんのは難しいおまへんやろ。『隠し子』いうたかて、もうええお齢《とし》だすよって、何処ぞへ奉公に出てるやも知れません。早速とあたってみますよって」

どうぞ任せておくれやす、と主筋、それにもと番頭へと丁重に一礼してみせた。


昼餉《ひるげ》時、辺り一帯に美味《おい》しそうな匂《にお》いが漂っている。塩鰤《しおぶり》の骨と大根とを煮込んでいる香りに違いない。

睦月二十日。大坂の商家では、正月に用いた塩鰤の骨を大事に取り置いて、この日、大根と煮込んで汁物にして食す。骨正月とも称し、日頃、食の倹しい商家では、主従

ともの好物であった。

今橋《いまばし》の袂《たもと》で立ち止まって、周助は鼻から息を吸い、波立つ心を落ち着かせる。

心斎橋の紙屋、伊吹屋の内情、主筋の評判などは、すぐに知れた。主の文伍、昨年他界したその女房お駒とも悪評はなく、夫婦仲も上々。一人息子の貫太は、同じく紙を商う今橋「三《み》つ峰《みね》」に奉公に出され、今は手代を務める身、とわかった。

まずは、こちらの身は伏せ、貫太本人と話してみよう。そう決めて、供も連れずに今橋へと足を運んだ周助である。

今橋一丁目の中ほどに、目指す店はあった。間口五間、五鈴屋大坂本店と同程度の店構えだが、店前現銀売《たなさきげんぎんう》りらしく、何人もの客の出入りがあった。

「おいでやす」

丁稚《でっち》の声に迎えられ、暖簾を潜れば、番頭と思《おぼ》しき男が一人、手代は二人、いずれも接客中であった。

「おいでやす。今、お話伺わせて頂きますよって」

周助に座布団を進めると、番頭は次の間へ呼び掛ける。

「貫七《かんしち》、貫七」

へぇ、すぐに、と応じる声がして、手代と思しき人物が次の間から姿を見せた。上背のある、なで肩の優しい体つきの男だ。

一瞬、周助は息を呑《の》む。常日頃、店主として動揺を表に出さぬよう心掛けているのだが、あまりの驚きに息が止まってしまった。

貫七、と呼ばれていた手代は、若き日の智蔵と瓜《うり》二つだったのだ。

「おおきに、ありがとうさんでございました」

薦《すす》めに従い、因州紙《いんしゆう》を買い求めた客を、手代は丁寧に表まで送る。

「大事な文を書くのに、早速と使わせてもらいますよって」

声だけは智蔵と全く異なることに妙な安堵を覚えつつ、周助は手代に礼を言った。

立ち去りかけて、ふと、相手を振り返る。

「ところで、あんさん、誰ぞに似てる、て言われたことはおますやろか」

客の言葉に、しかし、動じずに手代は笑みを返した。

「亡うなった母親に『世の中には瓜二つのひとが三人居ってだす』と教えられて育ちました。何処ぞにきっと、私にそっくりなひとが、あと二人、居ってなはるんや、と存じます」

因州紙がお気に召したら、是非またどうぞ、と手代は言って、丁重に辞儀をした。

紙の納まった風呂敷を柔らかに持って、周助は今橋を渡り、大川端へと出た。五鈴屋のある天満と今橋とは、大川を隔てただけで、さほど離れてはいない。亡き大事な一人息子を今橋に奉公させたのは、母親お駒の考えだろうか。亡き智蔵所縁智蔵所縁の地の傍《そば》で、その加護を願ったのか。

あかん、あかん、と周助は頭を振る。

三つ峰の手代、貫七が貫太であることは間違いない。また、あそこまで智蔵に似ていれば、血筋であることを打ち消しようもなかろう。ただ、貫太が事実を知るのか否か、知っていたとして何をどう考えているのか、今はまだ何もわからない。

塩梅《あんばい》よう、塩梅よう、と自身に言い聞かせて、五鈴屋八代目店主は、天神橋へと足を向ける。

南から北へと弓なりに大きく弧《こ》を描く美しい橋。大坂に暮らす者たちにとって、とりわけ大事な橋。天神橋の真ん中に至って、周助は天を仰ぐ。

お家さん、六代目、と心のうちで彼岸《ひがん》に渡ったひとを呼んだ。

どうぞ、今回の件、良い形で収まりますように、と。

寝所の闇《やみ》に、梅の香りが溶けている。

障子《しょうじ》か襖《ふすま》に隙間《すきま》でもあるのか、と周助は夢現《ゆめうつつ》ながら、お咲、お咲、と女房を呼んだ。返事はない。手を伸ばして確かめたが、隣りの寝床は冷えている。妙だ、と思い、掛布団を捲《めく》って床を出た。

隣室を覗《のぞ》くと、孫一、高作《こうさく》、お糸ら三人の子は身体《からだ》を寄せ合って、よく眠っている。母親の姿はない。瓦灯《かとう》を頼りに廊下へ出れば、孫六の寝所の方から、何やらぼそぼそと話し声がしていた。

「情けない、ほんに情けないことや」

心底情けない口調は、親旦那《おやだんな》のものだ。

「厠《かわや》まで間に合わんてなこと……。あんさんにこないな面倒かけてしもて」

何のために生きてますのやろか、と消え入りそうな声だった。

何の何の、とおっとり応《こた》える声の主は、女房のお咲だ。

「今日はあんまり厠へ行きはらんかったよって、案じてました。出るもんが出て、ほんに良かった。安心しました。亡《の》うなった道善《どうぜん》先生も、よう仰《おっしゃ》ってはりました。『しっかり食べて、しっかり出すんが大事や』て」

優しく温かな声は続く。

「それに、親旦《おやだん》那さん、ご自分で厠へ行こうとしはるだけでも、凄《すご》いことやて思いますで」

せやろか、と緩んだ語調で孫六が応じた。

七日ほど前に立春は過ぎたが、底冷えがする。足もとから冷気が這《は》い上がるのだが、胸のうちはほかほかと温かい。

「お咲」

親旦那の粗相の始末をし、休ませたあと、漸《ようや》く廊下に現れた女房を、周助は呼んだ。そこに夫が居るとは思わなかったのだろう、お咲はひゃっと蝸牛《かたつむり》の如《ごと》く身を縮めた。温かな寝床に戻り、身体の芯《しん》まで冷えた女房を、周助はそっと抱擁《ほうよう》する。

「おおきになぁ。親旦那さんにようしてくれて、ほんにおおきに」

お咲は「何の何の」と穏やかに応えた。

お咲の父親は老いて寝たきりになり、二年ほど前に亡くなっている。嫁いだ身では充分な看病が叶《かな》わず、その一事が心残りとなったのだろう。まるで埋め合わせをするように、孫六の世話を女衆《おなごし》任せにはせず、お咲自身で行っていた。その尽くしように、頭が下がる思いの周助であった。

ほかに音のない夜、隣室から子らの安らかな寝息が洩《も》れる。乱れのない寝息を、夫婦して暫《しば》く聞いていた。

「さいでん（さきほど）、親旦那さんが私に、こない聞かはりました」

なぁ、お咲はん、私に子どもは居ったんかいなぁ。何や、わからんようになってしもてなぁ。

「何やて」

女房の台詞《せりふ》に、周助はがばと半身を起こす。

「そないなこと、親旦那さんがそないな……。我が子のこと、忘れてしもた、て言うんか」

商才もあり、人望も厚く、ゆくゆくは桔梗屋を背負って立つだろう、と嘱望《しょくぼう》されていた次男。次男と比べられるのが嫌さに、幾度も家を飛び出した長男。だが、流行《はや》り病《やまい》により次男が亡くなり、連れ戻された長男も同じ病で他界してしまった。子に先立たれる辛《つら》さ、悲しさ。殊《こと》に長男の死について、周助の知る限り、孫六が苦しまない日はなかった。その二人の息子の記憶ごと、ごっそり抜け落ちたというのか。

「何ということや」

頭を抱える周助の背を、お咲は「何の、何の」と優しく撫《な》でた。

「忘れるて、それほど悪いことと違いますよって。殊に、子に先立たれる親の苦しみは、どれほどのことだすやろか。親旦那さんは九十六、ようやっと、その苦しみを手放さはったんだす」

女房の平らかな言葉は、夫の胸に沁《し》みる。

幼い日に桔梗屋へ丁稚《でっち》奉公に上がり、以来、ずっと孫六の傍《そば》で、その喜怒哀楽を見てきた。立て続けの逆縁、騙《だま》されて店を乗っ取られかけ、卒中風《そっちゅうふう》になったこと等々、確かに、ずっと背負い続けるのはどれほど酷なことか。

商いやら、五鈴屋の主筋や奉公人たちやら、身近な物事については、今のところ記憶の洩れはない。しかし、この先どうなるか、腹を据《す》えておくしかない。

「旦《だん》那さん、差し出口を堪忍《かんにん》しとくれやす」

亭主の肩に綿入れを掛けて、お咲は声を低める。

「江戸本店《ほんだな》の普請《ふしん》も始まるそうだすし、賢輔どんの襲名《しゅうめい》を、一日でも早《はよ》うに……ちょっとでも急いでもらう訳には、いきませんやろか。親旦那さんが一番案じてはるんは、五鈴屋の跡目のことだすよって」

女房の物言いに返事をしかけて、周助は黙った。

五鈴屋九代目店主を賢輔に継がせるまでの中継ぎとして、八代目を襲名した周助であった。賢輔が大坂に戻れば、周助は親旦那の立場で彼を支えることを期待されている。女房のお咲にしても、その心づもりだろう。

口に出してはいないが、周助は桔梗屋再建の願いをずっと胸に抱き続けていた。できれば、五鈴屋の商いの邪魔をしない形で、桔梗屋の暖簾《のれん》を掲げたい、と願う。暖簾に対する想《おも》いは、周助の場合、格別であった。

物心ついた時には既に父は亡く、母は一人息子の周助を置いて他家へ嫁いでいたため、父方の親戚に預けられて育った。養い親の生業は古道具売りだが、店を構えている訳ではない。路上に筵《むしろ》を敷き、品物を並べて売る「乾《ほ》し見世」と呼ばれるものだった。雨風や雪に泣かされながら、幼いなりに懸命に手伝うのだが、常に厄介者扱いだった。見かねた家主が口を利いてくれて、思いがけず桔梗屋に丁稚奉公に上がることが決まった。

初めて桔梗屋に連れていかれた日、表に掛けられた桔梗色の暖簾を見上げて、「何と美しいことやろか」と強く心を揺さ振られた。乾し見世では決して目にすることのなかった暖簾だった。

――盛大に精進しなはれ。精進は、あんさんを裏切りませんよってになぁ。

暖簾に見惚《みと》れる幼い周助に、店主孫六はそう声を掛けた。

孫六の言葉通り、骨惜しみせずに働くことで、周助は桔梗屋に確かな居場所を築くことが出来た。親との縁は薄かったが、主《あるじ》の孫六が正しく導いてくれて、以後、暖簾を背負うことの苦労と喜びを心身に刻んだ。周助にとって、桔梗色の暖簾は、まこと、己を形作った宝だった。

桔梗屋から五鈴屋へ移った者たちは、最早《もはや》、智蔵との約束を思い出しもしない。何より、孫六自身が桔梗屋の再建を望んでおらず、さらに齢《よわい》を重ねれば、桔梗屋時代のことさえ忘れてしまうかも知れない。

安寧な道を選ぶのか。

それとも、長年の想いを果たすべく、困難な道を選ぶのか。

黙り込む亭主の気持ちを読み違えたらしく、お咲は、

「襲名を急ぐよう、旦那さんは重々お考えだすわなぁ。鉄助どんかて、懸命に動いてはりますやろ。お気を悪うせんといておくれやす」

と、懸命に詫《わ》びる。

乳を求めてか、隣室でお糸がぐずり始めた。

大坂では、一年のうち、商いを休むのは元日に限る商家が多い。ただ近年は藪入《やぶい》りやら祭りやらに暖簾を出さない店も増えつつある。

如月《きさらぎ》二日。

紙屋三つ峰の表に立って、周助は「ああ」と溜息《ためいき》を洩らす。よもや、休みだとは思わなかった。紋日《もんび》でもないはずだが、と首を傾《かし》げつつ、立ち去りかけた時だ。

申し、と勝手口の方から声を掛けられた。

「やっぱり、あの時のお客さんだしたか」

そんな台詞とともに、風呂敷《ふろしき》包みを手にした貫太が、こちらに笑顔を向けていた。

他にひと気のない表座敷に通されて、勧《すす》められるまま座布団をあてがう。聞けば、この日は年に一度、主従揃《そろ》って灸《きゅう》を受けるため、休みとしているのだそうな。

「休みの日ぃに無理言うてしもて。それに何処《どこ》かへ出かけるとこやったんと違いますのか」

「墓参りだすよって、急ぎの用やおまへん。それよりも、妙な日ぃに休むさかい、ご迷惑をおかけしてしもて」

柔らかに応えて、手代《てだい》は客の前に浅い桐箱《きりばこ》を置いた。中に紙が納まっている。

「こちら、先達《せんだつ》てお求め頂いたのと同じ、因州《いんしゅう》紙でおます。お気に召して、ほんに嬉《うれ》しおます」

前回よりも少し多めに買い、支払いを済ませて、周助は興味深く店内を見回した。

「ひと口に紙いうたかて、ほんに色々おますのやなぁ。そらそうだすな、書画のためばかりやない、障子紙や包み紙もおますよって」

「ご興味を持って頂けて、嬉しおます。髪を結ぶ元結《もとゆい》や丈長《たけなが》も紙、それに」

埃除《ほこりよ》けに掛けられた、麻の葉紋様の風呂敷を、手代は指し示す。

「これ、伊勢型紙を使《つこ》うた型染めだす。伊勢の白子《しろこ》で彫られた型紙やさかい、伊勢型紙いうんだすが、美濃《みの》紙を重ねたものに刃物で柄《がら》を彫り込んで型紙にする、と聞きました」

伊勢型紙、と周助は低い声で繰り返す。

よもや、ここで伊勢型紙の名を聞くとは思いも寄らない。

ご存じだしたか、と貫太は唇を綻《ほころ》ばせる。まるで智蔵かと思うほどに生き写しの笑みだ。

「今は白子だけや無《の》うて、遠い江戸でも型彫るひとが居ってやそうだす」

「江戸土産《みやげ》に」

漸《よう》く発した声が掠《かす》れていたため、幾度か咳払《せきばら》いをして、周助は続ける。

「江戸土産に、藍染《あいぞ》めの浴衣地《ゆかたじ》を貰《もろ》うたことがおます。ええ品やったが、大坂ではとんと見かけまへんなぁ」

僅《わず》かに、手代の眉《まゆ》が曇った。

「大坂でも、藍染めの浴衣地が売られた時期がおました。打ち壊しのあった年だすよって、五年ほど前だしたが……。けど、あれはあかん、と思いました」

「何でだす」

 つい、焦った声が口を突いて出る。

手代の表情に、もしや客の機嫌を損ねたのでは、との翳《かげ》りが見えた。動揺を封じて、周助は丁重に尋《たず》ね直す。

「妙なことを尋ねて、堪忍だすで。己の商いに関《かか》わらんことかて、思わんとこで知恵に繋《つな》がるやも知れんさかい、教えとくれやす。あんさん、何で『あかん』と思わはったんだすやろか」

紙屋の手代は、周助の顔をじっと見て、へぇ、と迷いつつ口を開いた。

「私は東下《あずまくだ》りをしたことがおまへんよって、確かなことは言えんのだすが、江戸では地味な色めのもんが好まれる、と聞いてます。土埃《つちぼこり》も多いそうで、藍色は濃い色だすが、汚れも目立たんし、夏でも好まれるんやないかと。けど、大坂の者からしたら、暑い盛りの藍色は、やっぱり暑苦しいんだす」

「暑苦しい」

貫太の台詞を繰り返し、周助は唇をぐっと引き結んだ。

長く呉服商いに携わっているが、夏場の藍色を「暑苦しい」と思ったことなどない。いや、待て、と周助は黙考を続ける。

夏になれば、ひとは自然と涼しげな色を好む。大坂では、清浄な白、あるいは水辺や木陰を思わせる色味に人気が集まる。売り手の方も、藍染めの良さを十分に理解しつつ、藍色ではなく甕覗《かめのぞ》きや白藍《しらあい》などの薄い色を薦《すす》める。「暑苦しい」と言ってしまえば語弊があるが、確かに理はあった。

「浴衣地の紋様は、燕《つばめ》やら勝虫《かちむし》やら団扇《うちわ》やら、涼しそうなもんが多いのに、下地が藍色やよって、どないしても重うて、暑苦しいんだす」

勿体《もったい》ないことやと思います、と遠慮がちに、手代は言葉を添えた。

夏場の藍は暑苦しく、せっかくの紋様が勿体ない——その時、見えない何かが、周助の手中にあった。ふと、我が手に視線を落とす。

ああ、実子箒《みごぼうき》や。

今、私は実子箒で知恵の糸口を探そうとしてますのや。

急に無口になったお客を、しかし、手代は気づかぬ素振りで、愛想《あいそ》よく見送った。

暑苦しくて、勿体ない。

高島店へ帰る道中もずっと、「暑苦しくて、勿体ない」と口の中で繰り返す。

天神橋の中ほどに佇《たたず》み、周助は大きく息を吐いた。

大川をなぞり、橋上の周助を撫でて、朝東風《ごち》が吹き過ぎていく。

まだ夢物語に過ぎないが、藍染め浴衣が江戸っ子の心を捉《とら》え、その暮らしに根付いたように、この大坂でも同じ流れを作りたい。

だが、周助の実子箒は、なかなか知恵の糸口を捉えられない。どうにも遣《や》る瀬《せ》無《な》く、周助は風上を見やり、江戸の七代目を思う。

ご寮《りょん》さんやったら、きっとええ知恵を絞りはりますやろ。

けれど、七代目ではない身。まずは六代目の遺《のこ》した難題を、何とか解決することが先だ、と八代目は自身に言い聞かせた。


「そうだすか」

お染の淹《い》れたお茶を啜《すす》って、治兵衛は破顔する。

「見た目だけや無うて、穏やかで優しいとこまで智ぼんさんから受け継がはったんだすな。それに、智ぼんには無かった商才まで持ち合わせてるようで、何やほっとしますなぁ」

仰《おっしゃ》る通りだす、と少し固い語調で応じて、周助は湯飲み茶碗《ぢゃわん》に手を伸ばした。喉《のど》がからからに渇いていたので、冷めたお茶を一気に干す。

今年は立春が遅かったため、季節の巡《めぐ》りも半月ほど遅いように思われる。寒いはずが、周助の額からは汗が筋を引いて流れていた。

あれからも日を置かず、幾度も三つ峰に通い、貫太の人となりを確かめた。客に対する接し方、扱う品への正確な知識、主筋への態度等々、いずれも申し分ない。見聞きしたことを治兵衛に伝えて、周助は額の汗を拭《ぬぐ》った。

正直なところ、貫太を知った分、周助の胸中は一層、複雑なものになっていた。形の上で、貫太の父親は文伍だが、あそこまで瓜《うり》二つなのだ、実の父親は五鈴屋六代目、智蔵に違いない。貫太こそが主筋の血を受け継ぐ男、つまりは五鈴屋店主になるべき者だ。

そうであるなら、自身が八代目であることも、九代目を賢輔が継ぐことも、土台からぐらぐらと揺れている。

「八代目、否、今は周助どん、と呼ばさせてもらいまひょ」

治兵衛は湯飲みをお盆に戻して、穏やかに周助を見た。

「五鈴屋の八代目は、紛れも無うあんさんだすのやで。誰に憚《はばか》ることもおまへん」

五鈴屋の養子となり、天満組呉服仲間からもおかみからも正式に認められて、八代目を襲名している。何も案じることはない、と治兵衛は周助の肩を優しく叩《たた》いた。

けんど、と周助は悩みを滲《にじ》ませて、治兵衛を見る。

八代目としての立場が安泰なら、それで良いとは思わない。一体、賢輔はどうなるのか。養子縁組の前に、貫太の存在が広く知れ渡ったなら、五鈴屋の暖簾を賢輔に託すことは難しくなりはしないか。

「賢輔のことやったら、心配せんかて宜《よろ》しおます。九代目にならんかて、あれは五鈴屋のために尽くし抜きますやろ。それになぁ」

言葉途中で、治兵衛は襖の方へ眼《め》を遣《や》った。僅かに開いた襖越し、板の間に座り、縫物をするお染の姿が見えた。

「奉公人で居る方が決め易いこともおます。連れ添う相手に誰を選ぶか、店主やったらお仲間や世間から煩《うるそ》う言われても、奉公人には、そこまで求められまへんよって」

「治兵衛どん」

含みのある台詞に周助は驚き、その名を呼んだきり、絶句する。

幸と賢輔のことを話しそびれたまま、今日まで来てしまったが、もしや治兵衛は知っているのか。まさか、という思い、そして、もしそうなら何処で誰《だれ》に聞いたのか、という疑問とで、頭が一杯になっていた。

「先月の七種《ななくさ》だす、健作が八代目と鉄助どんを訪ねて、大坂に来ましたやろ。周助どんや鉄助どんがどないに引き留めても、大急ぎで去《い》んだ、て聞いてます」

確かに、と周助は首を縦に振る。

全焼した五鈴屋が店を広げて再建する、という話が持ち込まれた、あの時だ。

「実はあの折り、こそっと健作がうちを訪ねて来ましてなぁ。賢輔からの文《ふみ》を預かってきた、て。『ほんまは賢輔さんが自分の口からお二人に話したかったことや。けんど、今、江戸を離れる訳にいかんよって、私が遣《つか》いにならしてもらいました』て、えらい神妙な顔で言いよりましてなぁ」

ふっ、と柔らかに老人の鼻が鳴った。

何事か、と夫婦して恐る恐る文を開いてみれば、書いてあったのはほんの数行。

「要するに、幸と夫婦になりたい、許してほしい、と。お染なんぞ、『幸て、どの幸だすのや』と大騒ぎで、七代目の幸やと知ると、腰を抜かしてしまいましたんや」

「あんさん」

悲痛な声が上がって、隣室からお染が顔を覗《のぞ》かせる。

「その話はもう、堪忍しとくなはれ」

お染には珍しい泣き面であった。ほな、と周助は掠れ声を発する。

「小正月のあの時、お二人はもうご存じやったんだすな」

夫婦は目交《めま》ぜして、揃って頷《うなず》いた。お染は周助に膝行《しっこう》して、切なげに訴える。

「健作から、ことの次第を細こうに聞きました。あの子、ずっとご寮さんのこと、好いてたんだすてなぁ。あの子の方から、ご寮さんに『一緒になってほしい』と願うたそうだすのや。けんど、私の頭の中は『何でだす、賢輔、何でだす』と、それぱっかりで」

その日の激情がぶり返したのか、お染は小刻みに身を震わせた。

「主筋のおかたと所帯を持つやなんて、恐ろしいことだす。それに、恐れ多い、いうんとは別に、母親としての思いはもっと厄介で……」

口にすることを恥じて、お染は震える手を拳《こぶし》に握って俯《うつむ》いた。

だが、周助とて、母親の気持ちは充分に忖度《そんたく》できる。

三兄弟に嫁いだこと、おそらくは子を望めないこと――主筋としてならば、敬い、好意を寄せることが出来ても、息子の嫁ともなればそれが難しい。

「親て、阿呆《あほ》らしいもんだすな」

重い沈黙を砕くように、治兵衛が言った。嘆きの台詞は、しかし、存外軽やかな語調だ。

「賢輔かて、四十過ぎてますのや。思う通りに生きたらええんだす。けど、親にとっては幾つになっても子どもは子ども。ちょっとでも、世間から謗《そし》られんように、風当たりが少ないように、て思うてしまうもんだす。ただ、親かて阿呆のままではおりませんのや」

なぁ、お染、と水を向けられて、女房は顔つきを改める。そして、姿勢を正すと、周助を真《ま》っ直《す》ぐに見た。

目尻《めじり》に涙が珠《たま》を結んでいる。揃えた指でそれを拭《ぬぐ》うと、賢輔の母親は、

「私らが願うのは、息子の幸せばかり。世間がどないに言おうが、賢輔が幸せになれるなら、私らだけは味方で居ります。刻《とき》はかかりましたが、もう気持ちは決まりましたよって」

と、迷いのない語勢で言いきった。それこそが、ひと月かけて夫婦が辿《たど》り着いた答えであった。

よく磨き上げられた板張りに、半身の月が映り込んでいる。

「ほな、治兵衛どんらから賢輔どんへ、返事を出さはったんだすか？」

「いや、まだやそうな。貫太はんの件が落ち着かんことにはなぁ」

大番頭の問いに、店主は軽く首を振って答えた。

高島店は暖簾《のれん》を終《しま》ったあと、奉公人らもそれぞれの片づけを済ませ、眠りについた。屋敷の中は静寂に包まれている。

周助と鉄助はどちらからともなく盃《さかずき》を置いて、奥座敷から縁側へと眼を向けた。

「ともあれ、まずは嬉しい日でおました」

店主の盃が空なのに気づいて、鉄助は銚子の持ち手を取る。

「治兵衛どんとお染はんが、あのふたりのことを承知してくれはったと知って、ほっとしました。旦那さん、ほんにようお二人の気持ち、聞きだしてくれはりました」

周助に酒を勧《すす》めて、鉄助はつくづくと洩らした。

「親旦那さんも、ふた親が認めたと知らはったら、きっとお許しにならはります」

「せっかく夫婦になるんやさかい、治兵衛どんや親旦那さんには祝《いお》うてもらいたいよってなぁ」

盃に口をつけて、周助はきゅっと飲み干す。

明日は初午《はつうま》。文伍と約束した日まで、あと五日を残すばかりだ。

伊吹屋の文伍に、用立てるか否か。周助も鉄助も、まだ決めかねていた。

今の五鈴屋ならば、多少なりとも金銀を用意できる。智蔵の忘れ形見の貫太のため、と思えば、呑《の》み込める。だが、それで良いのか、その先はどうなるのか。

「相手がここへ乗り込んで来たんが小正月。ひと月後の如月十五日は、涅槃会《ねはんえ》だす。妙な巡り合わせだすなぁ」

店主から酒を注《つ》がれて、恐縮しつつ、鉄助は盃を口もとへ運ぶ。

縁側越し、思いがけず庭が明るい。智蔵が息を引き取った場所を、青白い月の光が冴《さ》え冴《ざ》えと照らしていた。

「智ぼんさんは、お駒さんが身ごもってたことも、お子が生まれたことも知りはらんかったんだすなぁ」

神さんは罪作りをしはりますなぁ、と鉄助は呟《つぶや》いた。

せやな、と周助も頷く。

智蔵が悪いわけでも、お駒が悪いわけでも、ましてや貫太が悪いわけでもない。

さて、どうしたものか、と二人して桂《かつら》に眼差《まなざ》しを向けた。

「智ぼんさんが、そこに立って、私らに手ぇ合わせてるんが見えるようだすな」

「『周助どん、鉄助どん、何とかしてなぁ、頼むし、この通りやし』いう声まで聞こえてきそうだすな」

主従は軽口を叩き合い、相手に知れないよう、そっと目を瞬《しばたた》く。

願うのは、息子の幸せ——周助は、お染の台詞をふと思い出した。

ああ、せや、と八代目徳兵衛は盃を置く。

貫太本人が、どう考え、何を望むか。一番大事なことを聞いていなかった。

周囲の思惑ではなく、貫太自身の意思を何より大切にする。それこそ、智蔵が望むことだろう。

智ぼん、それで宜しいな。

桂の樹下の智蔵の幻に、周助は胸のうちで語りかけた。


春天に、数えきれないほどの紙鳶《いか》（凧《たこ》）が高さを競い合っている。いずれも紙一杯に絵や文字を描き、細く切った紙を足して、風を捉《つか》まえ易《やす》いよう工夫されている。趣向を凝らした紙鳶を眺めるのも、この日の大坂ならではの楽しみであった。

如月十一日、初午。

その日、周助は店開《たなあ》け前に今橋の三つ峰へ行き、束で買い上げた美濃紙を、主に頼んで手代に運ばせた。

今橋を渡り、次いで天神橋。

傍《かたわ》らを、手にした太鼓を賑《にぎ》やかに鳴らしながら、子どもたちの一群が走り過ぎていく。先に歩きながら、周助は時々「こっちだす」と道筋を差し示した。

以前は話が弾んだはずなのに、今日の貫太は妙に口数が少ない。菅原町の本店が近づくにつれて手代の歩みは遅くなり、店の前に来た時、その足が止まった。

本店の丁稚たちが周助に気づいて、駆け寄ろうとしていた。八代目は、さっと手を広げて皆の動きを封じる。

「あんさん、私が何処の店のもんか、知ってはりましたんやなぁ」

問い掛けではない、念押しの台詞だった。

結び目を持つ両の手に力を込めて、手代は「へぇ」と応えた。

「何時《いつ》から気ぃつかはった」

「この間、お店に見えたあとだした。他のお客さんが『今のあれは、天満の呉服商五鈴屋の旦那さんや』て話されてるんを耳にしてしもたんだす」

嘘《うそ》ではなさそうだった。ほうか、と周助は頷き、

「せやったら、何で私が店の名ぁを口にせんかったか、察しもついてなはるんやな」

周助に重ねて問われて、手代は迷いながらも、ゆっくりと首肯してみせる。

高島店の奥座敷に案内されると、貫太は緊張した面持ちで膝《ひざ》を揃えて座した。お咲がお茶を運んできたあとは、誰も邪魔する者はない。室内の緊迫とそぐわない、太鼓を打ち鳴らす音や、「お稲荷《いなり》さんのことなら何処までも」との囃《はや》し声が届くばかりだ。

周助は、庭の桂に目を遣り、深く息を吸って心を落ち着かせたあと、「あれを」と、眼前の客人に樹《き》を指し示した。

つい先日まで裸だった桂の枝に、真っ赤な芽吹きがある。枝に仲良く並んだ小さな新芽は、見る者に、春を生きる喜びを伝える。

「あの桂の根もとに、六代目徳兵衛は倒れてはりました。二十三年前、卯月朔日《うづきついたち》のことだす」

持病の積聚《しゃくじゅ》の急な悪化だった。店の中を汚すまいとして何とか庭へ出て、あの樹の根もとに蹲《うずくま》り、吐血して果てたのだ。助ける暇もなかった。

周助の打ち明け話を聞き終えたあと、貫太は身体ごと庭の方へ向き直る。そして、両の手を合わせると、深く頭《こうべ》を垂れた。

長い祈りを終えると、貫太は顔を上げて、周助に謝意の籠《こも》る視線を送る。

「ほんに朧《おぼろ》だすが、不思議に、覚えてる情景がおます。綺麗《きれい》やけど何処か寂しそうな女子《おなご》はんが、人ごみに紛れてぽつんと立ってはるんだす。六つかそこらの私が、手にした布切れを、そのひとに懸命に振ってるんだす」

珍しい、鈴紋の小風呂敷。

おそらく、そのひとから貰《もら》い受けたものなのだろう。幼い頃から気に入り、色褪《あ》せても手放さなかったはずが、何時の間にか無くなってしまった。

「去年の、卯月朔日のことだす。己の死期を悟ったんだすやろ、母が私だけを枕《まくら》もとへ呼んで、頼みごとをしたんだす」

綿屋町の連福寺に、呉服商五鈴屋の墓所がある。昔、その六代目に恩を受けた。自分亡きあと、代わりに彼岸ごとの墓参を頼む、と。

「恩の中身を、母は私には言いませんでした。せやけど、おそらくはそういうことや、とすぐに悟りました」

心斎橋で生まれ育ったが、長じるにつれ、「いやぁ、昔、貸本屋に居った、あのおひとに瓜二つだすなぁ」「生家に戻って、跡を継がはった、智蔵はんだすやろ」と聞こえよがしに囁《ささや》かれるようになった。中には、貫太にじかに「五鈴屋はんから、何ぼかもろてんのやろ」と尋《たず》ねる輩《やから》までいたとのこと。

自身も子の父親。何という酷《むご》いことを子どもの耳に入れるのか、と周助は怒りの余り、奥歯を嚙《か》み締めた。

「けんど、母親の口から五鈴屋の名ぁが出たんは、その時の一遍限りだす」

周助の気持ちを慮《おもんぱか》ったのか、貫太は語調を柔らかにする。

「私の口から言うのも何だすが、父も母も仲睦《なかむつ》まじいて、ほんまにええ夫婦だした。それに何より私にとっても、ええふた親でおました」

夫婦で店に立ち、伊吹屋の暖簾を守る姿を見てきた。いずれは父の跡を継ぎたいと願っている、と貫太は話を結んだ。

西からの風が、桂の枝を揺らし、新芽を優しく揺すっている。暫し、黙り込んでいた周助が、唇を解いた。

「伊吹屋を継がはるんが、あんさんの望みだすか」

五鈴屋六代目との関わりに踏み込まず、何も望まないことを伝えたつもりの貫太は、怪訝《けげん》そうに周助を見ている。話し手の顔が暗く、口調も重苦しいことが、貫太には意外なのだろう。

「三つ峰さんと同じ商いやさかい、伊吹屋さんが今どないな状況かは、あんさんもご存じだすやろ」

周助に問われて、「へぇ」と貫太は答えた。

「二年前に手形で失敗して左前になり、母が亡《の》うなったあと、分散の際まで行ったんは確かだす。ただ、父からは『融通してくれるところが見つかったよって、心配せんでええ』と聞かされてます」

融通、と繰り返し、五鈴屋八代目は、六代目の忘れ形見をじっと見据える。徐《おもむろ》に懐《ふところ》から件《くだん》の小風呂敷を取り出し、畳に置いた。

こ、これは、と貫太は声を失する。

「文伍さんの言わはる『融通してくれるところ』いうんは、おそらく、五鈴屋のことだすやろ。ひと月ほど前、文伍さんはお駒さんの形見の品としてこれを持参し、伊吹屋の窮状を訴えはりました。涅槃会《ねはんえ》に返事をする約束になってます」

掻《か》い摘《つま》んだ説明ではあったが、貫太はその意味を正しく把握したらしい。見る間にその頬《ほお》から血の気が失《う》せた。

八代目として、揺すり集《たか》りに応じる気は端《はな》から無い。しかし、貫太の望みが伊吹屋を継ぐことなら、伊吹屋を分散させるわけにはいかない。

やはり、店主としての判断で、伊吹屋に金銀を融通することになる――そう腹を据えた時だった。

「旦那さん、今から伊吹屋へ、父のところへ一緒に行って頂けませんやろか」

思い詰めた顔つきで言うと、貫太は相手の返事も待たず、急《せ》いて立ち上がった。

初午もあって、心斎橋界隈《かいわい》は平素よりも一層、人出があった。

人波を掻き分け、貫太は迷いなく伊吹屋を目指す。

通りから脇《わき》に入ってすぐ、白地に「伊吹屋」と太く墨染《すみぞ》めされた暖簾が風に翻《ひるがえ》るのが見えた。紙を思わせる白に、くっきりとした墨色。感心している場合ではないのだが、周助の眼には清々《すがすが》しく映った。実子箒が、周助の胸を撫で、知恵の糸を解《ほぐ》す。縺《もつ》れた糸の端《はし》を心のうちで探っていた時だった。

「貫太、貫太やないか」

不意に、背後から声が掛かる。振り返ると、出先から戻るところだったのか、文伍が立っていた。

「どないし」

言葉途中で、倅の横の周助に気づき、伊吹屋店主は絶句する。

約束の涅槃会は四日先だ。文伍からすれば、周助が期日を待たずにこちらへ乗り込んできた、しかも貫太を連れて、と思ったに違いない。その顔面が蒼白《そうはく》となっていた。

暫《しばら》く、客を迎えていないのだろう。表座敷は火が消えたように昏《くら》い。ほかは暇を出したらしく、手代一人と女衆一人、奉公人はそれきりらしかった。

人払いをしたあと、表座敷に二人を上げると、文伍は萎《しお》れたまま動かない。ことが露見《ろけん》したのを悟り、身の置き所のない様子だった。

押し黙っていた貫太が、いきなり、両の手を拳骨《げんこつ》に握り、畳をどん、と強く叩いた。鈍い音が響く。

私は、と貫太が声を発する。

「私は、あんさんの倅《せがれ》だすやろ。伊吹屋文伍の倅だすやろ。『違う』て言うんか」

怒りや悲しみ、情けなさを孕《はら》み、地の底から這《は》い上がるに似た声。

「智蔵やて、そんな輩、知らん。顔を見たことも声を聞いたこともない」

どん、どん、と貫太は力の限り畳を叩き続ける。

「寒い時は懐に抱いて、祭りの時は迷子にならんように肩車して、大事に大事に守ってくれたんは誰や。隠れて悪さした時『それはあかんことや』て、きっちり叱《しか》ってくれたんは誰や。子どもにとっては、それこそが『ほんまもんの父親』と違うんか」

私はあんたの子と違うんか、と言い募《つの》る、その双眸《そうぼう》から涙が噴《ふ》き出した。

息子の姿に、文伍は畳に伏して身を震わせる。「済まん、済まん」と詫《わ》びる声が切ない。

荒い息を整えて無理にも慟哭《どうこく》を鎮《しず》めると、貫太は周助の隣りから父の傍らに移った。

「五鈴屋の旦那さん」

周助を呼ぶと、居住まいを正して、畳に両の掌《てのひら》を置く。

「旦那さん、私は五鈴屋さんとは一切、関わりがおまへん。今までも、これからもそうだす。せやさかい、手助けは無用だす。親父《おやじ》の言うたこと、無心に及んだことも、どうぞ忘れて、許したっておくれやす」

貫太、と父親が悲痛な声を上げる。

「けんど、このままやったら、三代続いた伊吹屋は暖簾を下ろさなならんようになってしまう。私が親から受け継いだ店、お前に譲る店、それが無うなってしまう」

文伍は息子に取り縋《すが》り、ゆさゆさと身体を揺さ振って訴えた。

「阿呆かいな、親父」

泣き笑いの顔を、息子は父親に向ける。

「親父のしたこと知らはったら、初代も先代も草葉の陰で泣かはりますで。それに、揺すり集《たか》りで泥塗《どろまみ》れになった暖簾なんぞ、譲られても困るよって。一遍、下ろそうやないか」

あまりのことに息をするのも忘れている父親の肩に、息子はゆっくりと手を置いた。

「一遍下ろして、ほんで、次は私のこの手ぇで、改めて伊吹屋の暖簾を上げさしてほしい。私、三つ峰で精進積んで、必ず伊吹屋四代目として、出直しをさせてもらいますよってに」

そないさしてくれへんか、と貫太は告げる。

息子の誓いに、文伍はむせび泣いた。

暖簾を外す悔しさ、切なさを、桔梗屋で経験していた周助は、ただ声もなく、二十八歳の男の覚悟を見つめていた。


火打箱に似せた塗りの弁当箱に、小豆《あずき》ご飯と辛《から》し菜《な》の味噌《みそ》和《あ》えが詰めてある。初午らしい夜食は、根を詰める店主のために、お咲がそっと置いていったものだ。

だが、周助は、用意された膳《ぜん》に気づくこともなく、文机《ふづくえ》に向かったまま、ずっと思案に暮れている。江戸の七代目に宛《あ》てて文を書くつもりが、筆がまるで進まない。

江戸店再建の目途《めど》も立ち、貫太の一件も落着した。これで何の憂いもなく、賢輔へ九代目を譲ることが出来る。周囲は、周助が店に留《とど》まり新店主を支えるものと信じているし、自身にも迷いがあった。だが、今日、貫太の決意を聞いて、腹が決まった。

五鈴屋を去り、桔梗屋の暖簾を掲げる。それも、呉服商としてではない、太物商として。その決意を文に認《したた》め、幸に送るつもりである。

当初は夢物語に過ぎなかったが、今、周助には、太物商いで遣《や》り遂げたいことがあった。

脳裏に浮かぶのは、伊吹屋の暖簾である。極上の紙を思わせる清浄な白地に、文字は墨色。大坂では色染めに白抜きの暖簾が多いため、白地の暖簾は目を引いた。それに、文字は手描きではなく、おそらく型染めだった。

地が墨色で文字が白抜きならば、風格はあるが、重苦しくて紙屋に相応《ふさわ》しくない。そう、逆ならば「勿体ない」のだ。

同じことが浴衣地にも言えるのではないか。

——浴衣地の紋様は、燕やら勝虫やら団扇やら、涼しそうなもんが多いのに、下地が藍色やよって、どないしても重うて、暑苦しいんだす

いつぞやの貫太の台詞の通り、大坂の者は本来、藍染め木綿を好むのに、江戸で人気の浴衣には「暑苦しい」と、そっぽを向く。

例えば、柳に燕の紋様は、藍色の地に、柳の枝と葉、それに燕の模様が白抜きになっている。藍色の部分が多く、だからこそ柳も燕も目立つのだが、「暑苦しい」と。

ならば、地を白に、紋様だけを藍にしてはどうか——それこそが、周助の手にした知恵であった。

型彫に型付、染め。それらの手立てを整え、浴衣地を作る目途が立ったとして、もとは老舗《しにせ》の呉服商だった桔梗屋なのだ。太物商いでの再建を、果たして孫六は許してくれるだろうか。

「旦那さん」

控えめに開いた襖から、お咲の声がする。

「熱いお茶をお持ちしましたよって」

首を捩《ね》じって女房を見れば、お咲は亭主の邪魔にならぬよう、湯飲みの載ったお盆を端に置いて座った。

せっかくの夜食が手つかずで置かれている。それを見ただろうに、お咲は何も言わず、おっとりと笑んでいる。夫婦になって十六年、手探りながらも互いに信を築いてこられた、と周助は思う。

「お咲」

女房の傍までにじり寄り、周助は続ける。

「私はこの五鈴屋を九代目に託したら、店を出て太物商いをしたい、と思うてる。まだ海のもんとも山のもんともつかん話やけんど」

一旦《いったん》、言葉を区切って、亭主は女房の顔を覗《のぞ》き込んだ。寝耳に水のはずが、女房は僅《わず》かに目を見張り、少しばかり肩を引くのみ。

所帯を持つことを決めた時にも言わなかった台詞を、周助は思いきって口にする。

「お咲、お前《ま》はん、付いてきてくれるやろか」

「当たり前だすがな」

常の蝸牛は何処へやら、間髪を容《い》れずに、お咲は応《こた》える。

「『付いてくるな』て言わはったかて、子ども三人背たろうて(背負って)、追わえていきますで。高作とお糸は小さいし、孫一かてまだ奉公前やよって、何処にも迷惑かけしまへん」

一気に捲《まく》し立て、お咲はふと我に返った体で口を噤《つぐ》んだ。あとは、と迷いの滲む表情で、唇を解く。

「あとは親旦那さんのことだすなぁ」

「さいな、私もそれが一番の悩みだす」

桔梗屋の暖簾を掲げての太物商いを、孫六にどう伝え、許してもらうか。その手立てを考えねばならない。女房の考えを聞こうとする周助に、しかし、お咲は、

「私らがここを出ていくことになったら、親旦那さんは心細おますやろ。物忘れも進んでしまうかも知れまへん。一緒にお連れしとおますが、商いが儘《まま》ならん間は、難儀をおかけするやろし」

どないしたもんだすやろか、と緩やかに首を振って悩んでいる。

そこか。

そこを悩んでいるのか、と周助は呆気《あっけ》に取られる。

亭主の心も知らず、女房は、

「高島店の傍に、貸店《かしだな》があったらええんだすが。それやったら、親旦那さんに好きなだけ行き来して頂けますやろ。ああ、せや、今から方々へ声掛けといたら、どないだすやろか」

と、色々な案をゆったりと口にする。

ただ呆然《ぼうぜん》とお咲を眺めていた周助だが、次第に、柔らかな笑いが込み上げてきた。

ひとに欲は付き物だ。呉服商のご寮さんの座に留まりたい、我が子に店の跡を継がせたい――そんな欲を抱いたとして、どうして責められようか。だが、我が女房は、まず、身近なひとを幸せにしたい、との気持ちが優《まさ》っているようだった。

大黒柱のつもりで居たが、実のところ、周助ごと家を背負っているのは、この女房ではなかろうか。そう、まるで蝸牛のように。

そう思うと、女房が蝸牛にしか見えなくなり、周助は声を立てて笑った。

笑いながら、江戸への文にはただ「九代目に五鈴屋を託したら、店を出て桔梗屋の暖簾をこの手で掲げたい」とだけ書こうと決めた。

「旦那さんがそないお笑いになるの、珍しおますなぁ」

何の何の、私も負けまへん、とお咲もまた朗らかに笑いだした。


風が甘い。

店の表に立って、周助はすっと鼻から息を吸い込む。梅でも桜でもない、藤の花の芳香だった。

今年は如月晦日《みそか》が春分で、季節と暦が常よりも半月ほどずれた。それを埋めるように、弥生《やよい》のあと、閏《うるう》三月が設けられていた。閏三月に立夏が巡って、漸く、季節と暦とが一致したように思われる。

卯月《うづき》朔日、智蔵の二十三回目の祥月命日《しょうつきめいにち》を迎えた。

周助の書き送った文は、とうに江戸に届いたはずだ。閏のあった分、ふた月以上になるが、未《いま》だ返信はなかった。ただ、江戸本店は普請中のため、行き違いもあったたかも知れない。焦ったところで致し方ない。

仰ぎ見る空は青く、ところどころ刷毛《はけ》で刷いたような淡い雲がかかる。智蔵の祥月命日らしい、美しい天だ。昼から連福寺で、法要《ほうよう》が営まれることになっていた。まだ一刻《とき》（約二時間）ほどあるが、お咲や主だった奉公人たちは先に寺へ行かせている。そろそろ仕度を整えよう、と八代目店主は奥座敷へと向かった。

「周助、ちょっとこっちに来てんか」

不自由な右足を伸ばしたまま縁側に座り、親旦那の孫六が呼んでいる。黒羽二重《くろはぶたえ》の羽織姿、法要に出かける用意を済ませていた。傍らに、常盤《ときわ》色の縮緬《ちりめん》の風呂敷包みが置かれている。

「あんさんには伏せてたけんど、実は江戸本店の幸から、密《ひそ》かに頼まれごとをされてましたんや」

十日ほど前、治兵衛が幸からの便りを孫六に届けたのだという。

確かに、その頃、治兵衛が高島店に親旦那を訪ねてきたことを、周助は思い出していた。

「これ、周助どんの文への返事やそうな」

孫六は風呂敷包みを引き寄せ、改めて周助の前へ差しだした。

「今朝、鉄助に言うて、大坂本店《ほんだな》の仏壇の引き出しから取ってきてもろた」

開けとぉみ、と命じられて、周助は風呂敷包みの結び目に両の指を掛ける。結び目を解《ほど》き、風呂敷を開いた途端、はっ、と吐く息を呑んだ。

優しい色、懐かしい色が周助の眼を射る。

まさか、と震える手でその布を取り上げて、広げる。

天満高島町　桔梗屋
奉公に上がった日、眼の奥に焼き付いた、あの暖簾。紛れもない、桔梗屋の暖簾だった。

「智ぼんさん、あの折りの約束を、幸を通じて、果たさはったんだすなぁ」

周助、おおきにな、と孫六はもと桔梗屋の奉公人だった男の肩をぽん、と叩いた。

親旦那さん、と男は震える声で孫六を呼ぶ。

「呉服商いと違うんだす。この暖簾、桔梗屋の暖簾で、太物商いをすること、お許し頂けますやろか」

この通りだす、と周助は板張りに額を擦《こす》り付けた。

「周助の思う通りにしたら、ええ」

言うときますけどな、私、今、呆《ほう》けてませんで、と孫六は楽しげに笑う。

泣き笑いの顔を上げた周助に、孫六はにこやかに続けた。

「桔梗いう花は朝開いて、昼萎《しぼ》み、夕方、また綺麗《きれい》に咲くんだす。浮き沈みの尽きんのが商いやが、まこと、桔梗のようでありたいもんだす。周助どん、気張っとくれやっしゃ」

頼みましたで、と周助の肩を、孫六は今度は力一杯に叩いた。

桔梗色の暖簾を胸に掻き抱き、周助は「へぇ」と掠れた声で応じる。

涙が溢《あふ》れて、顔を上げることが出来ない。そんな周助に、孫六は「ほれ、見とぉみ、周助」と庭を指し示した。

陽射《ひざ》しを受けて、桂の樹がすっくと立っている。その樹下、笑みを浮かべて頷いている智蔵の幻を、二人して見ていた。

第二話　菊日和

明けの明星を露払《つゆはら》いに、陽《ひ》が東天にゆっくりと顔を覗《のぞ》かせる。

昨夜の冷え込みで霜が降り、氷衣を纏《まと》っていた辺り一帯を、光の染物師が曙《あけぼの》色に染め上げて、江戸の街を朝へと導いていく。

大川の両岸を結ぶ、真新しい白木の橋。半年前にはなかった橋が、街の情景をより味わい深いものに変えていた。

「何と美しい姿やろか」

川に架《か》けられた、緩やかな弓形の橋を指し示して、菊栄は感嘆の声を洩《も》らす。傍《かたわ》らの幸は声もなく、深く頷《うなず》くばかり。

浅草《あさくさ》側から向こう岸へ行くには、長い間、渡し舟を使うか、川下の両国橋を使うかしか手がなかった。架橋は、この界隈《かいわい》に暮らす者たちの長きに亘《わた》る悲願であった。渋るおかみの尻《しり》を叩《たた》き、金銀を捻出《ねんしゅつ》したのは、町人たちだ。

だが、いざ、架橋の許しが出る、という段になって、大きな悲劇に見舞われた。二年前、明和《めいわ》九年（一七七二年）の、「行人坂の大火」である。

目黒《めぐろ》行人坂の大円寺《だいえんじ》から出た火は、瞬《また》く間に勢いを増し、芝《しば》から日本橋《にほんばし》、下谷《したや》、浅草、千住《せんじゅ》へと燃え広がった。さらに本郷《ほんごう》から新たに上がった火の手は、駒込《こまごめ》から京橋《きょうばし》を巻き込み、留《とど》まるところを知らない。結果、江戸の大半が焼け野原と化し、夥《おびただ》しい死者を出した。

明暦《めいれき》三年（一六五七年）の振袖火事の際に、火から逃れようとして大川で落命する者があとを絶たず、おかみは両国橋の架橋に至った、と聞く。この度の大火でも、橋さえあれば助かった命があったはずだ。それを思うと何とも切ない。

火事から二年、正式に架橋の許しが下りて着工、神無月《かんなづき》十四日に完成した。黒日《くろび》を避けて、十七日から往来が開始された。ふたりの眼前の橋こそが、その大川橋である。

「これまで、しんどいことは仰山《ぎょうさん》あったけれど、この三年ほどは、ほんにしんどかった。しんどうて、しんどうて」

大事な店は焼け、宝にも似たひとは世を去った。大火のあとの辛苦が胸に迫り、菊栄は言葉を詰まらせる。小さく頭を振ると、無理にも微笑《ほほえ》んで、

「せやから、ひとしお、あの橋の美しさが目に沁《し》みます」

なぁ、幸、としみじみと言った。

菊栄は小間物商「菊栄」の店主、そして幸は呉服商「五鈴屋」江戸本店《ほんだな》の店主である。この度の大火で、浅草は焼け、「菊栄」も五鈴屋江戸本店も、蔵だけを残して全焼した。

材木の値の高騰《こうとう》や人手不足も重なったが、「菊栄」は大火の年の暮れ、五鈴屋は昨夏、各々、店の普請《ふしん》を終えている。いずれも、容易な道程ではなかった。

「昨日の渡り初め、それに今朝も、菊栄さまとご一緒できて、橋の姿を見届けられて……」

あとは言葉にならないようで、幸は唇を引き結んだ。

菊栄の知る限り、珍しいことだ。しかし、それも無理もなかろう。幸、とその名を呼び、菊栄は腕を伸ばして、友の両の手を握った。

「幸、おおきになぁ。ほんに、おおきに。兄姉との縁は薄かったけんど、幸が居てくれるさかい、どれほど心丈夫なことやろか」

五鈴屋四代目徳兵衛の先妻と後妻、という何とも奇妙な関わり《かか》ではあったが、菊栄にとって、幸は何より大切な友である。先に江戸へ出た幸が居ればこそ、菊栄も同じ場所で生きる決心がついた。

その友が、明日、ここを旅立っていく。骨《うず》を埋める覚悟で大坂から江戸へ移って二十三年。江戸本店を開き、町人のための小紋染《こもんぞ》め、藍染《あいぞ》め浴衣地《ゆかたじ》など、のちの世に伝えられるだろう品々を手がけた。「女名前禁止」の枷《かせ》のある大坂では成し得ないことを、この江戸で遣《や》り遂げた幸である。

正直、惜《お》しくてならない。まだまだ、この地でその商才を発揮してもらいたかった。色々な商いの手立てを共に考え、試してみたかった。遠く離れれば、顔を見、声を聞いて相談することも叶《かな》わない。

けんど、と菊栄は密《ひそ》かに頭を振る。

妹とも思う大事な友は、商いとは別に、その名の通り「幸」を手にした。互いに想《おも》いを胸に秘めていた相手と、夫婦《めおと》約束を交わした。明日はその賢輔と、小頭役《こがしらやく》のお竹《たけ》とともに、江戸を発《た》つことになっている。

友の手を握る、その掌《てのひら》に菊栄はぎゅっと力を込めて、

「大坂では、賢輔どんは五鈴屋九代目徳兵衛。幸はそのご寮《りょん》さん。ふたりで力を合わせて商いの橋を架けておくれやす。私も負けてられへんよって、この江戸で盛大に気張ります」

と、嫋《たお》やかに笑んだ。

その手を強く握り返して、幸は深く頷いた。涙を堪《こら》えているようで、言葉はない。明日の旅立ち間際《まぎわ》には、こうしてふたりだけで話すことも儘《まま》ならないだろう。最後やからこそ、湿っぽいのはあかん。

潤《うる》み始めた双眸《そうぼう》を細め、菊栄は晴れやかな笑みを浮かべた。

「せやけど、幸、お竹どんも一緒に連れて行く、て殺生だすで。私、お竹どんのこと、それはもう頼りにしてましたよって」

勿論《もちろん》、お竹の方から幸たちと一緒に大坂へ戻りたい、と頼み込んだことも重々承知している。年が明ければ八十二になる身で、箱根《はこね》を越えようという気構えには感心するばかり。

「堪忍《かんにん》してくださいな、菊栄さま」

ふっと目もとを緩ませて、幸は柔らかに詫《わ》びる。

「大坂でも、お竹どんに『帯結び指南』を任せたいのです。菊栄さまには申し訳ないのですが、連れて帰ります」

幸の返答に、「何だすて」と菊栄は呆《あき》れ顔になった。

「あんさん、まだお竹どんをこき使わはるつもりだすのか」

「はい、まだまだ」

朗らかに応じて、幸は破顔する。

辛抱たまらず、菊栄は背を反らして笑いだした。そんな友の姿に、幸も声を立てて笑う。

これが今生の別れになるやも知れない。

だが、ともに「笑って勝ちに行く」人生を選んだ。別れ際も笑顔でいよう——言葉にせずとも、互いにそんな想いだった。

女ふたりの朗笑《ろうしょう》に驚いたか、水鳥がばたばたと飛び立った。

昇る陽は東天に輝き、眼前には大川が淀《よど》みなく滔々《とうとう》と流れる。弧《こ》を描く美しい橋の彼方《かなた》を、水鳥は逞《たくま》しく飛翔《ひしょう》していった。


「ほんまに殺生だす」

小間物商「菊栄」の奥座敷で、お梅《うめ》が身を震わせて泣いている。

「お竹どんは、私にとって姉も同然なんだす。死に水かて、ちゃんと取らしてもらう心づもりで居ったんだすで」

こない殺生な話おますやろか、と涙と洟水塗《はなみずまみ》れの顔を上げ、お梅は菊栄に訴える。

幸たち一行が旅立って五日余り、毎日、菊栄を訪ねては、この調子で愚痴るお梅であった。

まぁまぁ、と菊栄は些《いささ》かげんなりしつつも、五鈴屋江戸本店の女衆頭《おなごしがしら》を慰める。

「お竹どんは一生、幸の傍《そば》で役に立ちたい、と思うてはるんだす。もう行ってしもたことやし、気持ち良うに許したんなはれ」

「けんど、けんど、やっぱり殺生だす」

廊下から、番頭の竜蔵《たつぞう》が帳面を膝《ひざ》に、こちらを窺《うかが》っている。客人が何時《いつ》店主を解放するか、辛抱強く待っているのだ。

眼差《まなざ》しで「すぐに」と伝えて、菊栄はお梅の顔を覗き込む。

「ほな、お梅どん、あんさんが大坂へ去《い》んだらどないだす」

「へ？」

不意に何を言いだすのか、と眼《め》を剝《む》いているお梅に、菊栄は不敵な笑みを向けた。

「せやから、梅松さんとも別れて、小梅《こうめ》らも置いて、お梅どんがお竹どんを追わえていったらええだけの話だすやろ」

「滅相な」

金切り声を上げて、お梅は年寄りとも思えぬ勢いで立った。

「何ぼ何でも……たとえ菊栄さまでも、言うてええことと悪いことがおますやろ」

憤怒《ふんぬ》の表情で言い放ち、お梅は座敷を飛びだして行った。

「宜《よろ》しいのですか」

案じる竜蔵に、「ええんだす」と、菊栄は苦く笑ってみせる。

五鈴屋江戸本店は今、佐助《さすけ》が店主を務め、その女房のちかが奥向きを仕切っている。店も大きくなり、表と奥、どちらにも奉公人が増えた。店主夫婦にとって、舵取《かじと》りが大変な時期だった。女衆頭がよそで油を売っている場合ではないのだ。もと女衆で孫ほどに若いちかに対して、お梅には甘えがあるのかも知れない。

「お梅どんを『畑の羅漢《らかん》』にしてしもたら、あきまへん。これからは耳に痛いことも言わんとなぁ」

畑の羅漢、と繰り返し、老いた番頭は首を傾《かし》げている。

大坂には、きつい物言いを和らげるために工夫された「大坂言葉」というのがある。畑の羅漢は、すなわち「はたらかん」。働かない者のことを揶揄《やゆ》する意味だった。

幸に賢輔、そしてお竹。五鈴屋江戸本店は、これまで店を支えてきた柱を三本、失ったことになる。だが、佐助やほかの奉公人たちならば、心をひとつに新しい江戸本店を築き上げることだろう。

お梅にしても、今はああだが、お家《え》さんだった富久、そして幸に仕えた身。立ち直る一助になれば、と菊栄は思った。

田原町三丁目に暖簾《のれん》を掲げる「菊栄」は、小間物商だが、簪《かんざし》や笄《こうがい》などの髪飾りに重きを置く。

創業は明和二年（一七六五年）如月《きさらぎ》、当初は日本橋通《にほんばしどおり》にほど近い呉服《ごふく》町に店を構えていたが、のちに五鈴屋江戸本店と同じ町内に移った。大火で焼失したあと再建し、店前現銀売《たなさきげんぎんう》りのほか、屋敷売りも行っている。

「おいでなさいませ」

「こちらの笄も、お似合いかと存じます」

店の間《ま》では、洒落《しゃれ》た笄や簪を求めるお客を相手に、奉公人らが商いに励んでいる。皆、暖簾と同じ承和《そが》色の半纏《はんてん》姿だ。

揃《そろ》いの半纏を纏った店主は、表座敷を密やかに見回して、そっと右の掌を胸もとにあてがった。

裕福そうな者も、倹《つま》しい身形《みなり》の者も、思い思いに好みの髪飾りを手に取って、買い物を楽しんでいる。今日は、彩《いろどり》豊かなつまみ細工の簪を求める者が多い。大火から三年近く経《た》ち、漸《ようや》く、本当に漸く、店を訪れるお客が戻った。

小間物は「生きること」にじかに関わるものではない。火事で暮らしが覆され、生きるだけで必死な時、小間物に心を向ける者は居ない。暮らしが成り立ち、気持ちにゆとりが生まれて初めて、装いに心が向くし、「菊栄」へ足を運ぶ気にもなる。

揺れる簪は、歌舞伎《かぶき》役者中村富五郎《なかむらとみごろう》と二代目菊瀬吉之丞《きくせきちのじょう》の尽力もあり、大店《おおだな》の娘を始め、懐《ふところ》豊かな若い女に人気を博した。笄では一転、庶民のおかみさんたちに競って買い求められた。

さらに、縮緬《ちりめん》の端《はぎ》切れを小さく切って摘《つ》まんだり、畳んだりして花弁に見立てる「つまみ細工」で作った花簪。以前からほかの小間物店でも扱いがあったが、専門の細工職人を見つけて「菊栄」独自の簪に仕立てたところ、じわじわと人気が出始めた。

もう一手……次の一手を考えよう。何かまだ、出来ることがあるはずだ。そう易々《やすやす》とは思いつかないが、何か、と菊栄は考え込んだ。

「菊栄さま」

名を呼ばれて、はっと我に返れば、手代《てだい》が風呂敷《ふろしき》包みを傍らに、

「井筒屋さまとのお約束は九つ半（午後一時）、呉服町まで少しございますから、そろそろお出になった方が宜しゅうございます」

と、懇篤《こんとく》に促した。

風呂敷の中身は重箱らしく、角ばっている。中身は、手土産《てみやげ》の薄皮饅頭《うすかわまんじゅう》だろう。せやった、と菊栄は漸く思い出す。

本両替商、井筒屋保晴の茶席に招かれていたのを、つい忘れていた。

「供は要りまへん」

手代から風呂敷包みを受け取ると、店の者たちにあとを頼んで「菊栄」を出た。

漆喰《しっくい》の白が際立つ壁の脇《わき》を、酒屋の半纏姿の男衆たちが大事そうに角樽《つのだる》を抱えて過ぎていく。雄蝶雌蝶《おちょうめちょう》の飾りのついた朱塗りの樽が、白に映えて美しい。

紅白の紙を畳んで細工した飾りに目を留めて、「綺麗《きれい》だすなあ」と菊栄は呟《つぶや》く。もとは紙でありながら、ああして畳んで形にし、金銀の水引を添えれば、ぱっと華やかな雰囲気を醸《かも》しだす。婚礼には欠かせない紙細工だ。

先の大火では、日本橋界隈は皆焼けて、すっかり様変わりしてしまった。日本橋通の大店はすぐに店を建て直したが、他は櫛《くし》の歯が欠けるように、ところどころ、更地のまま残されている。辺りにそこはかとなく漂う寂しさを、さり気なく拭《ぬぐ》い去るような、雄蝶雌蝶であった。

日本橋通を右に折れて西河岸《にしがし》町を過ぎれば、呉服町はじきだ。

菊栄にとっては、店を持つ喜びとそれを失う悲痛、両方を味わった町だった。酒問屋が多かった街並みも、やはり随分と様変わりしている。

一軒の屋敷の前で、客人の到着を待っていたのだろう。井筒屋の半纏を着た奉公人が、菊栄を認めて、丁重な辞儀で迎える。

会釈を返すと、菊栄は小さな声で、

「ほんに、いけず（意地悪）だすなぁ、惣ぼんさんは」

と、独り言《ご》ちた。


銭両替に比して、江戸では本両替商は数えるほどしか居ない。

中でも、井筒屋は近年、頭角を現したことで知られる。それまで仲間内で重鎮だった音羽屋忠兵衛《おとわやちゅうべえ》が失脚したあと、見事に取って代わった、と専《もっぱ》らの噂《うわさ》である。

離れの茶室で、店主の三代目保晴から振舞われた茶を飲み干すと、菊栄は静かに茶碗《ちゃわん》を置いた。

「井筒屋三代目保晴さん、否、誰《だれ》も居てへんよって、惣ぼんさんで、宜しいなぁ」

良いとも悪いとも答えずに、相手は口の端《は》を持ち上げて、にやりと笑ってみせた。

この男こそ、幸の二人目の夫で、五鈴屋五代目徳兵衛だった。

「惣ぼんさんも、お人が悪おますな。わざわざ、ここに私を招くやて」

ほんにいけずなお人だすな、と菊栄は軽やかに悪態をつく。

「あんさんと幸が折半して買い上げた店は、先般の火事で綺麗さっぱり焼けてしまいましたで。これはもう、別物だすやろ」

空の器を下げると、惣次は空々しい口調で言った。

以前、末広屋《すえひろや》という白粉商《おしろい》だった間口十間の店を、「菊栄」と五鈴屋とで買い上げた。しかし、まさにその家屋敷が二重に井筒屋に売られており、おかみの裁定によって、井筒屋こそが真の持ち主である、とされた。結果、幸と菊栄は新店を失う羽目になったのだ。

店を開け渡す際の屈辱を、菊栄は忘れたことがない。ただ、うかうかと騙《だま》されたのは、菊栄たちにも落ち度があった。

「あんさんのもと女房と、もと義姉《あね》が謀《たばか》られたんだすで。ちょっとは情を掛けて家屋敷を戻してくれても、罰は当たらんと思いますけどなぁ」

菓子鉢に手を伸ばして、薄皮饅頭を二つ取ると、一つを惣次に「これ、美味《おい》しおますのや」と差しだした。菊栄の手土産の品だ。

饅頭を受け取ると、菓子鉢に戻して、

「そないなこと、この私がする訳がないんは、あんさん、ようご存じだすやろ」

と、面倒臭そうに応《こた》えた。

うっかり口一杯に好物の饅頭を頬張《ほおば》ってしまったので、菊栄はただ首を縦に振るに留《とど》めた。

障子越《しょうじ》しに、しゃっしゃっ、と竹箒《たけぼうき》を使う音が幾つか重なって聞こえる。井筒屋の奉公人たちが、ここまで出張って庭掃除をしているのだろう。

障子の方へ眼を向けて、惣次が、ふと問う。

「機嫌良う大坂へ発たはったんだすな」

「誰がだすか」

二つ目の饅頭を手に取り、半分に割ると、小さい方を惣次に差し出す。相手はむっとした顔で、それでも今度は口に放《ほう》り込んだ。

大きい方を食べながら、菊栄は満面の笑みを相手へ向ける。

「幸らのことやったら、ひと月も前の話だすで。それに惣ぼんさんなら、一行が無事に天満に着いたことも知ってはりますのやろ」

江戸と大坂の両替商は、送金の遣《や》り取りで関わりが深い。井筒屋がその気になれば、大坂の呉服商の内々の事情なども調べはつくはずだ、と菊栄は踏んでいた。

甘いものを食べたはずの惣次は、しかし、苦虫を噛《か》んだ体《てい》で、ぎょろりと鋭く菊栄を睨《にら》む。

「あんさん、嫌な女子《おなご》だすな」

「へぇ、何せ昔は『笊嫁《ざるよめ》』て、異名を取りましたよってになぁ」

平然と答えて、菊栄はちろりと舌を出した。

菊栄が四代目徳兵衛の女房だった頃《ころ》、陰で「笊嫁」と呼んだ惣次である。相手の応《おう》酬《しゅう》に、流石《さすが》の惣次も噴《ふ》きだした。

「あんさんと幸、ええ取り合わせだすなぁ。商才は五分五分やが、面白さに於《お》いては、あんさんの方が格段に上やよって」

「そこを褒《ほ》められても」

お茶のお代わりを所望して、菊栄は惣次の髪に目を遣る。

惣次は菊栄よりも四つ上。来年還暦ということを抜きにしても、ここ三年ほどで、随分と白髪《しらが》が増えた。大火のあとの苦労を、菊栄は慮《おもんぱか》る。

ただ、井筒屋も「菊栄」も一人の奉公人も欠けずに済んだし、その年のうちに再建も叶ったのは何よりだった。

火事の後は、材木も漆喰も屋《や》根瓦《ねがわら》も、何より職人の手間賃も驚くほど高騰する。当初、菊栄は五鈴屋同様に、それらの値が落ち着くまで普請を待とうと思った。

――あんさん、阿呆か。何のために蔵が残ったんだす。さっさと店建てて、蔵のお宝を売り捌《さば》かんでどないする

そう言って、菊栄の尻《しり》を叩いたのは、ほかならぬ惣次だ。

この度の火事では大名屋敷や上級武士の屋敷が数多く焼けた。この先、暮らしが落ち着いた頃に、奥方や姫君への見舞いに選ばれるのが装飾品だ、と。珊瑚《さんご》や鼈甲《べっこう》、金銀の髪飾りなど値の張る品が選ばれる、と。

豪奢《ごうしゃ》な揺れる簪から、手頃な笄へと、商いの柱を移したが、高価な簪類は重厚な蔵に保管してある。そうした品は屋敷売りなので、建物が無くとも出来そうだが、再建さえできぬ店主だとまず信用してもらえない。

惣次の助言を受けて、菊栄は店の建て直しを早め、その結果、蔵の在庫を売り切り、相当な売り上げを弾《はじ》き出したのだった。

会話の途絶えた室内に、しゃかしゃかと、茶筅《ちゃせん》を動かす小気味いい音が続いている。

口は悪いし、いけずやし、五鈴屋の嫁やった頃はほんまに好かんかったけんど、と菊栄は思う。性根は決して悪くない。何より、あの頃と違って、今の惣次は情を持ち合わせている。

五鈴屋江戸本店を遠くから見守り、危うい時には密かに知恵を貸していた。おそらくはこれからも、己の生家に繫《つな》がる店を大事にしていくだろう。

「今のあんさんの姿、お家《え》さんに見せとおましたなぁ」

菊栄のひと言に、惣次は椎《しい》の実に似た両の眼を剝いた。

「茶ぁ立てたくらいで、大袈裟《おおげさ》な」

惣次の誤解をそのままに、菊栄は楚々《そそ》とした仕草で茶碗を受け取った。先よりもずっと円《まろ》やかな味で、菊栄の頰が自然と緩む。

「ほんで、もう考えつかはったんだすか」

惣次に問われて、「何をだすか」と、問い返せば、即座に、

「次に商う品だすがな。あんさんのことや、何ぞまた、新しい風を吹かそうとしてなはるんやないか」

と、答えられた。

茶碗についた紅を丁寧に拭《ぬぐ》って器を戻すと、菊栄は小さく吐息をつく。

豪奢な品と手頃な品、扱う品でお客の層が変わる。五鈴屋江戸本店のように、懐豊かな者にも倹しい者にも塩梅《あんばい》よく喜んでもらえる品揃《しなぞろ》えが望ましい。そのためにも、もう一手が要る、と菊栄は考え続けてきたのだ。

「難しおますなぁ」

揺れる簪も、笄も、難産だった。思い付きから始まり、それを手掛かりに構想を練ったが、あの形に辿《たど》り着くまで長い刻《とき》がかかった。

「手掛かりすら見えんよって、難しおます」

そう繰り返して、菊栄は吐息を重ねた。

少しばかり重くなった茶室の雰囲気を払うように、「まぁ、盛大に気張りなはれ」と惣次が朗らかな語調で告げる。

「見込みがありそうなんを考え付いたら、言うとぉみ。手ぇ貸さんこともない」

怖い怖い、と菊栄は自身の両腕を擦《さす》って、

「どんだけ利子を取られるか。丸裸にされたら、えらいことだす」

と、からからと笑ってみせた。

濃紺の波を潜《くぐ》って、鴇《とき》色の長いものがうねうねと身を泳がせている。

正体は染め上がった反物《たんもの》で、染物師が腿《もも》まで川に浸《つ》かり、余分な染料を洗い流していた。陽の恵みがあるとはいえ、師走の大川は寒かろう。

「小吉《こきち》さん、御精が出ますなぁ」

水場の傍まで近寄って、菊栄は染物師に声を掛ける。

水元の手を止めて、小吉が振り返った。声の主を認めると、にっと白い歯を見せる。染物師力造《りきぞう》に十四で弟子入りした小吉も、もう一人前の染物師で、近年は難しい型付も任されている。

「師匠《ししょう》なら家ですぜ」

おおきに、と小吉に礼を言って、菊栄は土手の上を目指した。

先の大火では花川戸《はなかわど》も焼けたが、力造宅とその周辺だけは難を逃れていた。梅松お梅夫婦、誠二《せいじ》お島《しま》夫婦の暮らす裏店《うらだな》も、辛《から》うじて無事であった。

菊栄は新たな品の手掛かりを得るため、時折り力造を訪ね、染め色についてのあれこれを教わっている。

「菊栄さん、こんな格好で勘弁しておくんなさいよ。どうも風邪《かぜ》っ引《ぴ》きらしく、今朝起きた時から、ぞくぞくしちまって」

たっぷりと綿の詰まった夜着を肩にかけ、老猫を抱いた力造が、情けなさそうに頭を下げる。お才《さい》が「ほんとにねぇ」と、長火鉢に炭を足す手を止めて、

「大寒《だいかん》に水元の仕事をしたって、風邪ひとつ引かないのが自慢だったんですが、それだけ年取ったってことですかねぇ」

と、つくづくと洩《も》らした。

力造は六十八、お才はその二つ上。年上の女房なのを気にして、いつもは齢《とし》の話題は避けるお才なのだが、よほど身に沁みた、ということなのだろう。

「力造さん、猫を抱く姿がよう似合わはりますなぁ、それ、小梅だすやろ」

「そうなんでさぁ。大人しく抱かれてくれるんで、炬燵《こたつ》代わりに、とお梅さんが」

老いて毛色は変わったものの、力造に撫《な》でられて、小梅は上機嫌でごろごろと喉《のど》を鳴らした。

「お前さん、色の話をするなら、小吉も聞きたいと思うから、ちょいと呼んできても良いですかねぇ」

炭入れを脇に置くと、お才は亭主にそう断った。

「この間、お前さんから『年齢を問わず、似合う色』を聞かれたろ？　あれからずっと考えてるんだが……」

存外、難しいのさ、と力造は眉根《まゆね》を寄せる。

年齢によっても、ひとによっても、似合う色は異なる。大雑把《おおざっぱ》に網をかけたところで、「これ」と決められるものではない。

力造の言い分に、「そうだすなぁ」と理解を示しつつ、菊栄は、

「ほな、年齢を問わずに好かれる色、いうんはどないだすやろ」

と、新たに尋《たず》ねた。

そりゃまた難問だぜ、と力造は頭を抱える。煩悶《はんもん》したあと、ふと、

「自分で言うのも何だが、『王子茶《おうじちゃ》』は随分と好かれる色だと思いますぜ。吉次《きちじ》さん、否、二代目菊瀬吉之丞さんが亡くなった今も、人気が絶えねぇんだから」

と、洩らした。

刹那《せつな》、胸がぎりぎりと痛んで、菊栄はそっと右の掌を添える。

江戸一の名女形として知られた二代目菊瀬吉之丞は、昨年閏《うるう》三月、師匠の菊次郎《きくじろう》の目の前で倒れ、そのまま泉下の客となった。大火のあとの心労と無縁ではなかろう。歌舞伎界を背負って立つ吉次の喪失はあまりに大きく、何より、悲しみに暮れる菊次郎には掛ける言葉もないまま、一年が過ぎてしまった。

黙り込む菊栄を見て、力造は王子茶を持ちだしたことを悔やんだのか、辛《つら》そうに俯《うつむ》いた。

お茶を運んできたお才が、それとなく事情を察して、

「好き嫌いって、それこそ人それぞれですからねぇ。ああ、でも」

と、明るい声で話しだす。

「藍染めは身近だし、藍色って誰でも好きだと思いますよ。あと、女は紅色、紅を使った染め色は、老いも若いも、好きなんじゃないかねぇ」

ねぇ、小吉、とお才に水を向けられて、弟子は「確かに」と頷いた。

「それに、紅を下地にすると、思いがけない色が出ます。黒に染める時も、紅で下染めしたものは、黒が深いというか。『黒紅《くろべに》』という色ですが、昔、その色を暖簾にしていた……」

言いさして、小吉はふと口を噤《つぐ》む。師匠夫婦が渋い顔で小吉にだけわかるよう、頭を振っているのに気付いたからだった。

黒紅、と呟いて、菊栄はほろ苦く笑う。

「日本橋音羽屋――闕所《けっしょ》になった本両替商音羽屋の女房の店が、その黒紅の暖簾だしたな」

重追放《じゅうついほう》に闕所となったあと、音羽屋忠兵衛結《ゆい》夫婦の行方は、杳《よう》として知れない。結の実姉の幸は密かに胸を痛めているだろうが、正直、菊栄には関わりが無い。

「紅を下地に、てぇのとは逆だが」

気まずさを払うように、力造が両の手をぽんと打ち合わせた。

「あとから紅を上掛けする『紅掛《べにかけ》』ってのがありますぜ」

亭主の台詞《せりふ》に、お才と小吉は「ああ」と頷き合う。

紅掛空色《そらいろ》、紅掛花色《はないろ》、紅掛納戸色《なんどいろ》、と菊栄は指を折りつつ、

「紅掛て名ぁが付く色は、確か、三種ほどおましたなぁ」

と、呟いた。

紅掛空色は淡く、紅掛花色、紅掛納戸色、と次第に濃くなる。藍染めの濃淡で「空色」「花色」「納戸色」を出して、それぞれに紅を上掛けするため、その三色の名が在った。

「こいつぁ、驚いた」

力造が吐息交じりに言う。

「菊栄さん、よくご存じだ。その通りですぜ」

弟子も女房も、同じく感心しきりだった。

大坂の生家、小間物商「紅屋《べにや》」では、屋号に因《ちな》み、唇に塗る紅のみならず、紅染めの手絡《てがら》や風呂敷なども扱っていた。菊栄は父の多聞《たもん》から、それらの色を教わった覚えがある。

「どの色も、その名ぁが無かったら、紅が潜んでいることもわかりませんよって、色

の名は大事だすなぁ」

紅屋の娘は、我知らず、生家を愛《いと》おしむ口調になっていた。

「私もそう思います、色の名前は本当に大事ですよ」

お才が菊栄を眩《まぶ》しそうに見て、続ける。

「さっき、『年齢を問わずに好かれる色』をお尋ねでしたけどね、紅掛空色みたいな優しい色を『嫌いだ』『苦手だ』ってひとは居ないんじゃないかしらねぇ」

確かに、と弟子の小吉がこっくり頷いた。

また吉次のことを思い返したのか、力造は切なげに溜息《ためいき》を重ねている。


喩《たと》えるならば、少し霞《かすみ》がかった、春の朝の空の色。

よほど辛い記憶と結びつかない限りは、お才の話していた通り、優しい「紅掛空色」という色そのものを嫌う者は居ないだろう。

紅掛空色に染めたもので、何か。

寝床の中で、菊栄は寝返りを繰り返す。

紅屋では風呂敷の他、紅染めの手絡を扱っていた。髪に飾る手絡は、絞り染めにしたものが若い娘に好まれ、よく売れていた。

あれを紅掛空色に替えてはどうだろうか。

思いついたものの、咄嗟《とっさ》に半身を起こして、「あかん、あかん」と頭を振る。あの頃の大坂では、小粋な端切れが手に入りにくかった。今なら、それに江戸なら、端切れ売りから洒落《しゃれ》た端切れを買い求め、自分好みのものを作ることが出来るのだ。紅掛空色という色に拘《こだわ》ったところで、お客の心を引き寄せるのは難しい。もうひと工夫が必要だ、と菊栄は長く息を吐きだした。

障子の向こうは漆黒の闇《やみ》で、夜明けは遠い。掛け取りに追われているのか、表通りからはまだ人の声が聞こえていた。

「おいでやす、どうぞこちらへ」

「おおきに、ありがとうさんでございます」

田原町三丁目、表通りの一角に、ひときわ活況を呈する店があった。大火のあと、間口を広げた、呉服太物《ふともの》商いの五鈴屋江戸本店である。

本日、師走《しわす》十四日。赤穂義士《あこうぎし》の討ち入りの日として知られる同じ日に、五鈴屋江戸本店は創業から丸二十三年を迎えた。大火で全焼したあと、やっと再建が叶って迎える二度目の創業記念日であった。

この日の買い物客には、五鈴屋特製の鼻緒が贈られることから、例年楽しみにする者が多い。ただ、今年は少し顔ぶれが違った。

「大した買い物は出来ないんだけどね、着の身着のままで焼け出された時に、五鈴屋の古手《ふるて》でどれほど助かったか知れないんだよ」

「うちもそうさ。古手商いでもないのに、随分と無理をしたんじゃないのかねぇ。木綿の白生地くらいしか買えないけれど、他で買うなら五鈴屋でってね。ちょっとした恩返しさね」

見知らぬお客同士、そんな遣り取りが交わされる。

祝いの品を持参した菊栄は、次の間からそっと表座敷を覗いて、

「佐助どん、宜《よろ》しおましたなぁ。大盛況だすな」

と、傍らの佐助に囁《ささや》いた。

「へぇ、ほんに、ありがたいことでおます」

これも先代の采配《さいはい》の賜物《たまもの》だす、と佐助は感じ入った体で応じる。

幸から本店店主を引き継いで二月《ふたつき》、緊張して迎えた今日の日なのだろう。

「こちら、下野《しもつけ》国の木綿だす。どこの木綿にも負けん、肌触りのええ品でおます」

「そちらのお召し物に合わせはるんなら、この帯地はどないだすか」

表座敷では、壮太《そうた》と長次《ちょうじ》が各々、懇篤にお客の買い物の相談に乗っている。

二人の様子に、佐助は緩んだ息を吐いた。

江戸本店の新しい支配人は、壮太と長次の二人。優劣をつけない「並支配人」という役職を、佐助が先代と相談の上で決めたのだ。

「旦那《だん》さん」

お客を見送るために立ち上がった壮太が、さり気なく次の間の佐助を呼んだ。

暖簾を捲《まく》って、丁稚《でっち》に招き入れられたのは、相撲年寄《すもうとしより》の砥川額之介《とがわがくのすけ》と女房の雅江《まさえ》であった。毎年、創業記念の日には、連れ立って五鈴屋に足を運ぶのを楽しみとしている夫婦だ。ことに、亭主の額之介は、力士の名入り浴衣を五鈴屋に任せてくれた恩人でもある。

佐助は傍らの菊栄に「菊栄さま、失礼いたします」と断ると、常客のもとへと急いだ。菊栄はその場に留まり、夫婦を眺める。

大火のあと、勧進《かんじん》大相撲は春場所を休んだのみで再開されたが、休場する力士が目立ち、今ひとつ活気が無い。そのせいか、額之介も雅江も、少し沈んで見えた。

おや、と菊栄は女房の髪に目を留める。

その結髪から、『菊栄』の笄が覗く。南天《なんてん》の彫り物を施された馴染《なじ》みの品だ。菊栄が気になったのは、その結髪に巻かれた錦《にしき》の布だった。

手絡ではない、髷《まげ》の根に巻かれているから根掛《ねがけ》だろうが、菊栄の知るものとは随分と異なっていた。

例年通り縮緬生地を半反、あとは小紋染めと新柄の藍染め浴衣地を買い求め、亭主は支払いを、女房は鼻緒を選んでいる。菊栄は土間を下りて、目立たぬよう、店の表に回った。

「あら、『菊栄』の」

暖簾を出たところで、菊栄を認めて、雅江は華やいだ声を上げた。ひょんなことから同い齢《どし》と知り、親しく言葉を交わすようになった二人であった。

「そこの煙草屋《たばこや》に寄っているから、ゆっくりおいで」

ほろりと笑って、額之介は先に歩きだした。

年の瀬が迫るにつれて賑わいを増す表通りを、菊栄と雅江は肩を並べて歩く。

「雅江さま、その髪形、よう似合《にお》うてはりますなぁ」

褒められて、女房は後ろ髪に手を遣り、ありがとう、とはにかんだ。

「私は髪を結うのが下手で、いつもは髪結いに任せきりなのですが、髪を洗ったあと、自分で結ってみたんです」

かつては、女の髪は自身で結うものとされ、遊女でさえ、証文に「髪結で世話を掛けない」旨の一文があった。しかし、次第に複雑な髪形が流行り始め、吉原《よしわら》などの遊里でなくとも、人の手を借りねば結い上げることが難しいものが増えた。女の髪を小綺麗に結える髪結いは重宝され、近頃は引く手あまただという。

雅江の手による結髪は、丸髷《まるまげ》とでも呼べば良いだろうか、丸い形の髷が優しげで、落ち着いた雰囲気をもたらしている。根もとが綺麗に決まらないので、根掛として、錦の端切れを巻いてみたとのこと。

「年々、髪が細くなって、かもじで誤魔化しても心もとなくてね。こうして少し派手な錦を巻くと、そこに目が行くと思って」

「ああ、それで……。根掛にしては珍しい、と思うてました」

知恵だすなぁ、と菊栄は感嘆の声を洩《も》らした。

「江戸好みの笄を考えだした菊栄さんに褒められると、気恥ずかしいですよ」

照れてみせて、雅江はふと声を低める。

「吉原では、衣裳《いしょう》もですが、髪形にも気を遣いましたからね。誰かの真似《まね》ではなく、自分なりに工夫を凝らしたものです」

あの頃のことは綺麗さっぱり忘れてしまいましたがねぇ、と雅江は言い添えた。

今少し、見せてもらえまいか、という菊栄の懇願を快く許し、見易いようにと雅江は身を屈《かが》める。

もとは遊女勝山《かつやま》が結ったとされる勝山髷は、年代が下るにつれて、様々な新たな髪形を生みだした、と聞く。雅江が結っているのも、そのひとつだろう。

女の髪を飾るものには、櫛、簪、笄、それに掛物と呼ばれる「手絡」「根掛」「丈《たけ》長《なが》」の三種がある。とりわけ、笄はただ飾るだけでなく、結髪に欠かせない。さらに、雅江のような理由なら、根掛も必ず要る。

菊栄は、短く息を吸い込み、黙考を続ける。

どれほど良い晴れ着を纏っていたところで、髪形がそぐわなければ台無しになる。そして、どれほど洒落た髪形であっても、髪飾りが不釣り合いならば駄目になる。近年、女たちはその理に気づいて、髪を飾るものに心を向けるようになった。

笄もそうだったが、根掛は今なお、誰も重きを置いていない。そう、菊栄自身も、根掛には目が行っていなかった。

錦の端切れを根掛代わりに用いるのは知恵だが、最初から、それなりの根掛があればもっと良い。

「迎春の雰囲気を出せるから、今は錦でも構わないのですが、普段だと悪目立ちしてしまいそうで……。『菊栄』で、洒落た根掛を扱ってくれれば良いのですが」

菊栄の気持ちを言い当てるが如《ごと》くに、雅江は提案を口にするのだった。

節季候《せきぞろ》ござれや、はぁ、節季候
めでたい、めでたい、節季候ござれ
割竹や簓《ささら》を打ち鳴らす音とともに、門付芸《かどつけげい》の「節季候」の声が広小路《ひろこうじ》の方から聞こえている。

歳末に現れる節季候ではあるが、とうに日は暮れて、表通りの商家の多くは暖簾を下ろした。こんな時分まで珍しい、と菊栄は書き物の手を止める。

火事のあと、楽しみは少なく、暮らし向きも厳しい。せめて来年の福を呼び込もうと、誰もが願うからか、節季候を招き入れる商家が多いのだろう。

根掛で、と菊栄は手にした帳面に目を落とす。根掛で、日々の暮らしに福を招くことは出来まいか。豪奢な装束を身に纏うのとは異なる、ささやかな幸せをもたらすような、そんな根掛を商えたら。

雅江との遣り取りがあって以後、菊栄の頭は根掛で一杯だった。自身でも呆れてしまうほどに、寝ても覚めても、そのことばかりだった。

根掛は、手絡と同じく「掛物」と呼ばれ、結髪の際、髪を飾るものだ。しかし、緋《ひ》縮緬《ちりめん》などの華やかな生地が用いられる手絡と異なり、根掛は目立たず、地味なものが多い。

顔を上げて表座敷を見回せば、奉公人たちは各々、掛け取りの後始末や店の後片付けに追われている。

棚に並ぶのは、笄と簪が殆《ほと》ど。つまみ細工のほかは木製や金銀製で、生地を使ったものは少ない。幼い頃から絹織に親しんできたが、いざ、小間物に使うとなると、迷うばかり。

筆を放し、えいっと立ち上がる。

「菊栄さま、湯屋《ゆや》でございますか」

土間で草履《ぞうり》に足を入れていると、竜蔵が飛んできた。

「小女《こおんな》を供に付けさせましょう」

「湯屋と違いますよって」

掌を開いて忠義の番頭に向け、菊栄はほろりと笑う。

「こないな刻限やけど、ちょっと五鈴屋に行ってきます。今時分やったら、あっちの商いに障りませんよってにな」

そこやさかい、誰もついてこんで宜しいで、と柔らかに言葉を添えた。

五鈴屋江戸本店の台所から板の間へと、雑炊《ぞうすい》の柔らかな香りが漂っている。この時期、遅くまで働く皆のため、夜食が用意されているのだろう。

「根掛、だすか」

佐助が弱った体で眉尻《まゆじり》を下げ、

「私は男だすよって、女子の髪飾りについては、さっぱりで……。誰ぞ、詳しい者は居てるやろか」

と、板の間に集まった奉公人たちを見回した。壮太や長次を始め、男たちは皆、一様に俯《うつむ》く。

「菊栄さま、そらぁ、無理だすで」

雑炊の入った鉄鍋《てつなべ》を手に、お梅が土間に姿を見せた。よいしょ、と鍋敷きの上に鍋を置くと、菊栄のもとへと膝行《しっこう》する。

「男には要らんもんだすよってにな。ほれ、皆、見てみなはれ、これが根掛だすで」

お梅はくるりと後ろを向いて、髷の根を示した。藍染めの端切れと思《おぼ》しきものが括《くく》られている。

「髷の根ぇに掛けるさかいに、『根掛』だす。似たもんに手絡がおますが、あれは髷にがばっと掛けるもんで、ものも絞りを使うよって、もっと華やかだす」

「わかったようで、ようわかりまへん」

豆七《まめしち》が、まず音を上げた。

「元結《もとゆい》は、私らも使いますよって、わかりますで。けど、手絡やら根掛やら、て何が何やら……」

「そらそやなぁ、堪忍だすで」

笑いを噛《か》み殺しつつ、菊栄は佐助や豆七らに軽く手を合わせてみせた。

元結の正体は糊《のり》で固く捻《ひね》ったこよりで、髪を束ねて括るため、男女問わず用いられる。謂《い》わば、実用本位の品だった。だが、手絡も根掛も髪飾りゆえ、豆七の言葉通り、男には殆ど馴染みがない。

「別に『こうでないと』いう決まりはないんだす。ただ、簪とも笄とも違う、柔らかい優しい手触りの飾りがあったらええのに、て」

創業記念の日の雅江の話をすれば、その髪の錦は、壮太たちもよく覚えていた。

「あれは、もとは帯地やと思います。あの折りにお召しの綿入れや帯とも釣り合いが取れて、上品だしたなぁ」

壮太が言えば、長次も、

「髪飾りだけが悪目立ちしたら、せっかくの衣裳がわや（台無し）になってしまう。髪飾りも入れての装いだすな」

と、頷いた。

悪目立ちしない根掛。

装いの邪魔をせず、控えめで、なおかつ美しく見せる根掛。

「錦はひとを選びますやろ。それに、値ぇも高うなります。ひとを選ばへん、それに、もう少し懐に優しいて、柔らかな生地が宜しおますのやけどなぁ」

どないなもんだすやろか、と菊栄は溜息交じりに言った。

「宜しおますか」

板の間に並ぶ奉公人の間から、遠慮がちに声が上がる。十年前に大坂本店から江戸本店に移されてきた、手代の亀七《かめしち》だった。

「亀七どん、お前はんは織に詳しいよって、思うたことを言うとぉみ」

店主の許しを得て、亀七は菊栄の方へ向き直った。

「髪に飾るんやったら、縮緬、それも『しぼ』の細かいものより、『鬼しぼ』のように、はっきりしたしぼの方が映りがええと思います」

鬼しぼ、と繰り返して、菊栄は考え込む。

縮緬は様々な染めを施されるが、その際、しぼが細かい方が柄を損なわず、風合いを添えることが出来る。長浜《ながはま》で織られる浜縮緬《はまちりめん》は、細かいしぼが特徴で、染め上がりの美しさから、西陣を脅かすまでになった。

鬼しぼは、それとは逆で、生地の凹凸が粗く、従って生地にも厚みが出る。

「誰ぞ、鬼しぼを一反、持ってきなはれ」

店主の命に、丁稚の平太《へいた》が板の間を飛び出していく。お梅は鉄鍋を下げ、ちかが敷布を運んできた。

広げた敷布に、平太が持ってきた縮緬が開いて置かれる。菊栄が見易いように、亀七が行灯《あんどん》を近づけた。

「私は鬼しぼで仕立てたものを持ってへんのだすが、亡《の》うなったふた親は好きだしたなあ」

反物に顔を寄せて、菊栄はしげしげと見入る。「鬼しぼ」と一括《ひとくく》りにされるが、しぼの大きさには差がある。この反物は、生地の凹凸がさほど粗くはなかった。

これは白生地だすが、と亀七は傍らから菊栄に話しかける。

「鬼しぼは、友禅染めや小紋染めより、無地の方が面白いように思います。光の当たり具合で、生地に味がでます。菊栄さまの言わはる根掛には、似合いそうだすな」

織りの技が育つ前、古《いにしえ》の頃の縮緬を思わせるので、古代縮緬《こだいちりめん》、と呼ぶ者も居る、という亀七の話に、菊栄は深く頷いた。

「古代縮緬、て奥ゆかしい名ぁだすな。これを一色で染めた根掛は、光の加減でしぼが柄に見えますやろ」

あの、私からも宜しおますやろか、と鶴七《つるしち》が膝《ひざ》を乗り出した。亀七同様、大坂本店から移されてきた鶴七は、誰よりも染めに明るかった。

店主の許しを貰《もら》うと、鶴七は思案しつつ口を開く。

「鬼しぼに似合う染め色を、何色かお考えのことと存じますが、黒髪にも白髪にも、暗い色は避けはった方がええと思います。どないしても、頭が重う見えますよって」

若い娘には江戸紫《えどむらさき》や鴇《とき》色、承和《そが》色。齢を重ねた者には常盤《ときわ》色や松葉《まつば》色。

鶴七の提案に、菊栄は頰を緩める。

「鶴七どんの言わはる通りだすなぁ。殊《こと》に、承和色はうちの暖簾の色だすよって、『菊栄』らしいて宜しいな。それに、あともうひと色、どないしても『菊栄』の売りにしたい色がおますのや」

根掛に用いる色が、着物や帯の色と釣り合わねば、装いそのものが台無しになる。

それを避け、なおかつ、老若を問わずに似合う、誰にも優しい色。

それは、と鶴七は眉間《みけん》に皺《しわ》を刻んで考え込んだ。鶴七だけではない、佐助を始め、一同が懸命に思案に暮れている。

「菊栄さま」

痺《しび》れを切らしたのか、玉杓子《たまじゃくし》を手にしたお梅が、菊栄のもとへ這《は》いよった。

「答えは何だす。何色だすのや。いけず（意地悪）せんと、早う教えとくれやす」

これ、お梅、と、ご寮さんが後ろから女衆頭の袖《そで》を引っ張って制する。二人の遣り取りに、目もとを和らげて、菊栄は唇を解いた。

「紅掛空色、いう色だす」

ああ、と声なき声が江戸本店主従の口から洩れる。

藍染め浴衣地を手がけて以後、藍を用いて染めるものを、主従で大いに学んできた。藍甕《あいがめ》に布を浸《つ》けて風を切る、その度に淡い色から濃い色へと染まるのが藍染めの面白さで、空色は甕覗《かめのぞき》よりは濃く、水浅葱《みずあさぎ》よりは薄い。そうして生まれた空色に、紅染めで淡く紅色を上掛けしたものが、紅掛空色と呼ばれる。

新たに加わった奉公人たちも含めて、五鈴屋の主従は皆、その色を容易に思い浮かべていることが、表情から読み取れた。

「確かに」

佐助が、深々と頷いて、

「優しい空の色を嫌うおひとは居てまへん。それに、紅掛空色は、空の下で映えますやろ」

と、感心しきりである。

佐助どん、と菊栄は居住まいを正し、畳に両の手をついた。

「鬼しぼの白生地を、融通してもらえませんやろか。染めを力造さんと小吉さんに頼んで、根掛に仕立てるんは、もと御物師《おものし》やった志乃《しの》さんに、知恵を借り、伝手《つて》を頼んでみようか、と思ってます」

根掛は浴衣と違い、込み入った手仕事は必要ないだろう。弥生《やよい》の頃には形にしたい、と「菊栄」主人は締め括《くく》った。


年が明けて、安永《あんえい》四年（一七七五年）睦月《むつき》十八日、初観音《はつかんのん》。

表通りの賑《にぎ》わいが、「菊栄」の奥座敷にまで届いている。

菊栄と竜蔵、力造と小吉、それにお才とちかの六人が、広げた敷布を囲んでいた。

「五鈴屋さんの白生地で、試しに染めた一反が、これでさぁ」

力造は言って、反物《たんもの》を解いていく。

春天を思わせる、優しい色合い。しぼの大きさが生地に表情を与えて、何とも味がある。

染めの難易は素人にはわかりにくいが、それでも、空色に紅を掛けるという工程が如何《いか》に困難かは、想像に難くない。幾度か手がけた経験がある、とは聞いているものの、力造と小吉の苦労が偲《しの》ばれる。

菊栄の口から、ほっと感嘆の吐息が洩《も》れた。

「思うた通りの、綺麗《きれい》な色だすなぁ」

菊栄のひと言に、一同は安堵《あんど》の色を湛《たた》える。

鯨尺《くじらじゃく》で幅三寸（約十一センチメートル）、長さ二尺（約七十六センチメートル）に仕上げるべく、布の裁ち方を決める、という作業は、すでに終えていた。

「志乃さんはもう針を持つのが難儀やそうで、お弟子さんらに仕立てを引き受けて頂けました」

「そいつぁ何よりだ」

力造は眩《まぶ》しそうに菊栄を見て、

「七代目の時にも思ったことですがね、知恵が形になっていくのを間近に見せてもらうのは、何とも胸が躍りますぜ」

と、破顔した。

まだまだす、と菊栄は軽く頭を振る。根掛《ねがけ》の使い方を、どうやって見せるか。それが決まらなければ、広め方も決められない。

「笄は誰《だれ》もが使い慣れてるよって、迷いがおまへんやろ。簪はその場で挿せます。けんど根掛は、どないして使うたら綺麗かを、お客さんにどう見せたらええのか……」

菊栄の傍《かたわ》らに控えていた竜蔵が、

「廻《まわ》り髪結いを『菊栄』で雇い、店前《たなさき》で根掛を使って髪を結う、というのも考えました。しかし、髪を崩してまた結う、となると大層です。それに髪結いに払う手間賃の方が、根掛の品代よりも遥《はる》かに上回ってしまうのです」

と、店主の苦しい胸のうちを補った。

触書こそないが、おかみは女が髪結いを職人任せにすることに冷淡だった。また、鑑札を与えられた髪結いとは別に「忍び髪結い」と呼ばれる者もいるが、結髪料は安くはない。しかも髪結い職人は皆男ゆえ、人任せにすることに慣れていなければ、髪を触られたくない、と思う女も居るだろう。

「大坂には、割に早《はよ》うから、女子の髪結いさんが居ってだした。歌舞伎役者の富五郎さんかて『けいせい紅葉軍《もみじいくさ》』いう舞台で女髪結いの役をしてはったくらいだすよってになぁ。けど、江戸では、女の髪を結うんは男の職人ばっかりだす」

「別に髪結いじゃなくても構わないんじゃないでしょうか」

それまで黙っていた五鈴屋のご寮《りょん》さんが、口を開いた。

「髪形にもよりますが、根掛を仕上げに用いるだけなら、私にもお手伝いできます。それなら、女が銭を払ってひとに髪を結ってもらうことを快く思っていないおかみにも、大目に見てもらえると思うんです」

「そりゃそうだ、おちかさんの言う通りですとも」

お才がぽん、と両の掌《てのひら》を打ち合わせる。

「大抵の女は、そう難しくない髪形なら自分で結えますからね。三ツ輪みたいな髪にあとから根掛を巻くのは無理でも、仕上げに巻いて髪を整えるくらいは、私にもできますよ」

やってみようじゃありませんか、とお才は我が胸をぽんと叩《たた》いて見せた。

この絆《きずな》こそが、幸の置き土産《みやげ》だすなぁ――そう思いつつ、菊栄はふたりに手を合わせて礼を伝えた。

ホー、ホケキョ
ホー、ホケキョ、ケキョケキョ
雨の去った朝、鶯《うぐいす》の美しい囀《さえず》りが響く。囀りに心惹《ひ》かれて梢《こずえ》を見上げれば、その先に霞《かすみ》立つ春の空が広がっていた。

弥生《やよい》十八日。

観音様のご縁日のため、早朝より大勢の参拝客が浅草寺《せんそうじ》を訪れる。向島《むこうじま》方面からも、新しく架けられた橋を使えば行き来が容易《たやす》く、界隈《かいわい》は一層、賑やかだった。

浅草寺から大川橋を渡って帰る者たちの中で「おや」と足を止める者が幾人もあった。行きには見なかったはずが、帰路につく女たちの髪、それも髷の根に、綺麗な色の布が巻かれている。あたかも今の空、この春天にも似た、優しい色の布だ。

「ちょいと、教えておくれでないかい」

辛抱しきれない体《てい》で、中年女が、前を歩く娘に声を掛ける。

「それ、その髪に巻いてあるのは、根掛かえ？　えらく綺麗で粋だけれど」

問われた娘は、「根掛ですよ」と得意そうに髪に手を遣《や》った。

「古代縮緬《こだいちりめん》で、紅掛空色って色だそうです。田原町の『菊栄』って小間物屋で売り出されたばかりだけど、大変な評判で。随分並んで、やっと手に入れたんです」

店では、髪結いが得意な女を何人か待機させ、根掛を買ったお客の髪に、その場で巻いて整えてくれるのだという。

「髪結いは男の仕事だけれど、女に髪を整えてもらえるのは、良いですね」

娘の台詞《せりふ》を聞き終えると、中年女は踵《きびす》を返して、浅草寺の方へと橋を戻っていく。

似た情景は、この日だけでなく、その後も繰り返して見受けられることとなった。


「近頃やっと、本当にやっと、落ち着きましたけどね」

暖簾《のれん》を終《しま》ったあと、表座敷の上り口に座り込んで、お才は握り拳で軽く肩を叩く。

「このひと月、忙しいったら、ありゃしませんでしたよねぇ」

熱いお茶を自ら運んで、お才の前に置くと、

「ほんに、おさんには、大変な目ぇに遭《あ》わせてしまいました」

堪忍だすで、と菊栄は恩人を拝んでみせた。助っ人役を引き受けてくれたお才とちかだが、お才は終日「菊栄」に詰めて、時分どきには握り飯を立ったまま食べ、厠《かわや》へ行く刻《とき》も惜しみ、菊栄を支えてくれていた。

古代縮緬の根掛という触れ込みだが、高貴な生地の名に反して、笄とさほど変わらぬ頃合いの値を付けた。明るい、優しい色合いのものが多い。全《すべ》て、力造と小吉の手

による染めだが、一番人気は紅掛空色で、文字通り、飛ぶように売れた。

根掛を買えば、その場で巻き方を教えて、髪を整えてくれる。しかも只《ただ》、というのが、五鈴屋の帯結び指南を思わせる、と口伝に広まったことも大きい。

「藍染《あいぞ》めの浴衣地《ゆかたじ》の時に、湯屋《ゆや》が藍一色になったことがあったでしょう」

湯飲みから口を離して、お才はほっと緩んだ息を吐く。

「あれと同じなんですよ、今。湯屋に通う女の髪に、『菊栄』の根掛が巻いてある。それも、うちのひとと小吉が染めた、紅掛空色の」

ありがたいことです、と染物師の女房は指の腹でそっと目尻《めじり》を拭《ぬぐ》った。

「暖簾の色と同じ承和色《そがいろ》の根掛も、若い娘さんに大層な人気でございますよ」

先刻から熱心に算盤《そろばん》を弾《はじ》いていた番頭の竜蔵が、顔を上げ、お才に笑みを向けた。

「笄を売り出した時もそうでしたが、商う品で売れ方がまるで異なる。商いというものは、本当に面白うございますねぇ」

この齢《とし》になって、つくづくと思います、と番頭は白髪頭《しらがあたま》を振っている。

菊栄に仕えるようになって十一年経《た》つが、竜蔵は、もとは白粉《おしろい》を専《もっぱ》らとする「末広屋」で番頭を務めていた。客筋は役者など芝居に携わる者が殆《ほとん》どで、商いとしては安定したものだった。商う品が違えば何もかもが異なる、というのは確かにその通りだろう。

竜蔵どん、と番頭を呼び、菊栄は甘やかな笑みを浮かべて続ける。

「流行《はや》りを作ったなら、必ず真似《まね》されますのや。この度のお祭り騒ぎも、まぁ、あと三月《みつき》、否、二月《ふたつき》ほどだすやろ」

八朔《はっさく》の頃《ころ》には収まりますなぁ、とさらりと付け足した。

主《あるじ》の言葉は、番頭の顔から笑みを失わせて、初夏の座敷はすっと冷えた。

「ええと」

湯飲みを置いて、お才が苦笑いしている。

「七代目がここに居るのか、と思っちまいましたよ。小紋染《こもんぞ》めに藍染め浴衣、と五鈴屋さんも今まで散々、流行りを作っては真似されてきましたからねぇ。けれど、七代目は、その都度、面白がっておられました」

一軒の店だけでは、流行りは短命で終わってしまう。多くの店が真似たならば、流行りは裾野《すその》を広げることが出来る——お才は幸の台詞《せりふ》を引用して、さり気なく竜蔵の困惑を解いていく。

「あたしゃ、最初に幸さんのその言葉を聞いた時に、器の大きさが違う、と。そんな店主、滅多にいないと思ったんですが、眼の前に居ましたよ」

「お才さん、買い被《かぶ》り過ぎだすで。私は幸よりも、もっと腹黒だすよってになぁ」

嫋《たお》やかに応《こた》えて、菊栄は声を立てて笑った。


蓮の葉を撫でて、風が蓮池《はすいけ》を渡っていく。

花の蕾《つぼみ》の多くはまだ固いが、五、六輪、薄紅の花弁を広げている。

松福寺《しょうふくじ》の境内《けいだい》の裏手に、好ましい蓮池があることは、あまり知られていない。

菊栄は池の傍《そば》に佇《たたず》んで、花に見入る。蓮の花は昼には萎《しお》れてしまうので、間に合って良かった。

今日、卯月晦日《うづきみそか》は、亡父紅屋多聞の祥月命日《しょうつきめいにち》であった。五鈴屋所縁《ゆかり》のこの寺で、菊栄ひとり読経《どきょう》を頼んでの帰りである。

大坂から江戸に移って以後、生家紅屋とは文の遣《や》り取りさえしておらず、兄一家がどう暮らしているかも知らない。だが、今頃は大坂の菩提寺で、さぞかし立派な法要《ほうよう》が営まれていることだろう。

「お墓参りも法要も何もせんままで、堪忍《かんにん》しておくなはれ、お父はん」

西の方に向かって手を合わせて殊勝に詫《わ》びたあと、「けどなぁ」と両の腕をぐんと空へ広げた。

「私、もう大坂へ戻る気ぃはおまへんのだす。この江戸で、『菊栄』を大事に育てますよってになぁ。そこから見守っておくれやす」

女名前禁止、という掟《おきて》のある大坂では、家持ちにも店主にもなれない。だからこそ江戸に移り、「菊栄」の創業者となったのだ。何が起ころうと、この地に留《とど》まって「菊栄」を守り育てる。その決心は揺るがない。

菊栄はふと、幸を想《おも》った。

――私は幸よりも、もっと腹黒だすよってになぁ
お才に言った台詞は、本心から出たものだ。

大火の時、「菊栄」は五鈴屋江戸本店のような被災者支援を行っていない。多少の無理をしてでも、店を建て直し、手堅く利鞘《りざや》を得る道を探った。

今回の根掛についても、長く愛用される品にしたいとは思うものの、幸のように「後世に残るものを」という確かな志を持たない。

ひとは裸では暮らせないが、小間物がなくとも特段、差し支えはない。呉服太物と根掛ならば、片や、肌身を守り、片や、髪を飾る。担う役割が大きく異なるため、自然とそうなるのではないか。

ただ、と菊栄は両の手でそっと自身の髪に触れる。櫛、元結、簪、笄、根掛、と慈

しむ手つきで髪飾りに順に触れていく。

生きていくのに欠かせないものではないが、そのひとらしくあるためには何より大事なもの。良き事の少ない世、生き辛《づら》い浮世にあって、僅《わず》かな彩になるようなもの。

女ゆえに課せられる理不尽を、軽やかに払い除《の》けられるような品。

「そんな品を、作りとおますなぁ」

菊栄は切ない思いを言葉にしてみる。

揺れる簪、洒落《しゃれ》た笄、そして根掛。だが、まだだ、まだ足りない。

「必ず、辿《たど》り着きますよってにな。待ってなはれや」

まだ影も形もない「そんな品」目掛けて、菊栄は声を張った。


白露《はくろ》を二日後に控え、芝居《しばい》見物には良い時季になった。

極上の黒羽織や、手の込んだ絞りの振袖《ふりそで》、王子茶の小袖《こそで》等々で、めかし込んだ老若男女が、芝居小屋の前を行き交う。

表木戸の櫓《やぐら》を遠目に眺めて、菊栄は短く息を吐く。菊栄にとって、久々の芝居町だった。

おかみ公認の芝居小屋、江戸三座と呼ばれるもののうち、市村座《いちむらざ》は葺屋《ふきや》町、中村座《なかむらざ》は堺《さかい》町、町名こそ異なるが両座は目と鼻の先にある。これまで幾度も全焼し、都度、瞬《また》く間に再建を果たしていた。大火から三年半、すでにお客も戻り、以前と変わりないかの如《ごと》くに見える。

けんど、と菊栄は俯く。

ここに二代目菊瀬吉之丞は居ない。

享年《きょうねん》三十三、これから円熟味を増す芸を封印して、慌ただしく旅立ってしまった。

当初、何かと理由をつけては、菊次郎を見舞ったが、百か日を過ぎた頃から会うのを拒まれるようになった。愛弟子《まなでし》を失ったその心中を慮《おもんぱか》り、菊栄は今日まで芝居町に足を向けずに居たのだ。

観《み》たい演目があるわけではない。ただ、新たな髪飾りを模索《もさく》することに行き詰まり、ふと、この場所を訪ねたくなった。

二代目吉之丞を失う前とあととで景色が違う訳ではないのに、菊栄にはどうにも身の置き所がなかった。やはり来なければ良かった、と思いかけた時だ。

「背中、丸まってますで」

背後から不意に、声が掛かった。

「せっかくの五鈴帯が台無しや」

聞き覚えのある円やかな声に、菊栄はぱっと振り返る。

茄子紺《なすこん》に銀の細縞《ほそじま》の単衣《ひとえ》、銀鼠《ぎんねず》の帯を巻いた、粋《いき》な立ち姿。柔らかな笑みを湛《たた》えているのは、紛れもない、菊次郎そのひとだった。

「菊栄はん、久しいのぉ」

涙が溢《あふ》れそうになるのを堪《こら》えて、菊栄も「ほんに」と晴れやかに応じる。

まるで約束を交わしていたかのように、菊次郎は「ほな、行きまひょか」と先に立って歩いていく。還暦の女形のあとを、菊栄は弾む足取りで追った。

「吉次が亡《の》うなったあと、一遍、ここを手放したんやけどな」

大火のあと、同じ場所に建て直した二階屋。その縁側に菊栄を招いて、菊次郎は板張りに座った。

「帰る家が無《の》うなっては、あれも可哀《かわい》そうやさかい、先月の初めにまた戻ってきましたのや」

座敷の衣紋《えもん》掛《か》けには、吉次の舞台装束と思しき、牡丹《ぼたん》色の綸子地《りんずじ》に秋草紋様の縫箔《ぬいはく》の小袖。脇に置かれている三味線《しやみせん》も、おそらくは吉次の形見だろう。だが、大火で着の身着のまま逃げ出したはずで、形見の品に宿る思い出は浅く、そのことが何とも切ない。

「そない寂しい顔せんで宜《よろ》しい」

傍らの盆を引き寄せて、湯飲み茶碗に鉄瓶の白湯《さゆ》を注ぐと、年寄りは客人に勧める。

「遺された者が、亡うなった者のためにしてやれることは、そない多うはない。そのひとつが、此岸《しがん》に居る間に、楽しい土産話《みやげばなし》を仰山溜《た》めとくことやと……そない思うようになりましたんや」

街を歩けば、吉次の色、王子茶をそこかしこに見つけることが出来る。命は潰《つい》えても、吉次の芸はひとびとの記憶に残り、その名は王子茶とともに後の世に伝えられていく。

その事実に気づいた時、漸《ようや》く立ち直ることが出来た、と菊次郎は平らかに語る。

両親や姉たちを見送っていた菊栄には、菊次郎の言葉は一層、胸に沁《し》み入った。

「『菊栄』の根掛、またええとこに目ぇつけはった。舞台でも早速、色んな役者が使うてますすで。せやけど、この度は真似されるんも早うおましたなぁ」

白湯を飲みながらの四方山話《よもやまばなし》で、菊次郎は楽しそうに笑う。

へぇ、と菊栄も肩を揺らして、

「そらもう、えらい真似されようで。遠慮会釈も無う、ようやらはります」

と、明るく応じた。

菊栄が見込んでいた通り、皐月には既に似たような品が出始め、八朔を迎える頃には、江戸中の小間物屋が根掛に重きを置くようになっていた。簪や笄と違い、根掛は生地さえあれば、売り物に仕上げるのにさほど手間が掛からないがゆえだった。

「流石《さすが》、菊栄はんだすな。ちっとも気落ちしてはらん。頼もしいことや」

縁側に入る陽射《ひざ》しが、少しずつずれていく。頃合いを見計らい、菊栄は暇《いとま》を告げる。

送り際、思い出した風に、菊次郎は「もう耳に入っているやも知らんけんど」と前置きの上で、顔つきを改めた。

「船場《せんば》の紅屋がなぁ、商いが思わしいないようや。盤石《ばんじゃく》に見えた鉄漿粉《おはぐろこ》が、そない売れんようになってるそうな」

江戸と京坂。芝居の盛んな土地を躊躇《ためら》いなく行き来する役者は多い。先代が熱心に歌舞伎を支えたことを知る者もまだ残っており、そうした者の間で、今の紅屋が話題になったのだろう。

「それは、そうだすやろなぁ」

話すか否か迷いがあっただろう菊次郎に、菊栄は穏やかに頷いてみせる。

「備前《びぜん》の鉄漿粉は、以前、紅屋だけが仕入れて商うことの出来た品だした。けんど、今はもう、備前から大坂へ、色々な道筋で容易《たやす》うに入ってくるようになってますやろ。

何も紅屋で買わんかて、何処でも手に入る。新たな工夫をせんことには、商いは左前になる一方やと思います」

今の紅屋の店主は、菊栄の実兄である。

先代が耳搔《みみか》き付きの簪で成した財を暖簾ごと受け継ぎながら、商いの知恵を絞ることもなしに、一度、分散の危機に陥らせた。五鈴屋四代目徳兵衛と離縁のあと、紅屋に戻っていた菊栄が兄を支え、鉄漿粉を商うことで起死回生を果たしたのだ。

しかし、店が傾いた時に子を連れて里に帰ったはずの兄嫁が舞い戻り、結果、菊栄は紅屋を出ることになった。

「工夫のない者は勝てん――商いも芝居も、結局は一緒やなぁ」

菊栄の事情を全て知る菊次郎は、それだけを言って、引戸に手を掛けた。

はぁ。

竜蔵の口から、大きな溜息が洩れる。しかも、これで二度目だった。

暖簾を終った表座敷に、お客の姿はない。ほかの奉公人らを湯屋へ遣《や》り、店主と番頭とで帳簿を検めていた時だった。

「申し訳ございません」

主《あるじ》がこちらをじっと見ていることに気づいて、竜蔵は畳に平伏した。

「出てしもたものは仕方おまへん。ただ、他の者の前では気ぃつけなはれ」

重々しく戒《いまし》めて、菊栄は帳簿に目を落とし、

「根掛の売り上げ見てたら、そら、溜息も出てしまいますな」

と、ほろ苦く笑う。

最も売れた時から比すれば、目も当てられない数字だ。ただし、簪も笄も「『菊栄』でなければ」と思うお客が多く、ほかの売り上げは順調であった。

根掛の売り上げを嘆いているのではない、という風に、竜蔵は頭を振る。

「せっかくの菊栄さまの知恵を易々と真似されて、それなのに番頭として何も手を打てなかったことが、情けないのです」

「嘆かんかて宜しい。新しいことを考えたら、必ず真似されます。真似されても動じんだけの品を作ることが一番だすのや」

簪や笄と違い、根掛はそこに至っていない。

「根掛についた髪油の汚れは、容易うに取れへんのだす。絹織やし、使い捨てにするには、あまりに勿体ない。いっそ、布やのうて、珊瑚《さんご》玉《だま》でも数珠《じゅず》に繋《つな》いで根掛にするとか、よほど思いきったことをせん限り、工夫の仕様がおまへんやろなぁ」

数珠に繋いだ珊瑚玉、というのは、我ながら面白い思いつきだとは思う。だが、一つ珠さえ高価な珊瑚ゆえ、値も相当なものとなる。今は、もっと手に取り易く、親しみ易いものを扱いたい。しかし、根掛では最早《もはや》、工夫の仕様がなかった。

根掛に代わる何か新たな品を、しかし、菊栄は考えあぐねている。

不意に、とんとんとん、と閉じた表戸を遠慮がちに叩《たた》く音がして、「今時分に誰でしょうか」と竜蔵が土間へと向かった。

戸口の方で、竜蔵と訪問客とが、ぼそぼそと話している。「それは……」と渋る竜蔵の声が耳に届いて、菊栄は立ち上がった。

「竜蔵どん、どないしたんだす」

瓦灯《かとう》が、番頭の脇《わき》に立つ中年の女を、ぼんやりと照らす。手には大きな風呂敷包み、そこから長い櫛が覗《のぞ》いている。

「女将《おかみ》さんですか、夜分に堪忍してください」

女は竜蔵を押しのけるようにして、菊栄に迫った。必死な様子が見て取れる。

「髪結いさんだすか」

菊栄に尋ねられて、女は頷いた。

「婚礼を専らに、髪結いをしている者です。白練《しろねり》の根掛を、手違いで汚してしまって……。もしあれば、分けて頂きたいのです」

婚礼の刻限が迫っているのだろう、血相が変わっている。

髪結いには鑑札が必要で、江戸では、女が仕事として髪を結うことは認められていない。ただ、婚礼の際、花嫁の装束を整える役目を担う女髪結いに関しては、黙認されているのが実情であった。

だが、仮に、女髪結いをそれと知りながら便宜《べんぎ》を図ったとなれば、どんな形で咎《とが》められるかは、わからない。「菊栄」の忠義の番頭は、それを案じたのだ。

「この度は、おめでとうさんでございます。花嫁御寮は、あんさんの親戚《しんせき》筋の娘さんだすか。ほな、なおさら、おめでたいことでおますなぁ」

晴れやかに言って、菊栄は丁重に頭を下げる。女も番頭も、店主が何を言いだすのか、と眼《めむ》を剥いた。

「髪結いさんやのうて、花嫁さんのお身内、ということで宜しいおますな」

仄《ほの》かに笑みを浮かべて念を押すと、菊栄は相手の返事を待たずに、

「根掛が汚れたのでは、祝言に差し障《さわ》りがおますやろ。白練の根掛、ご用意できますよって。竜蔵どん、早う」

と、番頭に命じた。

店主の意図を察したのだろう、竜蔵は転がるように次の間へと向かい、女は菊栄を拝んだ。

表座敷の上り口に風呂敷包みを置き、結び目を解けば、引き出しのある箱が現れた。鬢盥《びんだらい》、と呼ばれる髪結いの道具箱だ。上の段には仕切りがあって、元結と丈長《たけなが》が収まっている。紅白、二色の取り合わせが、如何《いか》にも祝言向きだった。

　殊に、髪に結んで用いる丈長は、何とも清浄に映る。ものは紙ゆえ、髪に掛けて結ぶのは、技が必要だろう。

買ったばかりの根掛を大事に収めると、女は風呂敷包みを胸に抱いて、幾度も幾度もお辞儀を残して去った。

高々と結い上げた髪に、紅白の元結、白練の根掛、そして紅白の丈長。鼈甲《べっこう》の笄に、揃《そろ》いの鼈甲の簪を挿すのだろうか。髪結いの仕事の無事と、見知らぬ花嫁の幸せを、菊栄はそっと祈った。

田原町三丁目の商家は、店の表に王子茶の揃いの水引暖簾を掲げる。また、浅草寺の参拝客に只《ただ》で一枚刷りの双六《すごろく》を配っている。双六には各店の扱う商品がわかり易いよう描かれ、「あがり」の浅草寺を目指す仕組みが、何とも心憎い。

王子茶の暖簾も双六も大火前と変わらず、それゆえに買い物客をほっとさせる。

「袋物はあそこ、履物はあっちだよ」

「うちの宿六に煙草《たばこ》を買って帰ろうかね」

秋分を十日ほど過ぎて、日に日に昼が短くなる中、善男善女が浅草寺に参拝した帰り、双六を手に、表通りをそぞろ歩いていた。

「おおきに、またお近いうちに」

暖簾を捲《まく》って、お客を送り出すと、「菊栄」の店主は晴れやかに声を張る。つまみ簪と笄を懐《ふところ》にしたお客が雑踏に紛れる頃合いで、「菊栄さま」と呼び掛ける者があった。

振り返れば、男が二人。一人は五十路《いそじ》過ぎ、今一人はその一回りほど下と思われる。

「菊栄さま、ご無沙汰《ぶさた》いたしております」

年輩の男がにこやかに言い、若い方は膝に額が付くほど丁寧に辞儀をした。ともに本両替商井筒屋の奉公人で、大番頭の栄五《えいご》と小番頭の太《ふとし》である。

「栄五さん、それに太さん、お揃いなんは珍しおますなぁ」

「今日は先代の月忌《がっき》ですので、下谷《したや》本成寺《ほんじょうじ》に参った帰りでございます。店主から菊栄さまに、言伝を頼まれておりまして」

栄五が言い、太が深く頷いてみせた。二人とも井筒屋での奉公は長く、先代とその娘に大層可愛《かわい》がられていたと聞く。

娘雪乃《ゆきの》は惣次の女房で、惣次は婿《むこ》入りによって「井筒屋三代目保晴」となったのだ。

下谷方面に手を合わせてから、菊栄は、

「井筒屋保晴さんから私に言伝て、一体、何だすやろか」

と尋ねた。

綿入れ小袖の、地は白絖《しろぬめ》。

大輪の菊花と熨斗《のし》は、藍と紅の絞り染めで、紋様は右に寄せられている。

菊花と菊花の間に雪輪《ゆきわ》。一見、古風な柄ながら、目を凝らせば、金糸銀糸で無数の小菊が刺繍《ししゅう》されている。帯は極上の錦織《にしきおり》。

手鏡を少しずつずらして己の姿を検《あらた》めると、菊栄は「ふん」と甘やかに鼻を鳴らす。

長月《ながつき》十二日、暦の上では寒露《かんろ》の今日、井筒屋三代目保晴から、菊見の宴《うたげ》に誘われた。

もう重陽も過ぎてますのに、何で菊見なんだすやろか。惣ぼんさんの気紛れにも、困ったもんだすなぁ。

胸のうちで呟《つぶや》いたあと、

「手持ちの中で一番値ぇの張るもんやさかい、奢侈《しゃし》禁止令に背いた咎《とが》でお縄になったら、惣ぼんさんのせいだすよってになぁ」

と、今度は声に出して、帯をぽんと叩いた。

小袖も帯も、反物は五鈴屋江戸本店で買い求めたものだ。二代目店主となった佐助への祝儀代わりに、と気張った。仕立てたものの一度も袖を通していないので、良い機会だった。簪も笄も揃いの白鼈甲にした。良い齢《とし》をして、よくもまあこんな贅沢《ぜいたく》で艶《あで》やかな形を恥ずかしげもなく、とひとは思うだろう。

「けどまぁ、相手が惣ぼんさんやよってなあ、これくらいの嫌がらせは、許してくれはりますやろ」

自分で言って、菊栄は朗らかに笑った。

「菊栄さま、先刻より、迎えの駕籠《かご》が」

座敷から現れた店主に声を掛けようとして、竜蔵は言葉の続きを呑《の》んだ。

大火のあとはずっと地味な装いを通していた店主が、久々に華やかに装ったことを、珍しく思ったに違いない。

「何と見事な……。井筒屋さまの菊見の宴に相応《ふさわ》しい衣裳でございますなぁ」

嬉《うれ》しそうな番頭の脇で、手代たちが一斉に深々と頷いた。

豪気に見えて何事にも慎重な店主が、装いに力を入れられることこそ、商いが安逸《あんいつ》の証《あかし》と思ったがゆえだろう。

店の表では、井筒屋が寄越《よこ》した宝仙寺《ほうせんじ》駕籠《かご》が辛抱強く待っていた。

「ほな、あとは頼みましたで」

鷹揚《おうよう》に命じて、菊栄は駕籠に乗り込む。

かっかっかっ、と小女の手で火打石が鳴らされ、昼前の明るい陽射《ひざ》しのもとでさえ、強い橙《だいだい》の火の粉が生まれた。


「てっきり、染井《そめい》村か雑司《ぞうし》ヶ谷《や》あたりかと思うてましたで。わざわざ駕籠を寄越さはらんかて」

北本所表町《きたほんじょおもて》の料理屋の離れへ通された菊栄は、そこで待つ招き主にまず言い放った。

大川橋を渡って、川下の辻番《つじばん》のある辺りが北本所表町で、「菊栄」からとても近い。

宴らしく、紅消鼠《べにけしねず》の長着に黒鳶《くろとび》の羽織を合わせた井筒屋三代目保晴が、縁側に座り、菊栄に背を向けたまま応じる。

「それだけ大事なひと、ということですよ」

「さいだすか、それはおおきに」

相手と同様、素っ気なく応じて、菊栄は料理屋の女中の案内を断り、座敷を突っ切って縁側へ移った。

惣次から少し離れた場所で、裾《すそ》をぱっと払って板敷に座る。菊見というからには、菊を見ておこう、と菊栄は庭を見回した。

江戸らしい中振りの菊が、品種や色ごとに分けられ、一本ずつ支柱に結ばれて、手前を低く、奥を高く、彩豊かに植えられている。黄、白、赤、紫、と花弁の形や開き具合もさまざまに、柔らかな芳香とともに咲き誇る。

「何と贅沢《ぜいたく》なことだすやろか」

菊栄は思わず、感嘆の声を洩らした。

陽射し、水、それに充分な肥やし。菊花をこれほどまでに美しく咲かせるには、ひとの手も金銀もふんだんに要る。

「菊て、『笊嫁』並みに金銀喰《く》いだすよってになぁ」

菊栄の台詞に、初めて惣次は首を捩《ね》じって相手を見た。

刹那《せつな》、惣次が椎《しい》の実に似た眼を剝く。

「……その綿入れに、その帯」

五鈴屋五代目店主の頃、呉服に精通した惣次なればこそ、菊栄の衣裳の値打ちを正しく摑《つか》んだと察せられた。

「どっちも、五鈴屋で扱《あつこ》うた呉服だすな」

男の問いには答えず、菊栄は「ほんに綺麗《きれい》やこと」と頰《ほお》を緩める。

襖《ふすま》の方から、井筒屋さま、と慎み深く声が掛かった。女中頭が料理の用意が整ったことを知らせに来たようだった。

三代目保晴が「まだだ」という風に頭を振ったあとは、また静寂が戻った。

「大坂船場の紅屋が」

ふと、惣次が口を開く。

「あんさんの里が、分散しましたで。店も屋敷も人手に渡り、阿呆《あほ》な主筋は路頭に迷う寸前やそうな」

今日の宴は、これを知らせるためだったのか。菊栄はゆっくりと息を吸い、そして吐き出した。

遠い日の、大坂船場。風に翻《ひるがえ》る、紅屋の暖簾と、その前に佇《たたず》む父、紅屋多聞。若き日の母や姉たちの姿が蘇《よみがえ》る。愛《いと》しいひとびとは既に世を去り、ついに暖簾まで消えてしまった。菊栄の胸をひたひたと寂寥《せきりよう》が満たしていく。

ただ、菊次郎から紅屋の窮状を聞いた頃から、いずれそうなる、と思っていたこともあって、さほどの動揺はない。ぐっと息を止めることで、心の動きを封じ込められそうだった。

菊栄の様子に、惣次は唇の端を持ち上げる。

「今のあんさんなら、紅屋の身代、取り返せますやろ」

一瞬、菊栄は我が耳を疑った。

この男は何を言わんとしているのか、と菊栄は相手の横顔にじっと見入る。

紅屋の身代を取り返す——何のために。

兄を見返すためか。

それとも、兄を助け、紅屋の暖簾を守るために、か。

ない。どっちもない。

女名前禁止などと理不尽な掟のある限り、菊栄は紅屋の店主にはなれない。身代を取り返し、紅屋の暖簾を掛け直したところで、暖簾を守り抜く力が兄一家にはない。

「先代の紅屋多聞はんも、そない望んではるんと違うか」

揺さ振りをかけるが如《ごと》く、惣次は菊栄の方へと身を傾ける。

父親を持ちだしたなら、こちらの心が揺れる、とでも思ってはるのやろか。それやったら、えらい見込み違いだすなぁ。

そう思った途端、鼻から甘い息が洩れた。

菊栄は面持ちを改め、惣次の方へと向き直ると、真正面から相手を見つめる。

「ただ金銀が町人の氏系図になるぞかし——血縁を理由に紅屋の身代を取り返したところで、禍《わざわい》の種《たね》を残すだけだす」

一気に言い切ったあと、菊栄は息を整え、平らかにこう続けた。

「才も徳もない者が、何の精進もせんと暖簾を守れるほど、商いは甘《あも》うない——私の父親、紅屋多聞は、ほんまもんの大坂商人だすよって、誰よりもそれを知ってはりました」

菊栄の言葉を聞き終えて、惣次は両の腕を組んだ。表情は、しかし明るい。

くくっ、という声がその口から洩れた。

くくくっ、と声は続き、肩が小刻みに揺れ始める。やがて、堪えきれずに男は、ぱんぱんと腿《もも》を打ち鳴らし、背を反らして笑いを弾《はじ》けさせた。

菊栄は両の眼を細め、相手を見守る。

縁あって井筒屋のひとり娘の雪乃を娶《めと》り、婿養子に入った男。先代と雪乃を相次いで喪《うしな》ったあと、暖簾を守り、井筒屋を江戸屈指の本両替商にまで育て上げた男。

惣次もまた「ただ金銀が町人の氏系図になるぞかし」の真髄《しんずい》を胸に抱き続けてきた

商人ではなかったか。哄笑《こうしょう》は、我が意を得た、との証なのだろう。

ふと、ひとの気配を得、座敷の方へ眼を遣《や》れば、先の女中頭がこちらを窺《うかが》っていた。

「お腹《なか》が空《す》いてしもて。それに喉《のど》も渇いてますのや。そろそろ運んでもらいまひょ」

なぁ、井筒屋さん、と菊栄に促されて、井筒屋三代目保晴は笑いながら頷いた。

二人して縁側から座敷へと移れば、女中頭に続いて、脚付き膳《ぜん》を高く掲げた女中たちが、いそいそと入室する。いずれも揃いの小袖で、裾《すそ》に菊紋様があしらわれていた。

菊花汁に菊飯、天麩羅《てんぷら》にお浸《ひた》しなど、菊花を用いた料理が膳に並ぶ。女中が身を屈《かが》めた時、髪飾りが目に入った。

簪も櫛もなく、ただ笄と丈長だけ、というのは珍しい。しかも、丈長は二色を用い、花に見立てて大きく結んであった。

「あとはこちらでする。下がって宜しい」

給仕を辞し、招待主は銚子の柄《え》に手を掛けると、客に盃《さかずき》を取るよう勧《すす》めた。

女中の後ろ姿に見入っていた菊栄は、惣次に盃を差しだされてやっと我に返る。

「珍しい髪飾りだしたなぁ」

何が菊栄の心を捉えたかを言い当てて、惣次は菊栄の盃に酒を注《つ》ぐ。

朱塗りの盃の底には金で描いた菊花。満々と満たされた酒にも、菊の花弁が浮かんでいた。

女中が簪や櫛を付けていないのは、何かの拍子で落ちて料理や器を損じることを避けるためではなかろうか。髪を巻き込む笄や、紙で出来た丈長ならば、その心配はない。なるほど、知恵だ、と感心しつつ、菊栄は盃の酒をゆっくりと干した。

「ええ吞みっぷりだすなぁ」

惣次に褒《ほ》められて、「惣ぼんさんも」と、菊栄は相手の空の盃を酒で満たした。

大坂での思い出話は殆《ほとん》どしない。料理や酒に舌鼓《したつづみ》を打ちつつ、これまでに見聞きした商いの工夫や知恵などを互いに伝えあう。

つくづく、惣次とは妙な関《かか》わりだと思う。

菊栄は惣次を、男として欲してはいない。惣次の商いへの志やその知恵を知り尽くしたいと願えども、肌を合わせたいとは思わない。惣次にしても、おそらくは同じだろう。ひとつ船に乗るのではなく、それぞれの船の舵《かじ》取りをして、時には前に、時には後ろになって、商いの大海を進んでいく方が面白い。

「今少し吞みたい」

惣次にそう命じられて、女中が酒の追加を運んできた時だ。膳の上の銚子を取り替える女の、その丈長が解けて垂れていた。

「ちょっと待ちなはれ。丈長が解けてますよって」

直してあげまひょなぁ、と手を伸ばす菊栄に、「滅相な」と女中は身を縮める。

「このひとは、先ほどからその髪飾りが気になってならないのだよ。手直しのついでに、じっくり見せてやってくれまいか」

懐から紅鬱金《べにうこん》の紙入れを出し、手早く小粒銀を懐紙に包むと、惣次は女中の手中に収めた。

解けた丈長は黄と白、奉書紙《ほうしよがみ》を細長く切ったものだ。具《つぶさ》に見れば、切れ込みが入っている。花に似せて結んだあと、切れ込みに差し入れて形を保つ仕組みと知れた。何かの拍子に切れ込みから外れて、解けてしまったのだろう。

「こないして、こうだすな」

一度見た髪飾りは忘れない。

元結の上から丈長を元の通り器用に掛け直すと、菊栄は女を解放した。幾度も礼を言って女が退いたあとも、両の手が丈長の手触りを忘れず、菊栄を考え込ませる。

髪をしっかりと括る役割の元結だが、時代が下ると、結んだ時に両端が反るよう針金を入れた「撥元結《はねもとゆい》」や伊豆修善寺《いずしゆぜんじ》の楮紙《こうぞがみ》を用いた「平元結《ひらもとゆい》」など、見栄えを気にしたものが考案されるようになった。とはいえ、元結は元結。髪を括る実用本位の域を出ていない。やがて、元結でしっかりと髪を結んだあと、その上から飾りとして紙を巻くようになった。奉書紙の丈長きを畳んで使うため「丈長」の名が与えられたそうな。つまり、元結は実用で、丈長は飾りなのだ。

そのくせ、髪飾りとしては、あまり工夫を見ない。紙を畳んで巻くだけ、というのは如何《いかが》なものか。装飾ならば、もっと色々な工夫があって良い。そう、先の女中の丈長のように。

ああ、と菊栄はすっと背筋を伸ばした。

脳裡《のうり》に、婚礼の祝いの角樽《つのだる》が浮かぶ。以前、呉服町の惣次の別邸に出かける時に見かけたものだ。朱塗りの樽に掛けられていたのは、雄蝶雌蝶《おちょうめちょう》の飾り物。辺りの不浄を拭《ぬぐ》い去り、寿《ことほ》ぎをもたらす美しい飾りだった。

あれは紙と水引を用いて細工されたものだが、しっかりと形を保てる。祝いの場で、解けたり、崩れたりするのはご法度だった。

何かが……何かが摑《つか》めそうだった。

先の結び方を復習《さら》うように、両の指が勝手に畳む仕草や曲げる仕草を続ける。

「これを」

惣次が膳から何かを抜き取り、菊栄の前へと置いた。

紅と白の奉書紙。杉板焼きの料理の器に敷かれていた、紅白の敷紙だった。礼を言うのも忘れて、菊栄は夢中でその紙をずらせて重ね、折り畳んだり広げたり、を繰り返す。

「雄蝶だすな。上手《うま》いもんや」

見慣れた形に、惣次は目を細めた。

「けど、そないなもん髪に飾るんは妙だすで」

「そらそうだす」

夢から現《うつつ》に引き戻されて、菊栄はほろりと笑う。

「紙で細工する時、まず思い浮かんだんが、角樽に添える雄蝶雌蝶だした。けど、それこそ、羽を広げた蝶や菊花、桜花等々、色々な細工が出来るのやないか、て」

菊栄の話を聞くうち、惣次の顔から笑いが消え、その眼光が鋭くなる。

ちょっと待ち、とでも言いたげに、惣次は右の掌《てのひら》を大きく開いて、菊栄にその先を言わせるのを封じた。

「……なるほど、最初から紙細工にして、壊れんように糊《のり》で、いや、糊やないな、糸や。糸がええ。糸で留めるんやな」

惣次の推察に、菊栄は満面の笑みで応《こた》えた。朧《おぼろ》に浮かんだ考えを、相手に言い当てられたことが、むしろ小気味よい。

「惣ぼんさんの言わはるように、予《あらかじ》め形を作ってから、丈長に留めて……撥元結《はねもとゆい》みたいに針金を忍ばせといたら、髪から外れ難《にく》うにできますなぁ。ああ、せや、髷に差し込むようにしても、面白いかも知れまへん」

根掛同様、否、それ以上に重きを置かれていない丈長。まだ誰も気づいていないゆえ、刻《とき》もあれば、工夫のし甲斐《がい》もある。あれほど悩んでも見つけられなかった知恵が、今、次から次へと湧きだしていた。

「紙やったら、千代友屋《ちよともや》が味方についてくれるやろ。紙細工の職人かて紹介してもらえますな」

独り言のように、惣次が呟く。

「品物になったとして、物は紙やさかい、値は手頃。簪や笄ほど長持ちせんよって、さいさい買うてもらえる。なるほど、それこそ『買《こ》うての幸い、売っての幸せ』や。よう考えつかはった、あんさん、やはり只者《ただもの》やないで」

顎《あご》に手を置いて、惣次は唸《うな》った。

「べんちゃら（お世辞）は似合いませんで、惣ぼんさん」

それに、と顔つきを改めて、菊栄は続ける。

「ほかの誰かが真似ようとしたかて、そない簡単に行かんような、『菊栄』でないと出来んような工夫を考えて形にする。褒めてもらうんは、それを遣り遂げてからにしてもらいまひょ」

菊栄の台詞《せりふ》に、惣次は両の手を打ち鳴らし、背を反らして呵々大笑《かかたいしょう》する。

「もと嫁ばかりか、あんさんまでが、商い戦国時代の立派な武将だすなぁ。そらもう、大したもんだす」

笑い過ぎて腹が痛くなったのか、男は片手で腹を押さえて、なおも笑い続けている。

先ほどまでなかった風が生まれて、咲き揃《そろ》った菊花を撫《な》で、その香りを纏《まと》い、縁側から座敷へと吹き抜けていく。菊栄は心地良い風を頬《ほお》に受け、庭へと眼を遣った。

陽だまりに、咲き誇った菊が美しい。

菊栄。菊の栄と書いて「きくえ」。

ふた親が授けてくれた名を、菊栄は心から愛《いと》おしく思う。

紅屋の失った身代を取り戻す、という道を選ばない代わりに、紅屋多聞の商いの志を守り、「菊栄」を大切に育てていく。

お父はん、お母はん、そないさしてな。堪忍してなぁ。

胸のうちで詫《わ》びれば、ふっと視界が潤《うる》む。

あかん、あかん、人前で涙は禁物や、と菊栄は無理にも唇の両端を上げた。

「大きな商いになりますな」

笑いを納めて、惣次が、否、井筒屋三代目保晴が、真顔になって畳に両の手をつく。

「井筒屋は、あんさんのためやったら、何ぼでも融通させて頂きますよって」

およそ冷徹な本両替商とも思われぬ申し出であった。

ほう、と菊栄は惣次の方へとにじり寄り、

「惣ぼんさん、否、三代目保晴さん、今の台詞はまるで『あんたに惚れてる』て聞こえますで」

と、揶揄《からか》ってみせる。

三代目保晴は、椎の実の如き両の眼で菊栄の双眸《そうぼう》を覗き込み、

「安心しなはれ、利子はちゃんともらいますよって」

と、高らかに言い放った。

第三話　行合《ゆきあい》の空

こんなはずない。

私の人生、こんなはずがない。

このままで終わってええはずがないんよ。

春天を仰《あお》ぎ見て、結は幾度も幾度も、胸のうちで叫ぶ。

双六《すごろく》に喩《たと》えるなら、「あがり」を目指すはずが、「ふりだし」に戻ってしまった。

母と二人、豪農の住み込み下女だった頃《ころ》に、あの惨《みじ》めな時代に。

麗《うら》らかな陽射《ひざ》しに、両の手を翳《かざ》してみる。

かつては滑らかで美しく、白魚《しらうお》に喩えられたはずが、何時《いつ》しか荒々しく節くれ立ち、男の手、それも老いた男の手と変わらない。全《すべ》ての爪《つめ》の脇《わき》には、治りきらないあかぎれが、鑿《のみ》で彫り込んだような痕を残す。何年にも亘《わた》り、水仕事や畑仕事、旅籠《はたご》の雑用に追われて、こんな手になってしまった。

江戸屈指の本両替商、音羽屋忠兵衛の後添《のちぞ》いとして、呉服商「日本橋音羽屋」の女店主として、多くの奉公人に傅《かしず》かれ、美しい絹織に囲まれていた日々。

あの狂おしくも愛《いと》おしい日々に、もう戻れないとしても。

それでも、と結は左右の手を拳《こぶし》に握り、ぐっと引き寄せる。

それでも、こんな惨めな暮らしのままで、終わりたくはない。せめて、この場所ではないところへ行きたい。

ひゅっひゅー
ひっふー、ひゅっひゅー
口笛のように聞こえる囀《さえず》り、あれは鷽《うそ》だ。

誘われるように、結は顔を上げ、姿を探すも見当たらなかった。

播磨《はりま》国、赤穂郡の東の端、揖西《いっさい》との境。

周囲は山、彼方《かなた》に海、そして、村の中ほどを幅の狭い川が流れる。よく耕され、手入れの行き届いた畑は、綿の種が蒔《ま》かれるのを辛抱強く待っている。

ここは播磨のはずが、どうにも生まれ故郷の摂津《せっつ》国津門《つと》村にそっくりだった。父亡きあと、母が亡くなるまで過ごしたが、ひたすら惨めで、良い思い出など何ひとつない、あの津門村に。

「おかあさーん、おかあさーん」

我が子が母親を探し求める声に、結ははっと我に返る。

畑を挟んだ道沿いに、一軒の藁葺《わらぶき》屋根の旅籠があった。

表戸の前に立つのは、二人の少女。懸命に母を求める妹を、姉が何とか宥《なだ》めている。

姉の桂《かつら》は十、妹の茜《あかね》は七つ。四十を過ぎて、結がお腹《なか》を痛めて産んだ娘たちであった。

「せやった、そないな寝言を言うてる場合やなかった」

開いた掌《てのひら》で両の頰《ほお》をぱちんと打ち鳴らすと、結は自らを鼓舞して、傍《かたわ》らに置いていた薪《まき》の束《たば》を背負った。

「あ、お母さん」

旅籠の主《あるじ》を務める忠兵衛は、まだ釣りから戻らぬようだが、それも常のことだ。

先に見つけたのは桂なのだが、妹の茜は姉を押しのけ、我先に母へと駆け寄って、その腰に抱きつく。

「おかあさん、おかあさん、いつまで待たせるん」

涙と洟水《はなみず》で顔をぐしょぐしょにして、茜は寂しさを訴える。

年の瀬に生まれたから、正味は六つ。だが、同じ齢《とし》の頃《ころ》、結は母とともに住み込みの下働きをしていた。それからすれば、苦労知らずで、何とも幼い。

堪忍《かんにん》、堪忍、と結は身を屈《かが》め、下の娘の髪を撫《な》でた。忠兵衛には似ず、優しく丸い眼《め》は結から譲り受けたものだ。

「お母さん、お帰りなさい」

遅れて母のもとへ辿《たど》り着いた桂は、結の背の荷を外して、胸に抱える。

重い薪の束を前のめりになって運ぶ桂に、

「重いさかい、気を付けるんよ」

と、甘える末娘の相手をしながら、結は声を掛けた。

安永《あんえい》六年（一七七七年）、如月《きさらぎ》九日、初午《はつうま》。

大坂でも江戸でも賑《にぎ》やかに過ごす初午だが、この村では、祭りの幟《のぼり》も太鼓の音も聞こえない。近くに稲荷社《いなりしゃ》がないせいもあるが、何とも寂しい。

旅籠「千種屋《ちぐさや》」の台所で、結は黙々と擂鉢《すりばち》で味噌《みそ》を擂る。傍らでは桂が、下茹《したゆ》でした辛《から》し菜《な》を力一杯に絞っていた。

「あねさん、少し食べさして」

甘える妹の口に、辛し菜の葉先を少しだけ入れてやりながら、

「お客さん、何人くらい来はるかしら。五人くらい来てくれはったら」

と、桂は呟《つぶや》く。

長女の独り言を耳にして、結は密《ひそ》かに眉根《まゆね》を寄せた。

ひと口に宿といっても、旅人が米を持参し、薪代を支払う木賃宿もあれば、朝夕二食を提供する旅籠屋もある。千種屋は後者で、二食の他に中食を用意して、一泊の価、百五十文であった。

街道から少し離れているが、近頃はこの辺りまで綿作が広がったおかげで、綿買いや太物《ふともの》商の出入りがあった。日に五人も客が入れば、旅籠としては採算が取れる。それを見越しての桂の言葉に、結はしかし内心、苛立《いらだ》っていた。

いけない、そんな風に思ってはいけない。

擂粉木《すりこぎ》の手を止めて、母は息を整える。

眦《まなじり》の少し上がった、切れ長の眼。長女の桂は、将来はさぞ、美しい娘に育つだろう。齢のわりに思慮深く、父親の忠兵衛が気紛れに教えた文字を早々と習得して、読み書きにも不足はない。

そう、桂は何から何まで「あのひと」にそっくりだった。

姿を思い浮かべるだけで、憎しみと哀しみと惨めさが突き上げて、身体《からだ》中を巡り、息が出来なくなる。その名を口にすることさえ、呪《のろ》わしい。

だが、どれほど似ていようが、桂は自分がこの世に生みだした可愛《かわい》い娘。

あの時、そう、もう十年も前になる。

謀書謀判《ぼうしょぼうはん》を犯した手代《てだい》への、店主としての不行き届きを咎《とが》められ、音羽屋忠兵衛は重追放と闕所《けっしょ》を言い渡された。女房結も日本橋通の自身番に拘束《こうそく》され、取り調べを受けた。

解き放ちになった際、「あのひと」が引き取りに現れたのだ。

その膝《ひざ》に縋《すが》り許しを乞《こ》うことを、しかし、結はしなかった。罪人となった夫と別れて、江戸に留《とど》まる、という道を選ばなかった。実はその時、お腹に新しい命が宿っていたのだ。

忠兵衛と夫婦になって十二年、子宝に恵まれなかったにも拘《かか》わらず、四十路《よそじ》になって母になる。それが結に「何としても生き抜く」と決意させた。

そう、桂の命の息吹《いぶき》が我が体内にあればこそ、誇りを失わず、生きることが出来た。

桂、と母は掠《かす》れた声で、我が娘を呼ぶ。

「一応、五人分のお膳《ぜん》を用意しといてな」

母に命じられて、桂は嬉《うれ》しそうに「はい」と大きな声で応じた。

「こりゃあ何とも旨《うま》い」

辛し菜の味噌和《あ》えを口にして、泊り客が目を見張る。

「小豆《あずき》飯も追河《おいかわ》の塩焼きも、厚揚げの炊いたんも、口に合う」

「言うては何やが、七十文ほどで泊まれる旅籠は仰山ある。えらい吹っ掛けよって、と思うたけんど、こないな田舎《いなか》で初午らしい料理を口にするとは」

同室の男たちも、箸《はし》が止まらぬ様子だ。客は六人、いずれも一見の客だが、当地の綿が目当ての小商人や綿買いだった。

「よもや街道から外れたところに、こんなええ旅籠があるとは思いもしません。ほんに助かりましたよ、女将《おかみ》さん」

三十代半ば、と思《おぼ》しき男が、満足げに箸を置いた。一番最後、日暮れぎりぎりに草鞋《わらじ》を脱いだ客だった。

太物の仲買人で、源蔵《げんぞう》と名乗る男。初めての客のはずが、優しい顔立ちや穏やかな物言いが何処《どこ》か懐かしい。

客の湯飲みが空なのに気づいて、結は土瓶《どびん》を手に取った。

「もう少し西の方へ行けば賑やかで、旅籠も何軒もおますが、ここらは、うちだけですよって」

日暮れ近くになっても旅籠の見つからない心許《こころもと》なさは、結にも覚えがある。膨らみが目立つお腹を庇《かば》い、夫の忠兵衛に手を引かれて、宿を探したことがあった。不慣れな土地で、道に迷い、陽が落ちる寸前に見つけたのが、まさにこの旅籠だった。流離《さすら》いの旅が祟《たた》ったのか、その夜から忠兵衛は高熱を発し、三日三晩、苦しみ通した。脂汗を流し、魘《うな》され続けた忠兵衛だが、旅籠の店主の親切と結の看病とで、辛《かろ》うじて命を長らえた。

床上げ後、何が忠兵衛をその気にさせたのか、隠居を考えていた老店主から、屋号ごと旅籠を譲《ゆず》り受け、以来、ここで生きる羽目になってしまったのだ。

「ご店主にも挨拶《あいさつ》を、と思うてましたが」

熱いお茶を啜《すす》って、源蔵は結に問うともなく尋《たず》ねる。旅籠の主が一度も顔を見せないのを、妙に思ったのだろう。

「失礼をお許しください。朝早《はよ》うからの追河釣りで、精根を使い果たしたようで」

丁重に詫《わ》びて、結は頭を下げる。

苦いものが胃の腑《ふ》から込み上げてくるのを、ぐっと飲み下し、笑みを作って顔を上げた。

台所に取って返し、洗い物を片付け、桂と茜を外の厠《かわや》へ連れて行く。娘たちを寝床へ入れて座敷に戻れば、泊り客同士で、話が弾んでいた。

「桔梗屋の浴衣《ゆかた》ですやろ、あの白地に藍《あい》の」

「そうそう、大坂の桔梗屋の、あの浴衣地ですがな」

はて、大坂の太物商で桔梗屋という屋号の店があっただろうか、と結は訝《いぶか》しみつつ、布団の用意をする。

「あれはほんに、よう売れてますなぁ。江戸で流行《はや》りのものと色遣いを逆さにしただけ、て聞いてるんやが」

「柳に燕《つばめ》の柄《がら》なんぞ、ぞくぞくしますで」

話の途中で割り込むのは気が引けたが、結は「何ぞ御用はありませんか」と声を掛けた。他の五人は話に夢中で、生返事しかしないのだが、源蔵だけは結の方へ向き直った。

「女将さんもお疲れにならはったやろ。よう休んでくださいよ」

泊り客からそんな風に労《ねぎら》いの声を掛けられることは稀《まれ》だ。白湯《さゆ》を飲んだあとのように、胸の底がほこほこと温かい。丁重に礼を言って、結は座敷を退いた。


半身の月は、おそらく真上にあるのだろう。障子《しょうじ》越し、冴《さ》え冴《ざ》えとした光で、外は明るい。

茜は、寝惚《ねぼ》けると母の乳房を欲する。甘えた（甘えん坊）の娘を胸深く抱いて、背中をとんとんと叩《たた》いてやる。

並んで敷いた布団に、桂が猫のように体を丸めて眠っていた。

寝間を隔てる襖《ふすま》は閉じているが、忠兵衛の鼾《いびき》が間断なく聞こえる。齢《よわい》六十九、痰《たん》の絡んだ鼾さえが、結には煩《わずら》わしい。

――何と可愛らしい
――お前さんをこの手で抱けるなら、娶《めと》ることが出来るなら、あらゆる望みを叶《かな》えてあげよう
五鈴屋を飛びだしたあの日、憔悴《しょうすい》しきった結を音羽屋の座敷へと招き入れ、忠兵衛が囁《ささや》いた台詞《せりふ》を、忘れはしない。

あの頃の結にとって、十九年上の本両替商の店主は、ほかの誰《だれ》よりも眩《まぶ》しかった。忠兵衛の傲慢《ごうまん》さは強さに、計算高い狡《ずる》さは賢さに映った。良い齢をして、何と世間知らずだったことか。

否、と結は頭を振る。

そうではない、あの頃の忠兵衛には底知れない迫力があり、周囲を引き寄せずには

おかない、何かがあった。

ところが、今はどうか。

思い返せば、頑健なはずの忠兵衛がこの地で寝付き、三途《さんず》の川から引き返したあと、まるで人が違ってしまった。

旅の道中、自分を見限った者たちを呪い、運命を呪い、報復の念に取り憑《つ》かれていたはずが、そうした執着を全て手放し、ただ諦念《ていねん》だけを此岸《しがん》に持ち帰ったようだった。結果、迫力は消え失《う》せ、萎《しな》びた年寄りに成り果てた。

「結」

気づくと鼾は止《や》み、襖が開いていた。

「結、起きてるなら、こっちへ」

忠兵衛が、声低く女房を寝間へ誘う。

一日中、下女のように働かせた上、五十路を迎えた女房に寝間の相手までさせるつもりか。怒鳴りつけたくなる思いを辛うじて封じ、結は眠った振りを通した。

桂が寝返りを打ったのを機に、襖は静かに閉じられる。

こんな暮らし、何時まで続くんやろか。

自分で招いたこととはいえ、考えれば考えるほど、息が詰まりそうになった。寝入った末娘を放して、結は強く目を閉じる。

瞼《まぶた》の裏に浮かぶのは、伽羅《きやら》色に薬玉紋《くすだまもん》の友禅染《ゆうぜんぞ》め綿入れ、金地に紺の織帯。贅《ぜい》を尽くした装いで、市村座の階段を上る情景だった。

倹《つま》しい木綿の綿入れ姿の「あのひと」とそこで擦れ違った。

――日本橋音羽屋ご店主、結さまが、お見えでございます
座員の晴れやかな声が、今も耳に残る。

刻《とき》を巻き戻して、あの場所に戻れるならば。

無駄なこととわかっていても、そう願わずにはいられない。

「あのひと」の妹として生まれて来なければ、「あのひと」さえ居なければ、今の苦しみもなかっただろう。

この苦しみを、今の暮らしを、「あのひと」は生涯、知ることはない。せめて今、「あのひと」がその名に反して、自分と同じくらいに不幸せで居てくれれば……。そう祈りながら、結は眠りへと落ちていった。

「お陰さまでよう眠れて、疲れも取れました」

草鞋の紐《ひも》を結びながら、源蔵が結に礼を言う。随分と早い旅立ちだった。

他の客も茜も、それに忠兵衛も、まだ夢路をさ迷っている。このまま大坂へ向かうという源蔵に、竹皮に包んだ握り飯を手渡し、桂と二人で見送りに出た。

山の端が薄く紅を差すものの、辺りはまだ闇《やみ》を抱いている。桂の差し伸べる提灯《ちょうちん》が、三人の姿をぼんやりと照らした。

木綿の反物《たんもの》を詰めた、重そうな風呂敷《ふろしき》包みを背負う源蔵に、結はふと、

「大坂やったら、泉州《せんしゅう》や河内《かわち》の方が近いですやろうに」

と、問い掛けた。

綿の産地、津門村で生まれ、天満の五鈴屋へ引き取られたあとも、木綿について色々と学んだ。この辺りで織られる木綿は質が悪く、到底、摂津国で作られるものに及ばない。わざわざ大坂まで運んで売る理由が、結にはわからなかった。

田舎の旅籠の女将が木綿に精通しているとは、誰も思いもしない。邪気の無い質問だと受け止めたのか、源蔵はにっと歯を見せて笑った。右の糸切り歯が欠けている。

「ここらの木綿は、泉州や河内のものとは比べ物にはならんのですが、何せ安い。古手よりも安いよって、『安いが一番』て、大勢のひとに喜んでもらえてます。おまけにまだ大店《おおだな》に荒らされてへんよって、私らみたいな小商いにはありがたい」

綿は温暖な気候を好む。摂津国の気候風土に大差のない、西隣の播磨国でも、綿作

が試みられるようになった。加古川《かこがわ》、姫路《ひめじ》、と次第に西へ西へと栽培地が広がり、播州の端《はし》のこの辺りでも、百姓女たちの手で、盛んに布に織られている。

「この秋から織りだす分の買い付けもありますよって、これからまた、再々、寄せてもらいます」

源蔵はそう言って、足取りも軽やかに発《た》っていった。

周辺の百姓女たちが、手間賃の相場に明るいはずもない。実綿を摘んで、綿繰りし、糸に紡《つむ》いで、機《はた》で織る。手間賃を安く抑えれば、廉価《れんか》な品にもなるだろう。

口惜《くや》しい、と結は思う。

腹立たしいほどの口惜しさは、しかし、近隣の女たちを憐《あわ》れんでのことではない。廉価の絡繰《からく》りや機織りも含めて、ここが「安価な木綿の産地」であることを、忠兵衛はとうに知っていたはずだ。

かつての音羽屋忠兵衛ならば、その地の利を生かし、太物商いの手腕を存分に振るっただろう。だが、今の忠兵衛ときたら、どうだ。往時の面影など微塵《みじん》もなく、ただただ余生を楽しむばかりではないか。

安い木綿の産地として世に名を馳《は》せるまで、まだ刻がある。今のうちに手を打てば、商いに繋げることは出来るはずだ。

よし、と心を決めて、結は傍らの桂に、

「じきに他のお客も起きてきはるやろ。朝餉《あさげ》のお汁は、温めるだけやよって、桂一人でやんなはれ」

と、命じた。


座敷の襖を音高く開けると、丁度、着替えを終えたばかりの亭主の後ろ姿が目に入った。

色褪《いろあ》せた茶染めの綿入れ、地は紬《つむぎ》だが、毛羽立ちが目立つ。帯は黒繻子《くろじゅす》、背で貝の口に結んである。でっぷりと肥え太っていた頃からすれば、身体の幅も厚みも半分ほど。髪も雪を頂いた如く白い。

「どうしたんだね、結。そんなに意気込んで」

首を捩《ね》じって女房を見る。かつての蛸《たこ》に似た風貌《ふうぼう》は、顎《あご》と首の境目がわからない、という一点に留めるのみ。顔中を縮緬皺《ちりめんじわ》が覆い、肌は茶色く萎びている。

「旦那《だん》さん、お話があります」

男の足もとに、両の膝を揃《そろ》えて座って、結は源蔵から聞いたことを踏まえ、自身の考えを伝えた。

立ったまま、つまらなそうに話を聞いていた忠兵衛だが、途中で腰を下ろし、胡坐《あぐら》をかいた。

「何度も話して、お前さんも納得ずくだと思っていたが」

吐息交じりに洩《も》らすと、干し蛸に似た老人は続ける。

「私はもう、金銀に振り回される生き方は、心底、嫌になった。重追放に闕所《けっしょ》となった時、一体、誰が手を差し伸べてくれたか。これまで散々、甘い汁を吸わせてやった者たち、それに血を分けた娘でさえ、この私を見限ったではないか」

大坂の淀屋《よどや》の前例があり、忠兵衛は常に闕所に備えて、結の財産を増やすように動いていた。闕所は妻子には及ばないと知ればこそ、破格の呉服や装飾品を買い与えていた。

しかし、実の娘がそれらの所有を主張し、結の身ぐるみを剝《は》がして我がものとした。それのみか、罪人となった父と断絶する道を、娘は選んだのだ。

万が一の時のために、と金五十両、密かに隠し持っていたものがあったので、命拾いをした。町人ゆえに御構場所《おかまいばしょ》は限られるのだが、重追放は重追放。疑心暗鬼もあって、忠兵衛と身重の結は、ひと目を避けて放浪するほかなかった。

「旦那さん、旦那さんは、私らをこないな目ぇに遭《あ》わせた者たちを見返してやろう、とは思わへんのですか。あんさんには金銀を操る才覚が、私には太物商いの下地がおます。今こそ、何もかも挽回《ばんかい》できる最後の機会と違いますやろか。やっと、その時が巡って来たんやないですか」

言い募《つの》る女房を尻目《しりめ》に、忠兵衛はそこが痒《かゆ》いのか、髷《まげ》の下に指を突っ込んで掻《か》いている。

味噌汁を煮返した残り香が辺りに漂い、泊り客を送りだす桂の声が聞こえた。隣りの部屋では茜が目覚めて、母を呼んでいる。

「早く行ってやりなさい」

襖を指さして、立ち上がる夫の両膝に、結は取り縋った。

「何でですのん、このまま、こないなとこで朽《く》ち果てるんは、嫌ですやろ」

「何を青臭いことを。お前さん、幾つになっておいでだい。そういうのを『見苦しい』というんですよ」

女房の腕を邪険に振り払うと、亭主は身を屈め、その双眸《そうぼう》を覗《のぞ》き込む。

「今さら、前の暮らしに戻りたいなどと思わない。金銀に塗《まみ》れて、踊らされて、一体、何が残ったか」

名うての本両替商として知られた男。店のため、否、自分のためなら阿漕《あこぎ》であろうと姑息《こそく》であろうと、手段を択《えら》ばなかった男。結の良く知る音羽屋忠兵衛とは、そのような人物だったはずだ。

結の戸惑いに構うこともなく、音羽屋忠兵衛だった男は、淡々と続ける。

「金銀への執着から解き放たれて、今は朝目覚めて、夜眠りにつくまで、何の怯《おび》えもない。私はね、そうした平安を、二度と手放そうとは思わないのだよ」

戯言《ざれごと》はこれきりにしてもらいましょうか、と言い置いて、干し蛸は振り向きもせずに座敷を出て行った。

畳に身を投げだしたきり、結は動けない。

今年、結は五十。母の享年《きょうねん》と同じ年齢を迎えていた。

母が十九年上の男と添うたのと同じく、結もまた、十九上の忠兵衛と結ばれた。ただし、母が嫁いだのは十六の時だ。三十六で寡婦《かふ》となり、結を連れて豪農彦太夫《ひこたゆう》宅の住み込み下女となった母、房《ふさ》。読み書きできず、生涯、絹織を纏《まと》えず、苅安《かりやす》色の木綿の綿入れを唯一の晴れ着としていた。

豪農か旅籠かの違いはあれど、母と同じ晩年を過ごすのか。日本橋での、あの煌《きら》びやかな暮らしは、夢幻だったのだろうか。

こんなはずやない。こんなはずやなかった。

母のような生き方はしたくない、あんな人生なら要らない。

開いた掌で畳を叩き、結は身もだえした。

「おかあさん、おかあさん」

襖を開けて、茜が母を呼んでいる。

「うるさい」

我ながら大人げない、と思いつつ、結は、「うるさい、うるさい」と娘を怒鳴り続けた。

初め、きょとんと眼を見開いていた茜だが、母の怒りの矛先が自分に向いていると知り、声を上げて泣きだした。

襷《たすき》姿の桂が、土間に下駄を脱ぎ散らして妹に駆け寄る。泣き叫ぶ妹を抱き締めると、その場から連れ去った。娘たちが去っても、結は激情を抑えられず、畳をのたうち回る。惨めで惨めで、自身が哀れでならなかった。


結たち一家が暮らす集落には神社がなく、一軒あった寺も、住職が亡くなったあと、継ぐ者が居らずに門を閉じて久しい。ただ、廃寺から千種屋へと続く砂利道の脇に、小さな祠《ほこら》が立ち、そこに一体の地蔵が祀《まつ》られている。

飢饉《ききん》の時も、流行り病《やまい》の折りにも、この村だけは難を逃れた、という伝承が残り、誰が呼ぶともなしに「延命地蔵」という名を付けられていた。

ひとに命じられたわけでもないのに、毎日、その地蔵の身を拭《ぬぐ》い、祠を掃除し、水や花を絶やさないのが、千種屋の長女、桂であった。

「お母さん、畑の脇に咲いてたんよ。これ、お地蔵さんに、あげてもええかしら」

紫陽花《あじさい》の大きな花枝を手に、桂が問う。

両親ともに信心の欠片《かけら》もないのに、と苦笑いしつつ、「構へんよ」と答えた。

母の許しを得て、小雨降る中、桂は跳ねるような足取りで祠へと向かっていく。茜が懸命に姉の後を追いかける。

「あねさん、あねさん、茜もいっしょに行く」

「濡《ぬ》れたら風邪《かぜ》ひくから、家に居り」

二人の遣《や》り取りを、結はぼんやりと眺めていた。

姉妹の背景に、かつての旅路が重なって映る。

重追放となった時、山道をうんざりするほど歩いた。谷が近くなると、必ず、桂の樹《き》が自生していた。舟材に用いられるほどに強く、美しく、そして群れない。さ迷う旅人を受け容《い》れ、あたかも、水の在《あ》り処《か》を教えるように。その凜《りん》とした姿は、今なお胸を去らずにいる。

忠兵衛が我が子に「桂」と名付けたのは、おそらく、あの時の情景ゆえだろう。

そして、暮らし向きが落ち着いた時に授かった次女には、「茜」。鮮やかな色を生みだす茜草から取ったものだ。無事に子らが生まれた時の喜び、当時の喜びのまま、日々を過ごせれば良かった。

忠兵衛とは、あの日を境に気まずくなり、ろくに口を利いていない。もとより夫婦としての会話は少なかったせいか、忠兵衛自身はさほど気にもかけず、相変わらず釣り三昧《ざんまい》の日常を過ごしている。

どうしようもない諦念が結を覆い、拭いようがなかった。

「お母さん、あそこに」

桂が山の方を指して、結を呼んだ。

見れば、山間《やまあい》の小路《こみち》を辿って、旅姿の男女が、こちらに歩いてくる。旅籠を探す素振りを認めて、結は髪を手でざっと撫でつけると、「宿をお探しですか」と大きく声を張った。

泊り客は一日に一人きりの時もあれば、十人を越えることもある。界隈《かいわい》に一軒だけ、というのが幸いして、客の無い日は滅多になく、家族四人、何とか暮らせている。

梅雨《つゆ》の日の泊り客は、伊勢参りを終えての初老の夫婦一組だけだった。

「賑やかな方が良いから」

と、夕餉時、忠兵衛や子どもたちを座敷に招いてくれた。

「そうですか、姫路城をご覧になったのですか。播磨国の誉《ほま》れですよ。あれほど美しい城は珍しいですねぇ」

「ほんに、ええ眼ぇの肥やしになりましてなぁ」

夫と話が弾み、忠兵衛も上機嫌だ。

孫をあやし慣れているのか、女房の方は膝に茜を抱き、優しく相手をしている。

「これ、中になにが入ってるのん？」

「『お守り』いうてね、旅の無事を神さん仏さんが守ってくれるんですよ」

帯に挟んだ守り袋を珍しがる茜に、女房は触らせるままにしている。

桂は母を手伝い、くるくると独楽《こま》のように働いた。

「相済みません、お言葉に甘えてしもうて」

女客の腕の中で眠ってしまった茜を引き取り、結は幾度も女房に詫びる。

「お姉ちゃん、えらいねぇ。よう働いて、お母さんを助けて。ほんにえらいこと」

熱いお茶を運んできた桂に、女は声を掛けて、袂《たもと》から何かを取りだした。

「ご褒美《ほうび》に、これを」

差しだされたのは、鴇《とき》色の縮緬の端切《はぎ》れだった。手拭《てぬぐ》いほどの丈がある。あきまへん、と割り込もうとする結を、「まぁまぁ」と制して、女房は、

「お伊勢さんの出店で売られてて、あまりに綺麗《きれい》な色やから買い求めたけれど、齢に似合わんので悔いてたとこや。使《つこ》うて頂戴《ちょうだい》」

と、有無を言わさず、桂の手に握らせた。


客間からは、男たちの笑い声がまだ続いている。

寝間を整えて女房を案内したあと、茜を寝かしつけて台所へ戻ると、片付けは終わっていた。灯明皿の魚油が臭《にお》う板敷で、桂が正座して、項垂《うなだ》れている。

「お母さん、堪忍してください」

盆の上に、先ほどの鴇色の端切れが、きちんと畳んで置かれている。受け取ってしまったものの、母親が内心、快く思っていないことを察しているのだろう。

「今さら返したところで、気ぃ悪ぅさせるだけや。もろときなはれ」

お盆の上のものを取るように促したが、娘は触れようとしない。

「茜が見たら、欲しがるやろ。さっさと仕舞いなはれ」

苛立って、結は端切れを乱暴に摑《つか》んだ。刹那《せつな》、絹織の柔らかな手応《てごた》えに怯《ひる》み、生地を握る力が緩んだ。

長い間、忘れていた触り心地だった。荒れた手に縮緬生地が引っ掛かるのを恐れ、結はそっと娘の膝の上でそれを放した。

「ええから、仕舞《しも》うとき」

発した声が、掠《かす》れている。

早う仕舞い、と急《せ》かされて、桂は迷いつつも端切れを手に取った。

「お母さん、これ、茜と半分こしても構わへん？　半分に切っても、構わへん？」

長いままならば、梅雨寒のこの時期、首や肩に巻いて暖を取ることも出来る。半分にしてしまうと、長さが中途半端で、使いようがない。

だが、勝手にすれば良い、との返事を得て、桂はいそいそと裁縫箱から糸切り鋏《ばさみ》を取り出した。

裁ち板や裁ち包丁といった道具は、ここにはない。着物類は仕立て直しか古手で、反物から仕立てる余裕もなかった。

「おかあさん、あねさん」

厠へ行きたくなったのか、寝惚け眼《まなこ》を擦《こす》って、茜が台所に顔をだした。

姉の手にした鴇色に目を留めるや否や、

「きれい、きれいきれい、きれい」

と、転がるように走り寄り、姉の膝に縋る。

「お客さんにもらったの。これ、茜の分。姉さんと半分こやよ」

明日、お礼を言おうね、と桂が差しだした端切れを、茜は奪うように受け取った。

初めての絹織を頬にあてがい、幾度も幾度も肌を擦り、恍惚《こうこつ》としている。

そんな茜に、結は、つい、子どもの頃の自分を重ねてしまう。

そう、茜くらいの時、奉公先の彦太夫宅で、生まれて初めて絹に触れた。忘れもしない、色も同じ鴇色の、嬢さんの縮緬小袖《こそで》だった。「いろたら（触ったら）あかん」と鯨尺《くじらじゃく》で叩かれても、どうしても触ることを止められなかった。

有頂天の妹とは違い、姉の方は膝に広げた端切れに目を落とし、何やらじっと考え込んでいる。

結には、その姿が昔の「あのひと」を思わせ、つい、舌打ちをしたくなってしまう。子どもらしいない、もっと物喜び（物事の大小にかかわらず、喜ぶこと）したらええのに、と。

「ふたりとも、早う寝なさい」

苛立ちを封じて、結は娘たちを急かし、寝間へと追い立てるのだった。

しゃんしゃんしゃん

しゃんしゃんしゃんしゃん

蟬《せみ》の音が、周囲の山から降ってくる。強い陽射しが、あたかも油でじりじり煎《い》りつけるように、肌を焼いた。

胡瓜《きゅうり》や茄子《なす》を捥《も》ぐ手を止めて、結は首に掛けた古手拭いで流れ落ちる汗を拭う。木立の陰に逃れて、茜は唐辛子《とうがらし》の大小を分けている。少し離れた場所では、肌を焦がしながら、桂が雑草を引いていた。

あれは金水引《きんみずひき》か、黄色い小花を選《よ》り分けて、傍らに置いている。

延命地蔵の供花《くげ》にするのだ、と気づいて、結は細長く息を吐いた。

信心深いのは良いことだし、何より可愛い娘なのに、どうにも昏《くら》い気持ちが湧《わ》き上がって仕方がない。難儀なことだ、と我ながら思う。

あれは、十日ほど前だったか。

泊り客も寝静まり、片付けも済んで、漸《ようや》く休もうと思った時だった。寝間へ行けば、桂の姿はなく、代わりに隣室との境の襖が半分、開いたままになっていた。

「守り袋の中身か。……そうさなぁ」

忠兵衛の声が聞こえる。

「祈禱《きとう》した札、大抵は焼き印を押した木札か、あるいは紙の札だろうか」

「祈禱した札でないと、あかんの？」

忠兵衛に問う、あれは桂の声だ。

そっと首を伸ばして隣りの座敷を覗き見れば、父と娘が、件《くだん》の鴇色の端切れを間に、向かい合って何やら話し込んでいた。

結との間に初めて授かった娘だからか、あるいは、何もかも失った時に、その誕生を心の支えとしたからか、忠兵衛は桂に、とても甘い。桂がまだ幼い頃から、事あるごとに、「聡《さと》い」「才がある」「女にしておくのは勿体《もったい》ない」等々と、長女を褒《ほ》めちぎった。いずれも、茜には用いたことのない誉《ほ》め言葉だった。

父娘で何を話しているのか、と結は襖の陰に隠れて、耳を欹《そばだ》てる。どうやら、端切れの使い道を、父親に相談しているらしい。

「『仏に刻めば木も験あり、神に祭れば石も祟《たた》る』などと言うほどだ。守り袋を作るつもりなら、木っ端でも石ころでも、それらしいものが入っていれば、誰でも有り難がるだろう」

父の返答に、それは、と小さく呟いて、あとは黙り込んでしまった。

娘が守り袋を作ろうとしている、と知り、結は開いた右の掌を胸にあてがう。結自身、五鈴屋に引き取られて、端切れで初めて作ったものが、守り袋だった。

「半端な丈だが、小さな巾着《きんちゃく》なら作れないこともなかろう。どうして守り袋なのか。余った生地はどうする」

「あるだけ作ろうと思うてます」

娘の答えが意想外なのか、「そんなに沢山、守り袋を作ってどうする」と、忠兵衛は問いを重ねる。

父からの問い掛けに、十の少女は思案しつつ、こう答えた。

「旅が無事なように、千種屋に泊まってくれはったお客さんに、渡そうと思うてるの。喜んでもらえるやろし、また泊まりに来てもらえるんと違うか、と思って」

「何と」

忠兵衛が声を失する。

結は胸にあてた掌を、ぐっと拳に握った。

――『お守り』いうてね、旅の無事を神さん仏さんが守ってくれるんですよ

鴇色の端切れの贈り主が語っていた、あの話。あれをもとに、娘は知恵の糸口を引

き出したのだ、と悟る。

まるで「あのひと」のようではないか。

疎《うと》ましい、という気持ちが噴《ふ》き上げて、収まらない。あかん、あかんて、と自身に言い聞かせる。桂は我が娘、可愛い可愛い娘やないか、と。

あの夜のことを思い出す度、結は息苦しくてならなかった。

「おかあさーん、あねさーん」

茜の声が、結を我に返らせる。

大きな唐辛子を二本、兎《うさぎ》の耳に見立てて、茜がぴょんぴょんと楽しげに飛び跳ねていた。そんな妹を、桂はにこやかに眺める。

桂と茜、どちらも自分がお腹を痛めて産んだ子どもなのに。

暑さのためだけではない、汗がだらだらと流れて止まらない。母は深く息を吸い込み、気持ちを落ち着かせた。

心のうちの修羅《しゅら》を、決して引き出してはならない――そう己に命じる。

守り袋の作り方を、桂から尋《たず》ねられていた。忙しさを言い訳に、取り合わずにいたが、ちゃんと教えてやろう。何処にでも結べるように、紐は長めにつけた方が良い。

苅安色と藍色、古い布を解《ほぐ》せば糸が取れる。その二色を束ねて編んだものを、紐にしてはどうか。

流れ落ちる汗を拭って、結は空を仰ぐ。紺碧《こんぺき》の空に、白い入道雲が湧き、ぎらぎらと陽が燃え立つ。煮え滾《たぎ》るが如き、盛夏の空だ。

ふと、母を想《おも》う。

十六歳で、十九年上の男と添うた母、房。

果たして、幸せだったのか。出来の違う三人の子を、どんな思いで育てたのだろうか。ことに下の姉妹には、どんな気持ちで接したのだろう。そこに、葛藤《かっとう》はなかったのか。

房が存命なら問うてみたい。叶わぬことが、哀しい。

うちなる修羅を何とか出来るのは、己だけなのだ、と結は自身に言い聞かせた。

延命地蔵の祠の前は砂利道で、雨の日にも道がぬかるむことがない。

もとから砂利道だったわけではなく、近隣の者たちが河原から砂利を運んで敷いたものだった。

桂は、この砂利をひとつずつ綺麗に洗って、地蔵の前に置いたものを、守り袋に入れることを思いついた。

母から教わった通りに、端切れで小さな袋を縫い、藍色と莉安色の糸で編んだ紐をつけて仕上げる。鴇色の縮緬は、桂の手で二十ほどの守り袋へと仕立てられ、小さな石が納められた。

「これは、これは」

ひとつ、手に取って、忠兵衛は満足そうに頷《うなず》いている。

「錦《にしき》や金襴《きんらん》を用いたものもあるが、守り袋はあまり大袈裟《おおげさ》でない方が良いのだよ。桂の作ったこの守り袋は、何とも慎《つつ》ましく、好ましい。受け取ったお客は、さぞかし喜ぶだろう」

結も、手にした守り袋をしげしげと眺めた。

運針を教えて間もないのに、桂の針仕事はとても丁寧で正確だ。仕上がりに性根が表れている。

「茜のぶんもちょうだい」

自分の端切れは手もとに置き、出来上がったお守りは欲しがる。そんな娘を、

「茜はちゃっかりしてる。誰に似たのか」

と、忠兵衛は大笑いして、愛おしげに抱き寄せた。

「もしも評判が良いようなら、もっと沢山、拵《こしら》えると良い。長く続けられれば、その

うち、茜も手伝えるようになる。おお、そうだ、守り袋は、この一手《ひとて》では勿体ない。色々な柄があっても面白かろうよ」

調子の良い亭主の言い分に、結はつい、

「けど、端切れは、そない容易《たやす》う手ぇに入りませんよ。こんなとこまで、端切れ売りも来ませんよって」

と、物言いをつけた。声が尖《とが》るのが自分でもわかった。

昔の忠兵衛ならば「興が削《そ》がれた」と激怒するはずが、特段、気にする風でもない。そうさな、と膝に乗せた末娘を揺さ振りながら、

「毎年、葉月《はづき》十五日には、有年《うね》の宿場近くに市が立つ。年に一度の大きな市だから、木綿のほかに、古手や端切れも必ず売られる。守り袋に似合うような端切れを探して、多めに買って来よう」

と、鷹揚《おうよう》に言った。

市が何かを知らないものの、「茜もいっしょに行きたい」と、茜は父に甘える。

「少し遠いいし、渡し舟を使うから、茜にはまだ無理だ。桂くらいになれば、連れて行こうな」

亭主の言葉に、結は険のある眼差《まなざ》しを長女へと向けた。

母の視線を受け留めると、桂は目を伏せる。内心では、父と一緒に市へ行きたいだろうに、桂の口は固く閉じられたままだった。

処暑《しょしょ》が過ぎたが、酷暑はまだ、この地を諦《あきら》めない。ひと心地つけるようになったのは、八朔《はっさく》のあと、白露《はくろ》を迎えてからだった。

今年は天候に恵まれたのもあって、界隈の実綿は豊作である。その綿を求めて、綿買いや太物商、仲買人らが集まった。お陰で千種屋は、連日、大勢の泊り客で、大層賑わっている。

しかし、主人の忠兵衛は相変わらずの釣り三昧で、お客の膳に魚をふんだんに供することは出来ても、結には不満が募るばかりだ。

ひと雨きそうな昼下がり、結は軒先に吊《つ》るした笠《かさ》を取り込もうとしていた。忠兵衛がそこに吊るしたのだが、小柄な結にはなかなか手が届かない。下駄の先を立てて、懸命に背伸びをする。

「女将さん、部屋は空いてるやろか」

背後から声が掛かった。

その声で馴染《なじ》み客だとわかり、結は満面に笑みを湛《たた》えて、振り返る。

「源蔵さん、そろそろお見えやろか、と思うてました」

思った通り、仲買人の源蔵であった。振り分け荷物を肩に「良かった」と、にこにこと笑っている。

結の難儀に気づくと、傍らに歩み寄り、手を伸ばして、吊るしてあった笠をひょいと外した。

ああ、似てる、と結はふと気づく。

ずっと誰かに似ている、と思っていた。目鼻立ちも風貌《ふうぼう》もまるで違うのに、優しい気遣いや温かい雰囲気が、ある男にとてもよく似ている。

「はい、どうぞ」

笠を差しだして、男はにこにこと笑みを零《こぼ》す。糸切り歯が欠けているほかは、綺麗な歯並びだった。

おおきに、と礼を言って相手から笠を受け取ると、結は暖簾を捲《まく》った。

「お疲れでしたやろ、どうぞ中へ」

暖簾を潜りながら、男は「女将さんの美味《おい》しい料理が恋しいて」と、つくづくと言った。

褒められたのは料理なのだが、結の心は弾む。

「お上手だすなぁ、源蔵さん。桂、桂、お濯《すす》ぎを持ってきなはれ」

奥に向かって、結は娘を呼ぶ。浮き浮きした声だ、と自分でも思った。

その日の泊り客は、十六人。五人ずつの相部屋を頼んで、常客の源蔵には、小部屋だがひとりで休んでもらうことにした。

話し相手を、と思ったのだろう。注文の酒を忠兵衛が運んだ。結が座敷を覗いた時には、ほろ酔い加減の客に、忠兵衛が甲斐甲斐《かいがい》しく世話を焼いていた。

「人形浄瑠璃《じょうるり》と言えば、以前は筑後座《ちくござ》か豊竹座《とよたけざ》、と聞いていましたが」

「それはもう随分と昔の話で。今は北堀江《きたほりえ》の芝居小屋がえらい人気です」

老いた主人に酒を注《つ》がれ、客は酔いの回った口調で話を続ける。

「去年の神無月《かんなづき》やったか、『桂川連理柵《かつらがわれんりのしがらみ》』いう心中物が舞台に掛けられて、大評判を取りましたのや」

ほう、と忠兵衛が興味深そうに尋ねる。

「それは、どのような筋の物語ですか」

「通の間では『お半長右衛門《はんちょうえもん》』と呼ばれるようですが、京の帯屋、帯を専《もっぱ》らに商う主人の長右衛門というのが、私と同じ三十八なのですよ」

そのまま立ち去るはずが、結はつい座敷に留まり、耳を傾けてしまう。

大坂での思い出は数あれど、五鈴帯を巡る色々は今も忘れ難い。結の知る限り、あの頃は帯を専らに商う店はなく、誰もが呉服商で帯地を買い、自分で仕立てるか、あるいはひとに仕立ててもらうか、それ以外になかった。

だからこそ、五鈴屋は「五鈴帯」を提唱し、工夫を凝らして様々な帯地を売り伸ばすことが出来たのだろう。時や場所が違えば、商いも違って来る、ということか。

「それで、物語はどう続くのです」

じりじりと、忠兵衛が源蔵に迫る。

「お半というのが、心中相手の名ですかな」

「それが、何と十四の娘なんですよ。ひょんなことから長右衛門と間違いを犯し、子を宿してしまいましてな。三十八と十四だすで、親子ほどの齢の差ぁだすがな」

考えに耽《ふけ》る結を置き去りにして、忠兵衛と源蔵の遣《や》り取りは、声を低めて続いた。

その夜、結は珍しく夢を見た。

鴇色の綿入れに白鼠の帯を巻いて、何処か華やいだ通りを歩いている。両側には注連《しめ》飾りや羽子板、来年の暦《こよみ》や餅《もち》などを商う出店が続いて、大変な人出であった。

雑踏から大事なひとを庇《かば》うように、結の前を歩いている男。男の後ろ姿と、周りの情景とで、結は漸《よう》く、それが浅草寺の年の市だと気づいた。

男の名は、賢輔。

初めの頃は弟のように可愛くてならなかった。それが少しずつ思慕へと変わり、やがて狂おしいほどの恋心を抱くようになった。「あのひと」も、初めは妹の恋心を理解し、賢輔と夫婦にする心づもりだったのに、突然に考えを変えてしまったのだ。

夢の中、結は羽子板を眺める素振りで、勇気を振り絞って懇願《こんがん》している。

——賢輔どん、私を賢輔どんのおかみさんにしてくれへんやろか
——結さん、私は手代だすよって、所帯を持ったり出来ません
ああ、と結は呻《うめ》く。あの時と全く同じ遣り取りだった。

ただ、夢の中の結は、以前のその時のように、虚勢を張って平気な振りなどしない。賢輔の前で身もだえし、泣いて取り縋っていた。

ほんまは好きなひとが居てるくせに——私、知ってますのや。あんたの好きなんは「あのひと」ですのやろ。私、知ってる。何もかも知ってます。けど、それでもええから、私を抱いとくなはれ。

懸命に言い募るうち、縋っていた相手が賢輔ではなく、別の男にすり替わっていることに気づく。

――女将さんの美味しい料理が恋しいて

「ああ」

自分の声に驚いて、結は目覚めた。

格子窓から覗く菫《すみれ》色の空が、寝間を仄明《ほのあか》るく見せる。隣りの布団では、暑いだろうに姉妹が抱き合って眠っていた。

年の市の雑踏ではない、見慣れた光景に、結は心底ほっとする。総身に脂汗をかいていた。手の甲で額を拭い、動悸《どうき》が去るのを待つ。

二十七歳だった。

俗にいう「中年増《ちゅうどしま》」だが、男を知らず、無垢《むく》だった。一心に想い続けた相手から顧《かえり》みられなかったことが、五十になった今もなお、痛手として残っていることが哀しい。

賢輔にしても、どれほど慕ったところで、相手は主筋。しかも三兄弟に嫁いだ女だ。結ばれるはずがないのに。

何故《なぜ》、私は選ばれなかったんやろか。私の何があかんかったんか。

今さらな自問を繰り返しそうになるのを、結はぐっと堪《こら》える。

おかあさん、と茜が寝言で母を求めていた。

翌朝、泊り客が随時出立したあと、最後に旅立ちの仕度を終えたのが、仲買人の源蔵だった。

「ご主人の話が面白うて、ついつい、深酒をしてしまいました」

二日酔いらしく、顔色が冴えない。

竹筒の底に梅干しを入れ、熱い湯を注いだものを、結自ら用意した。

「二日酔いに効きますよって、お茶代わりに呑《の》んどくれやす」

まだ温《ぬく》い握り飯に添えて、小風呂敷に包んで差しだせば、

「ようよう泊めてもろうてますが、こないな気遣いをしてもろて」

と、ひどく恐縮している。風呂敷は次に来る時に返してもらえば良い、と伝えて、結は男の手に包みを持たせた。

「桂、桂、お客さんがお発ちやよ」

奥へ声を張って娘を呼べば、かたかたと下駄の音をさせて、桂が現れた。

「お前、源蔵さんにお渡しするもんがありましたやろ」

母に促されて、桂は手の中に握り締めていたものを、最後の客に差しだした。

「ほう、何と可愛らしい」

源蔵は、受け取った守り袋を、人差し指の先に引っ掛けて、ゆらゆらと揺らしてみ

せる。

「この辺りに神社はないはずやが、中には何処のお守りが収まっておるのやろか」

「延命地蔵さんの祠の小石です」

砂利を洗って地蔵尊に供えたものだ、と桂はか細い声で応えた。

もとは砂利と知っても、源蔵は機嫌を損ねるどころか、

「延命地蔵さんなら、きっと旅人の命を守り、寿命を延ばしてくれますやろ。何よりの身守りや」

と、満足そうに頷いている。

「娘が作ったもんですよって、そない数は無《の》うて。源蔵さんの分を、先に取っておいたんです」

傍らの娘が恥ずかしそうに頬を紅潮させているのを認めて、結はさらに言葉を足す。

「けど、素人が作ったもんやさかい、落とさはったり、失《な》くさはったりしたかて、どうぞお気にせんでおくれやす」

いやいや、と頭を振り、源蔵は振り分け荷物の紐に、守り袋を固く括《くく》りつけた。

「今の季節は方々へ行きますよって、しっかり守って頂かんと」

今月中にまた来ます、との言葉を残して、源蔵は二日酔いなど忘れたように、軽や

かな足取りで旅立って行く。過ごしやすくなったはずが、思いがけず陽射しが強く、酷暑がぶり返しそうな朝であった。

播磨国は摂津、丹波《たんば》、但馬《たじま》、因幡《いなば》、美作《みまさか》、備前の国々と境を接し、瀬戸内の海を挟んで淡路《あわじ》国に臨む。東から順に明石《あかし》川、加古川、市川《いちかわ》、夢前《ゆめさき》川、揖保《いぼ》川、千種《ちぐさ》川、と大きな河川にも恵まれて、下流に播州平野が広がる。

近年、加古川から西へと綿作が広がると、繰綿《くりわた》や糸紡《いとつむ》ぎ、機織《はたお》りの技が育つのはごく自然なことだった。さらには、あちこちで糸や布を染める試みも始まり、次第に技が磨かれていった。

河川や平野、それに勤勉な住人に恵まれた播磨国だが、おかみにとっては、さほど優遇すべき土地ではなかったのかも知れない。

今から八年前、領地替えがあった。

おかみは、尼崎《あまがさき》藩から西宮《にしのみや》や今津《いまづ》などの豊かな土地を取り上げる代わりに、結たちの暮らす村を含め播磨国の村々を、替地として尼崎藩に差しだしたのであった。

そこに住まう者にとっては、領主が変わったとしても日々の暮らしが急激に変わる訳ではない。ただ、結だけは、何とも言えない気分であった。

結の生まれ故郷の津門村は、今も昔も尼崎藩の領地である。村高は一千石を超え、武庫《むこ》郡の中でも大村ではあるが、今津や西宮には遠く及ばない。ゆえに、おかみに求められることもないのだろう。尼崎藩だけでなく、結自身も貶《おとし》められたようで、複雑な思いだった。

「つかぬことを、お尋《たず》ねしますが」

白露を七日ほど過ぎた夕暮れ時のこと。表で客の草鞋《わらじ》を払っていた結を、呼び止めた者がある。小商いの店主風情《ふぜい》の旅人であった。

今宵《こよい》の宿を乞《こ》われるのか、と思いきや、旅人は笠《かさ》を外して、丁重に切りだした。

「相生《あいおい》宿で、とても御利益がある身守りのことを聞きました。峠《とうげ》の坂を転げ落ち、あわや、というところで助かった、と。そのひとが、懐《ふところ》に大事に持っていたのが、延命地蔵尊の身守り、とのことでした」

千種屋という旅籠《はたご》で譲《ゆず》り受けたものと聞き、矢も楯《たて》も堪《たま》らず、訪ねて来たという。

「昨年は、江戸を始め諸国の麻疹禍《ましんか》で、身内が三人、亡くなりました。まだ火種は燻《くすぶ》り続けているようだから、残る者を守るため、あるだけ譲って頂きたい」

どれほど桂が延命地蔵に祈ったところで、ただの砂利なのに、と思いつつ、結は意外な話に驚いた。

「申し訳ございません。数を揃《そろ》えておらず、もう手もとに残ってへんのです」

「そこを何とか。銭ならば、ほれ、この通り」

腰に提げた早道《はやみち》を示して、男は粘る。

丁度、川釣りから戻った忠兵衛が話を聞きつけて、男と結の間に割り入った。

「もう半月ほどあとならば、新たな身守りをご用意できます。ただ、あれは千種屋にお泊まり頂いたお客さまへの感謝の品で、売り物ではございませんので」

十五日に市で端切《はぎ》れを買い、お守りに仕上げる。半月あれば、かなりの数を作ることが出来るだろう。柔らかな台詞《せりふ》回しで、伝えるべきことを的確に伝える。そんな夫の対応に、結は、かつての本両替商の店主の片鱗《へんりん》を見ていた。

「何と、売り物ではない、と」

虚を突かれた体《てい》で、男は肩を引く。暫《しば》し考え込んで、

「旅籠が信心で銭を得るのは間違い、ということか。確かに、そうかも知れぬ」

なるほど、なるほど、と得心してみせる。

今夜は少し先の定宿で草鞋を脱ぐが、月末に、改めて千種屋に宿泊することを約して、旅人は去って行った。

「旦那《だん》さん、待っとくれやす」

魚籠《びく》を下げて、勝手口から中へ入ろうとする亭主を、結は呼び止める。

「お守り代、もろうても構わへんのと違いますやろか。泊り客や無《の》うても、あないに『欲しい』と思わはるひとが居ってですのや。いっそ、只《ただ》で配るんを止《や》めて、千種屋でちゃんと売ったらどないです」

「お前、今の遣《や》り取りを聞いてなかったのか。旅籠が信心を銭に替えるのは、私でさえ感心しない」

女房の方を見ようともしない亭主に、「けど」と結は向きになって言い募《つの》る。

口伝《くちづて》に、延命地蔵尊の身守りの御利益の噂《うわさ》が広まれば、不心得者《ふこころえもの》が、あのお守りに高値を付けて売り捌《さば》くかも知れない。

「守り袋に小石を入れたんは、桂の知恵です。横流しやら転売やらで、台無しにされたら堪りません」

「何と」

亭主は女房を振り返り、呆気《あっけ》に取られた風に、その顔をまじまじと見る。そして、辛抱《しんぼう》堪らぬ、とばかりに「はっはっは」と笑いを弾《はじ》けさせた。

「これは面白い、お前さんの口から、そんな台詞を聞くことになるとは」

「何の話です。何を言うてはるのん」

憤りをぶつけてくる結に、忠兵衛は笑いながら答える。

「小紋《こもん》染めに藍《あい》染め浴衣《ゆかた》地、おっと、帯結び指南もそうだったな。いずれも、最初に知恵を絞りだしたのは五鈴屋江戸本店《ほんだな》。つまりは、お前さんの姉さんではなかったか。横流しや転売こそしていないが、知恵をまるごと自分のものにしたのは、果たして誰《だれ》だったたか」

忠兵衛の心無い言葉は、結の胸を抉《えぐ》る。

「あんさんまでが『あのひと』のお味方とは、存じませなんだ」

ぎりぎりと歯《は》噛《が》みして、結は、

「せやったら言わせて頂きますけど、田所屋《たどころや》を乗っ取り、真っ先に小紋染めを取り込まはったのは、どなたです。五鈴屋を坂本町の呉服仲間から追い出さはったんは、手代に命じて繰綿の買い占めをさせはったんは、どなたですのや」

と、一気に捲《まく》し立てた。

女房の言い分を聞き終えた男は、朗笑《ろうしょう》を納め、代わりに苦々しく唇を捻《ね》じ曲げる。

「なるほど、お前さんと私とは、つくづく似合いの夫婦、ということのようだ。しかしな、桂の守り袋については、分けて考えなさい。ものはお守りだ、横流しや転売をする罰当たりは、まず居まい。あれの清らな信心を守ってやることだ」

言い終えると、忠兵衛は結を置き去りにして、中へと入ってしまった。

暦《こよみ》の上で凶日とされる黒日《くろび》は、月に二度ほどある。葉月《はづき》は十四日と二十六日、前者はまさに今日であった。

黒日と聞けば、やはり身構えてしまう。明日は市が立つので、何とか大過なく過ごせるように、と願う。

仲買の源蔵が千種屋に姿を見せたのは、その夕方のことであった。

「女将《おかみ》さん、風呂敷《ふろしき》をありがとうさんでした。これ、嬢《いと》さんらに」

畳んだ風呂敷に、小さな紙包みを添えて、泊り客は女将に差しだした。風呂敷ごと受け取ると、紙包みがかさかさと鳴る。

何だろう、と首を傾《かし》げる結に、源蔵はにっと笑ってみせる。

「中身は、おはじきです。昔はおはじきのこと、『細螺弾《きさごはじ》き』て呼んでましたなぁ」

おはじきと聞いて、結は眉《まゆ》を曇らせた。

天満菅原町の五鈴屋に住んでいた頃、「あのひと」が死産した赤子の副葬品として、棺《ひつぎ》に納められるのを見届けたことがあった。以後、おはじきを見る度に思い出すので、娘たちには与えずにいたのだ。

源蔵は結の様子には気づかぬまま、

「このお守りのお礼に、と思いまして」

と、振り分け荷物の紐《ひも》に括《くく》りつけられた鴇《とき》色の守り袋を示す。

「お陰さんで、難所の高取峠《たかとりとうげ》も、さして疲れることなく行き来できました。お守りの御利益ですやろ」

ああ、それと、と源蔵は周囲をさっと見渡し、誰も居ないことを確かめると、懐深くに手を差し入れた。

「これを女将さんに」

手渡されたものを見れば、漆《うるし》を引いた二つ折の紙、その内側に少量の紅を塗り付けてある。「紙紅《かみべに》」と呼ばれるもので、何処《どこ》でも手軽に紅を引けるため、携帯紅として人気の品だ。

「あら」

あまりに意外だったのと、嬉《うれ》しいのとで、結は感嘆の声を洩《も》らした。

「きっとお似合いです。女将さん、ほんまはお綺麗《きれい》やさかい、紅くらい差さはったら宜《よろ》しいのにと、ずっと思うてましたよって」

本心か世辞かわからぬが、源蔵はそう言って笑みを浮かべる。

本気にしたらあかん、と思いつつも、結は男から紅を贈られた、という事実に胸が躍る。

「やあ、源蔵さん」

板張りを鳴らして、忠兵衛が上り口に姿を見せた。

「そろそろお見えではないか、と思っていましたよ」

さあさ、どうぞどうぞ、と旅籠の主人自ら、泊り客を招き入れるのだった。


千種屋の座敷は各々、布団を五組敷くのがやっとだが、仕切りの襖《ふすま》を取り払えば、大勢を一部屋に集めることが出来る。

実綿の収穫が盛んなこの時期、木綿商いに携わる者が多く、近隣の綿作を探ろうとしてか、誰もが同室を望んだ。

「おや、珍しい」

「店主の顔を久々に見ましたで」

料理の載った膳《ぜん》を運ぶ忠兵衛に、お客らが声を掛ける。

結と桂だけでは手が足りぬ、と思ったのか。あるいは客の中に、女に悪さを仕掛ける不届き者がいるかも、と案じたからか。珍しく、忠兵衛が何くれとなく客の世話を焼いていた。

千種屋に泊まる綿買いや木綿の仲買人の多くは、「隙《すき》あらば大きな商いをして、一旗揚げたい」と願う。そうした者たちが一堂に会することで、座敷は妙な熱気に包まれる。

「この辺りの白生地は、木綿としての質はまだまだだが、何せ安い」

「さいな。安いが一番やで。機織りの腕がお粗末でも、木綿みたいなもんは、洗《あろ》うたら縮むさかいにな。何ぼでも、ごまかしが利く」

買《こ》うての幸い、売っての幸せ。五鈴屋の信条は「良い品をほどよい値で」という実践に裏打ちされる――五鈴屋で暮らしていた頃《ころ》、結自身も、商いとはそうあるべきだ、と信じていた。

だが、今の世は、買い手も売り手も品質はさておき、ともかく安ければ良い、という流れになっている。つまりは、五鈴屋の信念など、最早《もはや》時代遅れなのだ。

何やら、清々と胸のすく思いがする。

「ここらの安い木綿で、一山あてる方法はないやろか」

酒の席で、誰かが洩らし、誰かが応《こた》える。

「『安かろう、悪かろう』いうて、京坂の大店《おおだな》は、ここらの木綿のことなんぞ洟《はな》も引っ掛けへん。当分は目ぇつけられへんよって、今が狙い目やろ。私らで何ぞ大きいことがしてみたいもんや」

座敷の隅で客の煙管《きせる》の手入れをしながら、旅籠の老主人は、皆の熱い掛け合いを黙って聞いていた。

皆の思い描く「一山」の四桁《けた》ほど違う額の金銀を動かしていたはずの忠兵衛に、もうその面影はない。

虚《むな》しい思いで、結は客たちの間を、徳利《とっくり》の酒を注《つ》いで回る。

ふと、誰かが言った。

「ここらの川の水は染めにはええらしい。近頃は染め師も移り住むようになったさかい、染めの手ぇはある」

「型染めなんぞ、どないやろか」

誰かが応じれば、それを引き継ぐ者が居る。

「せやなぁ、型染めやったら、型さえあれば、何ぼでも染められるよってにな」

さいな、と源蔵が酒を呑《の》む手を止めて、身を乗りだした。

「型染めは宜しいなぁ。珍しい型紙でもあったら、一獲千金を狙《ねら》えますやろ」

冗談や軽口にしては、あまりに熱の籠《こも》った遣《や》り取りだった。

珍しい型紙。

「ああっ、何をするんや」

結に酒を注がれていたお客が、尖《とが》った声を上げる。

徳利を持つ手が震えて、酒が湯飲み茶碗《ちゃわん》を逸《そ》れ、男の着物を濡《ぬ》らしていた。

堪忍《かんにん》してください、と詫《わ》びて、結は手拭《てぬぐ》いで着物を拭う。酷《ひど》く動揺しているのが、自分でもわかった。

「大変な粗相を」

忠兵衛が飛んできて、「この通りでございます」と平謝りに謝った。その上で、

「今すぐ、着替えをお持ちします。それと、今夜の酒代は頂きません。心ゆくまでお呑み頂く、ということでお許し願えますか」

と、腰低く申し出る。

酒代は皆の分も全《すべ》て只にする、と聞いて、座敷に歓声が沸いた。酒を零《こぼ》された男はほかの客たちから感謝され、すっかり機嫌を直している。

「お前は、もう下がりなさい」

周囲に聞こえないよう声を落として、忠兵衛は女房に命じる。その双眸《そうぼう》に、激しい苛立《いらだ》ちが宿っていた。

結は座敷を出るなり、ばたばたと音を立てて板張りの廊下を走り抜け、納戸《なんど》へと向かった。

――型染めは宜しいなぁ。珍しい型紙でもあったら、一攫千金を狙えますやろ

源蔵の台詞が、耳の奥で幾度も幾度も繰り返されていた。建付けの悪くなった引戸を開け、廊下に置かれていた瓦灯《かとう》を中へ移す。

瓦灯の明かりを頼りに、雑然と置かれた道具類の中から、目当ての行李《こうり》を探し当てる。荒くなっていた息遣いを、結は辛《かろ》うじて整えた。

珍しい型紙ならば、在る。

一枚だけ、たった一枚だけだが、手もとに在る。

そう、十年前、贅《ぜい》を尽くした小袖《こそで》や帯、豪奢《ごうしゃ》な簪《かんざし》や櫛《くし》までも全て、本当に全て、取り上げられた。結の持ち物だと認められたのは、嫁資《かし》の型紙だけだ。嫁資、即ち、「あのひと」が嫁入りする妹のために持たせたお宝、ということになる。

行李の蓋《ふた》を外し、浅い文箱《ふばこ》を取り出し、中身を検《あらた》める。

六枚あったうち、残ったのは一枚。ただ一枚だけの型紙。

薄く引かれた油が紙を守り抜き、今も変わらぬ艶《つや》やかな茶色を保っていた。

明かりに、その型紙を翳《かざ》す。

子《ね》、丑《うし》、寅《とら》、卯《う》、辰《たつ》、巳《み》、午《うま》、未《ひつじ》、申《さる》、酉《とり》、戌《いぬ》、亥《い》。紙に刻まれた十二の文字が、一斉に謡《うた》い始める。ここだよ、ここにいる、あなたの干支《えと》を見つけてくれ、と。

十二支《じゅうにし》の文字散らし。

図案を考えたのは賢輔、型彫を請け負ったのは型彫師の梅松だ。他の誰にも真似《まね》できない小紋染めを生みだそう、と奮闘した末に漸《よう》く仕上がった型紙。五鈴屋の命運を賭《と》した大事な型紙だった。

型紙を持つ手が、わなわなと震え始める。

嫁資なんかと違う、私が、この私が、五鈴屋江戸本店の神棚から持ち出したもんや。狂おしいまでに恋しく想う男、賢輔の代わりに、せめて、その分身なりと一緒に、と。

大晦日《おおみそか》の早朝、本当はそれを胸に抱いて、大川へ身を投じよう、と思っていた。しかし、いざとなると、恐ろしくて恐ろしくて、足が竦《すく》む。

気づくと、本両替商音羽屋の店の前を行きつ戻りつしていた。店主忠兵衛のことを、当時の結は、頼りがいのある父親のように思っていたがゆえだった。

座敷に通され、医師の診察を受けたあと、安堵《あんど》から眠りに落ちた。途中、目覚めた時、枕《まくら》もとにその忠兵衛が座っているのに気付いた。何やら薄ら笑いを浮かべる忠兵衛の、その手に件《くだん》の型紙があった。

よもや勝手に荷物の中身を検められているとは、思いもしない。夢だ、夢だ、とまた寝入ったが、あれは夢などではなかった。狡猾《こうかつ》な男は、その型紙を手掛かりに、呉服商いでの成功を手中に収めようと思いついたのだ。

あの時、忠兵衛という男の正体に気づいていたら、後戻りしただろうか。

否、と結は思う。自分を袖《そで》にした男の居る五鈴屋にも、「あのひと」の庇護《ひご》のもとにも、二度と戻るつもりはなかった。

祝言の日、「あのひと」から投げられた「用い方次第で、あなたを追い詰めもすれば、『嫁資』としてその立場を守りもする」という台詞。その意味を探り続けて、文字散らしに隠された「五」「金」「令」、即ち「五鈴」を見つけた時の、驚愕《きょうがく》と憤怒《ふんぬ》は今なお忘れ難い。

珍しい文字散らしの柄《がら》、十二支のはずが、そこに混じる「五鈴」の名。無策でいれば、忠兵衛の激怒を買い、追い出されるに違いなかった。五鈴屋江戸本店店主は実姉で、嫁資として型紙を託された――そう吹聴することで、結は忠兵衛の沽券《こけん》を損《そこ》ねず、かつ、自身の立場を確たるものにしたのだ。

そう、全ては、この型紙が始まりだった。

結は愛《いと》しい男を抱くように、その型紙をそっと抱擁《ほうよう》する。

江戸から遠く離れた地で、これほどまでに心躍る型紙など在ろうはずもない。この型紙こそが、自分を新たな世界へ誘《いざな》ってくれるのではなかろうか。

「結、結、何処だ」

台所の方から、結を呼ぶ忠兵衛の声がする。

慌てて型紙を戻し、「すぐに参りますよって」と結は大声で応じた。


葉月、十五日。

五日後に秋分を控えながら、季節が逆戻りしたような、残暑厳しい朝になった。

その日は有年宿《うね》近くで、年に一度の市が立つ。泊り客の大半が市を覗《のぞ》きに行く、というので、忠兵衛が渡し船の手配をすることになっていた。

朝餉《あさげ》と握り飯を用意し、あとを桂に託すと、結は居室に戻った。髪を整え、源蔵から贈られた紙紅を、水に濡らした指先で溶き、唇に乗せる。古びて粗末な手鏡に、唇が妙に赤々と映った。

前に紅を塗ったのは、何時《いつ》だっただろうか。もう思い出せない。

男がここを発《た》つまでに、型紙のことを明かそう。そして、これからの算段を相談しよう。

「おかあさん」

二度寝したのか、漸く目覚めた茜が、寝床を這《は》いでて、結の足もとへと寄る。

「おかあさん、きれい」

紅で染めた唇を指さし、茜は花の如《ごと》く笑った。

洟が垂れているのを見つけて、結は袂《たもと》から手拭いを引き抜き、娘に洟をかませる。

ここ十日ほど、茜は、洟水を出すことが多い。風邪《かぜ》でも引かせただろうか。今日は大人しく過ごさせよう、と思い、何の気なしに振り返った。

何時からそこに居たのか、忠兵衛が襖の傍《そば》に立っていた。

忠兵衛も結も押し黙ったまま、互いを見合う。沈黙に耐え切れず、朝餉の仕度なら整っていることを告げよう、と結が口を開きかけた時だ。

「馬鹿なことは考えるな」

声を落として、忠兵衛が告げた。

馬鹿なこととは、一体何を指すのか。あるいは、聞き違えだろうか。

眉間《みけん》に皺《しわ》を刻む女房に、忠兵衛は再度、

「馬鹿なことは考えるな」

と、繰り返した。釘《くぎ》を刺すに似た語調だった。

「年に一度やのに、残念でなりません。煙草《たばこ》入れの手頃なんを探したかった」

草鞋の紐を結んだあと、源蔵は無念そうに忠兵衛を振り返る。

今日は綿作農家を回る約束になっており、忠兵衛たちと市へ行けないことを、しきりに嘆いていた。

「遅くまで回られるのですか。今夜はどちらまで歩かれるのだろうか」

忠兵衛に問われて、源蔵は、

「夕暮れ時まで回ってみるつもりです。明朝早いので、船着き場の傍の旅籠に泊まろうと思うてます」

と、答えた。

結から握り飯と水筒を受け取る時、源蔵はその唇に眼《め》を留めた。結には、源蔵が少し落胆しているように見える。

唇を染めていた紅は、結自身の手で乱暴に拭われ、今は素顔であった。

忠兵衛から投げつけられた台詞の意味を、あれからずっと考えている。一回り年下の男に抱いた思慕か、それとも例の型紙のことか。あるいは、その両方か。

企《くわだ》てを読み解かれたのかも知れない、との居心地の悪さから、紅を拭い去った。

「どうぞ、道中、お気をつけて」

結は上目遣いに相手を見て、見送りの言葉を口にした。忠兵衛の手前、型紙の話を持ち出すことも出来なかった。

「茜の姿が見えないようだが」

小半刻《こはんとき》（約三十分）ほどのち、旅仕度を終えた泊り客を先に行かせて、忠兵衛は桂に問うた。

「さっき見たら、座敷で寝てしもてた。お腹《なか》が一杯になって、眠うなったみたい」

「『寝る子は育つ』というが、あれは寝てばかりだな」

楽しげに笑い、忠兵衛は腰を屈《かが》めると、娘の顔を覗き込む。

「皆さんを市にお連れしたあと、守り袋に似合うような端切れを沢山、仕入れて来る。桂はしっかり、手伝いをしておくれ」

こっくりと頷《うなず》く娘の頭に手を置いて、「よしよし、良い子だ」と相好を崩した。

傍《かたわ》らの女房には何の言葉も掛けずに、忠兵衛は客たちを追うべく、急ぎ足で出かけていった。

つくつくおーし

つくつくおーし

法師蟬《ほうしぜみ》が旅籠の裏の松の木に止まり、懸命に鳴いている。命の限りを悟ったような、切ない音だった。

座敷を掃除し、洗い物を済ませ、今日の泊り客を迎える用意をする。汁物と煮つけの下拵《したごしら》えや布団の仕度など、結は身を粉にして懸命に働いた。身体《からだ》を動かしている間は、余計なことを考えずとも済む。

だが、ともすれば、あの男の声が、耳の底にざらりと蘇《よみがえ》るのだ。

――馬鹿なことは考えるな

破瓜《はか》の時から今日に至るまで、あの男しか知らない身。他の男と交わるどころか、手を触れたことさえない。なのに、あんな台詞を投げつけられるとは。あまりの理不尽に息が詰まりそうになる。

――馬鹿なことは考えるな

唯一の資産である型紙をどう使おうが、あの男に関《かか》わりはなかろう。重追放に闕所《けっしょ》などと情けない事態を招いたのは、一体、誰か。

投げつけられた台詞の意味を探り、全てに言い訳を考えてしまう己が惨《みじ》めだった。

つくつくおーし、つくつくおーし。

蟬の音が煩《うるさ》い。煩くて敵《かな》わない。どれだけ鳴いたところで、幾日か過ぎたなら命尽きて、道端にころりと転がる定めだろうに。

縁側の板張りを拭《ふ》く手を止めて、流れ落ちる汗を拭《ぬぐ》う。松の枝越し、空に夕映えの気配が潜《ひそ》んでいた。

――夕暮れ時まで回ってみるつもりです

――船着き場の傍の旅籠に泊まろうと思うてます

もう、あまり刻《とき》は残されていない。

今、動かなければ、死ぬまでこのままだ。

そう思った途端、居ても立ってもいられなくなる。

「桂、桂」

左の袂をまさぐりながら、結は娘を呼ぶ。

「ちょっと出てくるよって、あとを頼みますで」

指先が、紙紅を探り当てた。急《せ》いた手つきで包みを開き、唾《つば》をつけた指で紅を溶いて、唇に塗りつける。納戸へと走り、件の型紙の入った浅手の文箱を胸に抱えると、取って返した。

下駄に足を突っ込み、駆けだそうとした時、後ろから右袖を摑《つか》まれた。不意打ちを食らって、そのまま横倒れになる。だが、文箱だけはどうあっても守った。

袖を摑んでいた人物も、ともに三和土《たたき》へ転がっている。

「お母さん、お母さん、何処へ行くん？」

自分にしがみついているのが桂だとわかった途端、結は頭に血が上った。

「何するんや、桂。危ないやろ」

桂を振り解《ほど》き、立ち上がって文箱を持ち直すと、着物を片手で払う。

三和土に転がったまま、桂は「お母さん、行かんといて」と、懸命に懇願を続ける。

「茜が、しんどそうなん。しんどそうに寝てる」

桂の台詞に、結は初めて、昼餉が未《ま》だだったと気づいた。

「台所にお結びが置いてあるし、汁物を温めて茜とふたりで食べなはれ。用が済んだら、すぐに戻るよって」

口早に言い残すと、結は戸口から外へと飛びだした。

ざっざっざ、と砂利を蹴散《けち》らしながら、延命地蔵の祠《ほこら》の脇《わき》を抜ける。後ろから、桂の母を求める声が聞こえたが、足を止めることはなかった。

西の空が茜色に染まり始めて、日暮れが近いことを知らしめる。

駆け通したため、息が上がって苦しくてならない。下駄の鼻緒が食い込んで、足指の皮膚が破けて血が噴《ふ》いていたが、構っていられなかった。

「一休みして行っきょ」

「飯もある、酒もある、寄ってってや」

年に一度の市が立ったせいか、船着き場の周辺は大変な人出であった。それでも、ここで草鞋を脱ぐ者が少ないのだろう、旅籠の客引きが目立つ。

辺りには旅籠が五軒、軒を連ねる。泊り客の中に、仲買人の源蔵が居ないか、結は尋ねて回った。

疲れ果てた五十女が男を探し回る姿が、どれほど浅ましく映るか。しかし結には自身を顧みる余裕もなかった。

「源蔵さんなら、うちの客や」

これから取り込みやが、ちょっと待っとき、と意味ありげに嗤《わら》い、下足番は結を入口脇の部屋へ通した。

客が足を濯《すす》ぐための場所らしく、コの字型に板が張られ、腰を掛けるようになっていた。そこに腰を下ろし、見るともなしに、上り口の方を眺める。

泊り客が呼んだのだろう、飯盛《めしも》り女と思《おぼ》しき者たちの出入りがあった。かけおろしに髪を結い、紛《まが》いの紅染めの根掛《ねがけ》を巻く、いずれも似たような風貌《ふうぼう》だった。

「えらい早いこと、来はったんやな」

湯を使ったあとか、藍染めの浴衣に手拭いを肩に引っ掛けて、源蔵が姿を見せた。

ほろ酔いの上機嫌だったが、そこに居る結を認めて、棒立ちになる。

「千種屋の……驚いた、私に用いうんは、女将さんだしたか。一体、どないしはりました」

口ぶりから、ほかの女を、おそらく遊女を呼んでいると察せられた。

何もその胸に抱かれるために訪れたわけではない。決してそうではない、と自らに言い聞かせ、結は毅然《きぜん》と顔を上げ、源蔵を見た。

「珍しい型紙があったら、て」

声が妙に割れている。咳払《せきばら》いをして、結は言い直す。

「珍しい型紙があったら、て。あんさん、そない言うてはりましたやろ。せやさかい、お持ちしたんです」

型紙、と繰り返すと、源蔵は結の抱える文箱に目を留めた。はて、と小首を捻《ひね》りつつ、結の隣りに腰を下ろした。

「何で、旅籠の女将が型紙なんぞをお持ちなんだすか。ひょっとして、私が知らんだけで、千種屋には型商の出入りがおましたんか」

問い掛けに、結は逡巡《しゅんじゅん》の末、

「昔、呉服商いに関わっていました」

とだけ、伝えた。

よもや、相手が江戸の日本橋に店を構える女店主だったなどと、思いもしないのだろう。ああ、と訳知り顔で、源蔵は頷いた。

「千種屋のご主人は只者やない、と思うてましたが、呉服問屋か何か、してはったんだすな。それやったら、型商とも行き来がおましたやろ」

どれ、一遍、見せてもらえますか、と源蔵は文箱へと目を遣った。

結は身体をずらして、源蔵との間に文箱を置き、相手へと押しやる。男はそれを引き寄せて、蓋を外した。

「これは……」

箱の底、漆塗りの朱が、型紙の孔《あな》を通してその紋様を教えているはずだ。十二支の紋様、世にも珍しい、文字散らしの紋様に、心奪われないはずがない。

「どうぞ、お手に取っておくれやす」

口早に、結は相手を促すが、源蔵は触れる素振りも見せない。

「ほかにはない紋様だすで」

苛立ちを堪えて、手に取るよう勧めるのだが、源蔵は頭を振るばかり。

その肩が震えだして、辛抱堪らぬ、という体で、源蔵は「はっはっは」と声を上げて笑いだした。笑いは次第に大きくなり、男は腿《もも》を手で打ち鳴らし、涙まで零して笑い続ける。

一体、何が起こっているのか、結には訳が分からず、

「何でです、何でそんなに笑わはりますのや。こないに珍しい型紙、他にはありませんのやで」

と、捲し立てた。

「いやぁ、女将さんもひとが悪い。てんご（冗談）いうて、この私を担ごうとしはったんだすなぁ。酔うてるとはいえ、うっかり乗せられてしまうとこや」

ああ、苦しい、と男は片腹を押さえている。

「てんご、て。てんごて何のことです。ひとがどんな思いでこの型紙を持ってきたんか、わからへんのですか」

その迫力に気圧《けお》されたのか、源蔵は笑いを納め、首を捩じって、まじまじと結を眺

める。

「本気だしたんか。さよか、そら困りました」

双眸に、憐《あわ》れみの色が浮かぶ。

「あない辺鄙《へんぴ》なとこに暮らしてたら、流行《はや》り廃《すた》りに疎《うと》いのんは仕様がない。けどなぁ、十二支やら家内安全やら、文字散らしの型染めは、江戸だけやない、こっちの方でも、随分前によう流行りましたんやで」

今さらこないな紋様、誰も見向きもしませんやろ、と仲買人は気の毒そうに頭を振った。あまりのことに、結は声を失するしかない。

表の方から、「一晩、どないです」と、客の袖を引く女たちの嬌声《きようせい》が響いている。

せやった、惨めって、ほんまはこういうことやった、と結は思う。

働きづめなこと、倹《つま》しい暮らしぶり、覇気《はき》のない夫。そんなものは、惨めでも何でもない。無垢《むく》の金銀だと信じていたものが、紛いだったと暴かれ、嘲笑《あざわら》われることほど、惨めなことはない。

震える手で、結は辛うじて型紙を文箱に収める。一刻も早く、この場から消えてしまいたかった。

ああ、もしや、と源蔵はすっと目を細める。

「型紙は口実で、私に逢《あ》いに来はったんやろか。それはそれで、また難儀な……」

わざとらしい溜息《ためいき》をついたあと、男は結の瞳を覗き込む。

「私が紅なんぞ贈ったさかい、その気にさせてしもたんだすなぁ」

相手が侮蔑《ぶべつ》の台詞を口にする前に、結は咄嗟《とっさ》に眼を閉じ、両手で耳を塞《ふさ》いだ。酔いもあってか、源蔵は意地悪く、片側の手を摑み、その耳に囁《ささや》く。

「そっちの方でも、お役に立てんで堪忍だすで。けどなぁ、何ぼ何でも、あんさん、その齢《とし》で」

言葉途中で、男の声が止んだ。

異様な雰囲気に眼を開けば、背後から何者かが、源蔵の首に片腕を回して締め上げているところだった。

暴漢の顔を認めて、結は息を呑む。何故《なぜ》、この男がここに、と結はおろおろと狼狽《うろた》えた。己の醜態を一番見られたくない人物だった。

「ち、千種屋の……」

懸命に首を捩じって相手の顔を見、正体を知って、源蔵はもがきにもがく。

その拍子に、暴漢の持ち物だろう、風呂敷包みと煙草入れが土間へと落ちた。木綿散縫《ちらしぬい》の煙草入れに、結の目が留まる。

——煙草入れの手頃なんを探したかった
旅立ちの際の、源蔵の台詞を、結は思い出していた。

「ちょっと悪戯《いたずら》が過ぎましたなぁ」

薄ら笑いを浮かべて腕を外し、忠兵衛は源蔵を解放した。

板張りに転がり、苦しげに咳《せ》き込む源蔵を眺めて、忠兵衛は餌《えさ》を見つけた蛇の如く、上唇を舌で舐《な》めてみせた。

「源蔵さん、私はね、どれほど誤魔化したところで、己の性根は冷酷無比と承知して生きて来たのですよ。だが、思ったよりも遥《はる》かに善人だと知りました。あなたのために市で煙草入れを探し、わざわざ届けに来たんです。とんだお人よしだ」

地獄の底から這いあがってくるに似た、狂気を孕《はら》んだ声だった。否、声ばかりではない、その顔つきや纏《まと》う気配までもが、常の旅籠の釣り道楽の店主とは、まるで別であった。

「仲買といえど、大坂の問屋仲間には逆らえないでしょう。お前さんがこの界隈の綿作農家を煽《あお》っている、と密告してみましょうかねぇ。その商いの息の根を止めることなぞ、案外、造作もないことなんですよ」

ただの年寄り、と見くびっていたのだろう。腕力のみならず、忠兵衛の真の恐ろしさ、その片鱗に触れたためか、酔いも醒《さ》めたらしい。源蔵の喉《のど》が妙な音で鳴った。

何とか逃れようと、源蔵は板張りから土間へと自ら転がり落ちた。その傍らに移って膝を折り、忠兵衛は源蔵の顔を覗き込む。

「どれほど愚かだろうが、私の連れ合い。娘たちにとっては、この世で唯《ただ》一人の母親ですよ。貶《おとし》めた限りは、それなりの制裁を受けてもらいましょうか」

「か、堪忍したってください」

踏まれた蛙《かえる》のように、源蔵は這い蹲《つくば》って忠兵衛に許しを乞い、さらには結にも「女将さん、この通りでおます」と土に額を擦り付けて詫《わ》びる。

客引きが泊り客を捉《つか》まえたのか、暖簾《のれん》を捲る気配がしていた。やれやれ、とでも言いたげに、忠兵衛は軽く頭を振って、落ちていた煙草入れを拾い上げる。それを源蔵の懐にねじ込むと、

「もうこの界隈《かいわい》、否、播磨国で仲買をするのは止めてもらおうか。ほかで仲買人を続けられるかどうかは、まぁ、お前さん次第、ということだ」

と、楔《くさび》を刺すことを忘れなかった。

既に陽は落ち、西天の端に残照を留めるのみ。東の低い位置に、少し欠けた丸い月

が浮かんでいる。

夫の後に続いて家路を辿《たど》りながら、どうにも居たたまれなくてならない。

忠兵衛は、何もかも知っていたのだ。結が源蔵に抱いていた淡い想《おも》いも、恋形見の型紙で起死回生を図りたい、という気持ちも。

その危うさを知っていたからこそ、源蔵の旅籠に様子を見に現れたに違いない。土産《みやげ》の煙草入れは、体《てい》のいい口実だったのだ。

夫は口を利かず、結も唇を固く結んだまま、ひたすらに帰路を行く。

何時しか、頭上には満天の星、北の空に水を受けるに似た柄杓《ひしゃく》の形の星座がひと際、目立った。市帰りの客の持つ提灯《ちょうちん》の明かりが、蛍火のように浮かぶ。川の水音が、途切れることなく続いていた。

足もとが砂利道に変われば、千種屋はじきだった。いつもなら、掛行灯《かけあんどん》の火が旅籠の目印になるところ、今夜に限ってそれがない。

妙な胸騒ぎがした。

いきなり、忠兵衛が駆けだした。一刻の猶予もならぬ、という走り方だった。

砂利に足を取られ、転びそうになりながら、結は後を追う。抱えていた文箱は、川の方へ投げ捨てた。水を打つ音を聞いたあとは、ただもう夢中で夫を追い駆けた。下駄の鼻緒が切れたらしく、派手に転倒する。やっとの思いで立ち上がり、忠兵衛よりかなり遅れて、家の中へと駆け込んだ。

明かりのない廊下を、星影を頼りに奥へと急ぐ。

茜、桂、と娘の名を呼びながら、奥座敷に飛び込めば、忠兵衛が埋《うず》め火を頼りに、灯明皿《とうみょうざら》に火を移したところだった。

敷かれた寝床に茜が寝かされ、布団の脇に、桂が横たわっている。

「桂、茜、どないしたん」

それぞれの額に手を遣れば、燃えるように熱い。娘たちの様子に激しく動転して、結はおろおろするばかりだ。

忠兵衛が桂を抱き上げ、敷布団に寝かせた時、「お父さん」と桂が目を開けた。両眼とも真っ赤だった。

「茜がえらい咳き込んで、可哀《かわい》そうやの」

「桂も随分としんどそうだ」

長女を安心させるように、忠兵衛はその頬《ほお》を撫《な》でる。顎《あご》に手を掛けると、

「桂、口の中を見せてご覧」

と、優しく命じた。

口の中を見るのに明かりが要る。漸くそのことに気づいて、結は震える手で灯明皿を持ち上げ、夫の手もとを照らした。

「結」

初めて、忠兵衛が女房を呼び、灯明皿を取り上げて、娘の口腔《こうこう》を示す。

結の目が、桂の頬の内側に、白いぽつぽつとした斑点《はんてん》を認めた。あっ、と低い呻《うめ》き声が口から洩《も》れる。そうした病状を示すものに、心当たりがあった。

かつて、五鈴屋江戸本店に暮らしていた時、その病で子どもが亡くなるのを沢山、見聞きした。

麻疹《はしか》。

誰もが一生のうち一度だけ罹《かか》るが、これといった薬もなく、ただ只管《ひたすら》、死を免れるのを待つしかない。「命定め」と呼ばれる病だった。

「茜も同じだ」

末娘の口中も検めて、忠兵衛は吐息交じりに言った。

「医者を呼んできても、打つ手はない。ただ、じっと治まるのを待つしかあるまい」

絶縁に至ったが、忠兵衛には娘も孫も居る。また、以前は奉公人を多く抱えていたため、麻疹は身近な病に違いない。

だが、結はそうではない。桂も茜も、生まれてからこのかた、病らしい病を知らず、いきなり麻疹で命の危険にさらされるなど思いもしなかった。

——お母さん、行かんといて

——茜が、しんどそうなん

男のもとへ走ろうとする母を、桂はそう言って引き留めたではないか。それを振払って、麻疹に罹った子どもたちを置き去りにしてしまった。

結は両の手で頭を抱え込み、言葉にならないまま叫び続ける。

「落ち着きなさい」

鋭く命じられ、腕を摑まれて、大きな分厚い掌《てのひら》で口をふさがれる。

「誰もが必ず一度は罹るものだ。私もお前もこうして生き残っている。子らの前で取り乱すのは止めなさい」

忠兵衛の一喝《いっかつ》に、結は口をふさがれたまま、辛うじて頷くことで応じた。

翌日、茜の耳の後ろあたりに、まず発疹が現れた。発疹は首から顔、胸へと広がり、次の日には全身に至った。半日遅れで、桂にも同じ症状が見られる。

忠兵衛の断じた通り、麻疹に相違ない。千種屋は泊り客を全て断り、結は娘たちの枕《まくら》もとに控えて、看病に勤《いそ》しんだ。忠兵衛は忠兵衛で、少しでも滋養になるものを、と遠方まで足を運んで色々と入手してきた。

発疹が痛痒《いたがゆ》いのか、茜は終日、ぐずるばかり。妹と一緒に寝かされている桂は、自身も辛《つら》いはずが、時折り、右手を伸ばして妹を撫でていた。

「おかあさん、のど、かわいた」

五日ほど経《た》った朝、それまで苦しそうだった茜が、結に訴えた。その額に掌をあてがえば、熱は下がっている。寝間着を捲って発疹を検めたところ、色が変わり始めていた。これを機に、妹の方は一気に回復へと向かった。

だが、姉の桂は、そうではなかった。

熱は下がらず、息をする度に「ひゅーひゅー」と笛を吹くに似た妙な音がする。

「これは……」

有年宿から忠兵衛が引っ張って来た壮年の医師は、桂を丁寧に診ると、密《ひそ》かに眉をひそめた。

「麻疹のあと、こんな息をするようになると、生き長らえることは難しい」

目立って流行っているわけではないが、春以後、麻疹の患者を幾人も診たという。

兄弟姉妹の間では、移した方が軽く済むことが多い、とのこと。

気休めでしかないだろうが、という言葉とともに渡された煎《せん》じ薬を、忠兵衛は自ら煎じ、桂に与え続けた。

「茜は、茜は大事あらへん？」

自分の方が危ういのに、桂は度々、苦しい息の合間を縫って、妹の容態を問う。娘のその言葉を聞く度に、結は激しい責め苦を受けている思いがした。何故、桂のような心根の清らかさの一片たりとも持ち合わせなかったのか、と。

「これ、あねさんにあげる」

大事に隠し持っていた鴇《とき》色の端切れを姉の枕もとに置き、おはじきを並べて「いっしょに、あそんで」と妹は姉にねだっている。

姉妹の様子に、結は遠い昔、「あのひと」と過ごした幼い日を重ね合わせた。

麻疹も流行り風邪も、結が先に罹《り》患《かん》し、姉に移した。移した結は軽く済み、移された姉の方が長く患《わずら》った。それでも、姉はひと言も結を責めず、病床で妹を案じ続け、妹はただ無邪気に甘え続けていた。

そう、今の桂と茜のように。

——姉さんがいっつも盾《たて》になって、あんたを守ってくれたこと。忘れるんやないで
母の声がすぐ耳もとに蘇って、堪らず立ち上がった。

板敷から土間、そして外へ。結は裸足《はだし》のまま走り通す。砂利が足の裏に刺さるのも構わず、延命地蔵の祠《ほこら》へと駆け抜け、台座に取り縋った。

あないに心優しい娘を、どうぞ奪わんといておくれやす。

私が身代わりになりますよって、あの子だけは勘弁したってください。

どうか、どうか、と結は延命地蔵に懇願を続ける。

己の愚かさ、浅はかさが骨身に染みて、結は声を上げて泣いた。

「結、もう良い」

何時の間にか、忠兵衛が結の肩を抱き、立ち上がらせる。もう良い、と繰り返し、忠兵衛は結とともに、砂利道を子らのもとへと戻っていく。

「おとうさん、これ、この字はなに？」

座敷の奥から、茜が父親に甘える声がしている。

根気のない娘に物を教えるのは手強《てごわ》かろう、と亭主に同情しつつ、結は洗濯物を力一杯に絞り上げる。

延命地蔵の救いの手が差し伸べられて、桂は何とか、命を長らえることが出来た。結にはその一事が、ただただ、ありがたい。

「ご覧、桂」

物干しに洗濯物を広げていた結は、背後を振り返る。

「ええお天気になったよ」

縁側近くに寝かされていた桂が、首をもたげて、空を覗く。

「ほんまや」

頬の肉が落ちて、一回り小さくなったように見えるが、声にも目にも力がある。三途《さんず》の川を渡らずに、こうして戻ってくれた。延命地蔵の方へ密かに頭《こうべ》を垂れて、結は想う。

自分たちを慈《いつく》しみ、育ててくれた母、房。そして、不出来な妹を危ぶみつつ、その幸せを一心に考えてくれた姉、幸。母には心配をかけ通した。そして、姉には……。

勝手に妬《ねた》み、羨《うらや》み、賢輔との恋に破れたあとは、恨みを募らせた。大事な型紙を持ち出し、忠兵衛の後添いになってからは、その地位を利用して散々、商いの邪魔をした。「幸」という名を思い浮かべることさえ厭《いと》い、「あのひと」呼ばわりを続けてきた。どれほど酷《ひど》い仕打ちをし続けたことだろうか。

自分に対する母の想い、そして姉の想い。

この齢になるまで、本心からわかろうとしなかった。今はそれが情けなく、申し訳ないばかり。

振り仰げば、蒼天《そうてん》に白雲、それに赤蜻蛉《あかとんぼ》が群れを成して漂う。透き通った羽が陽射しを孕み、煌《きら》めいていた。煮え滾《たぎ》るような夏が終り、静かで実り豊かな秋を迎える、そんな喜びに満ちた、行合《ゆきあい》の空だ。

姉さん、と結はそのひとを呼んでみる。

姉さん、堪忍してください。

もう会うこともないし、想いを届けることも出来ないけれど、結は心から詫び、そしてその幸せを祈る。

姉さん、その名の通り、どうか幸せで居てください、と。

第四話　幾世の鈴

灰色の小石と、黄色の小石。

姉の掌《てのひら》に載せられた二つの石のうち、黄色い方を選んで取り上げる、小さな小さな手。

——さっきのより、今度の方が甘い
小石を口に含んで、幼い妹は、内緒話でもするように姉の耳もとで囁《ささや》いた。ひもじさに耐えるため、飴玉《あめだま》の代わりに小石をしゃぶっているのだ。

——結、嚙《か》んだり吞《の》み込んだりしたら、絶対にあかんよ
「あかんよ、結」

自分の声に、幸ははっと目覚める。

滑らかな羽二重《はぶたえ》の側《がわ》生地に包まれて、床の中はぬくぬくと温かい。

やはり夢だったのか、と幸は掛布団に顎《あご》まで埋もれたまま、小さく息を吐いた。

俗に「享保《きょうほう》の大飢饉《だいききん》」と呼ばれる災禍《さいか》が起きた年、幸は八つ、妹の結は五つだった。郷里の摂津国津門村は川や海に近く、魚も貝も獲《と》れたから、まだましなはずだった。しかし、幼子にはひもじいばかり。たった五つで堪《こら》えなければならない妹が、不憫《ふびん》でならなかった。

あれから五十有余年、未《いま》だに当時の夢を見てしまう。首を捩《ね》じって、周りを見回す。

五鈴屋大坂本店《ほんだな》の奥座敷。張り替えたばかりの障子紙《しょうじがみ》の白が、広縁の瓦灯《かとう》の明かりを受けて清らに映る。夜明けはまだ遠い。

わかえびすぅ、わかえびす

新しい年、新しい札、わかえびすぅ

若戎《わかえびす》の札売りの声が、彼方《かなた》に聞こえる。大晦日《おおみそか》の夜中から元日の朝にかけて、福の神の姿を納めた札を、ああして売り歩くのだ。

夜が明ければ、幸は六十一、還暦《かんれき》を迎える。

両親の享年《きょうねん》を軽々と超えてしまった。そんな歳《とし》になったのか、と我ながら驚いてしまう。

「ご寮《りょん》さん……幸」

隣りの布団から、夫が起きる気配がした。

連れ合いの賢輔は、稀《まれ》にだが、幸のことを「ご寮さん」と呼ぶことがある。

「大丈夫だすか、夢見が悪かったんと違うか」

「起こしてしまったのですね。堪忍《かんにん》してください」

幸もまた、半身を起こして応《こた》える。自分の寝言で目覚めたほどだ、賢輔もきっと「結」と聞き取ったのだろう。

しかし、夢の中身については触れず、ふたりは互いの布団の際まで寄って、そっともたれ合った。

閉ざされた障子の向こう側、丁稚《でっち》か女衆《おなごし》か、板張りを微《かす》かに鳴らして、広縁に置かれていた瓦灯を下げていく。明かりを失った代わりに、障子紙が仄《ほの》かな菫《すみれ》色を孕《はら》む。闇《やみ》から菫へ、旧年を抱いて夜が去ろうとしている。

元号が「天明《てんめい》」に変わった翌年頃《ごろ》から、各地で冷害が起こり、じわじわと飢饉がこの国を覆い始めた。飢饉は疫病《えきびょう》を伴うことも多く、諸国で多くの人命が奪われた。米の値は天井知らずとなり、あちこちで一揆《いっき》や打ち壊しが起きていた。

摂津国は割に早く飢饉を脱したが、ひとびとの暮らしは、決して安逸《あんいつ》とは言えない。

「しんどい一年だしたなぁ」

賢輔が言い、幸が頷《うなず》く。

新しい年が穏やかであってほしい。飢饉や疫病でひとの命が容易《たやす》く奪われることのない年であってほしい、と祈るばかりだ。

「災難続きの一年だしたが、それでも、五鈴屋は、お陰さんで創業百年を無事に迎えることが出来ました」

幸の肩を抱き寄せ、賢輔は声低く続ける。

「次の百年のために、私らも色々と決断せんとなりません。新しい年は、これまでにも増して、知恵と精進が要りますやろ」

年が明ければ、五鈴屋九代目徳兵衛を継いで十年、賢輔自身も五十四になる。その間に五鈴屋大坂本店は店を増築し、蔵を倍に増やした。飢饉が災いして、ここ数年は難しい舵取《かじと》りを強いられていたが、漸《ようや》く、回復の兆《きざ》しが見えていた。

「五鈴屋には、否、私には、幸が居てくれてます」

薄闇の中で、賢輔が微かに白い歯を見せて笑んだ。

せやさかい、どないな荒波も越えていけます――夫の心の声を、幸はしっかりと受け留める。

九代目徳兵衛は、商才にも人望にも恵まれ、歴代の店主の中でも出色との誉《ほま》れも高い。しかし、商人として優れているばかりではない、と幸は密《ひそ》やかに思う。

言葉にすることがなくとも、賢輔がどれほど女房の幸を大切に想《おも》っているか、ともに暮らしていると、よくわかる。

奥向きのみでなく、商いに於《お》いても、女房を重んじる――男としての沽券《こけん》があれば一層難しいことを、しかし、賢輔はいとも簡単にしてのける。また、世間から見れば「三兄弟に嫁いだ石女《うまずめ》」ということになろうが、一向に意に介さず、女房の全《すべ》てを慈《いつく》しんでくれる。これ以上の幸せはないのではなかろうか。

旦《だん》那さん、と幸は優しく夫を呼ぶ。

「良い年にいたしましょう」

互いに寄り添って生きられる。ともに手を携えて齢《よわい》を重ねられることを、どれほどありがたく想っているか――そんな気持ちを、新年の祈りに託した。

障子越し、朝の光が徐々に明るさを増していく。

新年、天明五年（一七八五年）、睦月朔日《むつきついたち》。

日頃は商いに励む大坂の商家も、今日ばかりは暖簾《のれん》を表に出さず、蔵への立ち入りも一切禁じる。厳しい奉公に耐える者たちには、何より嬉《うれ》しい一日であった。

「明けまして、おめでとうさんでございます」

五鈴屋大坂本店では、母屋《おもや》の中座敷と奥座敷の間の襖《ふすま》を取り払い、主従が一堂に会して、新年の挨拶《あいさつ》を行う。

高島店《だな》と合わせて、手代《てだい》五十名、丁稚十五名、大番頭に中番頭、小番頭、支配人も加わって、大所帯であった。

「お陰さんで昨年、五鈴屋は創業百年を無事に迎えることが出来ました。これも皆が心をひとつにして、五鈴屋のために奉公してくれればこそだす。この新しい年も、宜《よろ》しゅう頼みますで」

九代目五鈴屋徳兵衛は、ひとりひとりに視線を移して、懇篤《こんとく》に続ける。

「大坂二十四組問屋が、株仲間として正式におかみに認められたこともあり、今後ますます、江戸との取引が盛んになりますやろ。江戸本店は、佐助どんから壮太どんへ代替わりも済んで、何の憂《うれ》いもおまへん」

自身も江戸本店創業に関《かか》わった者として、賢輔の言葉には重みがある。「それに」と、店主は皆を見渡して続けた。

「背負い売りで、諸国に五鈴屋の呉服を届けてくれる者も居ってだす。次の百年を目指して、この一年、精一杯、精進いたしましひょ」

店主の年始の挨拶に、奉公人らの顔つきが引き締まる。一同、「へぇ」と声を揃《そろ》えて、丁重に額《ぬか》ずいた。

賢輔の後ろに控えて、幸は奉公人らの様子を見守る。

大坂商家では、本名の一字に、丁稚は「吉」、手代は「七」、番頭は「助」を付けて呼ぶ習いがある。大番頭の辰助《たつすけ》は、幸が五鈴屋に女衆奉公に入った時には、丁稚の辰《たつ》吉《きち》だった。幸と年が近く、墨磨《すみず》りが苦手だった辰吉が、今は大番頭として賢輔を支えている。

揃いの藍《あい》染《ぞ》めのお仕着せを身に着けた中には、八代目店主だった周助の次男高吉《こうきち》と、背負い売りの留七《とめしち》の末っ子の貞七《さだしち》、それに、伏見屋《ふしみや》為右衛門《ためえもん》の孫にあたる小番頭の為《ため》助《すけ》が交じる。

幸が七代目店主を務めていた頃とは、奉公人の顔ぶれも随分と変わった。だが、五鈴屋の商いの基《もとい》である「買《こ》うての幸い、売っての幸せ」は変わらず受け継がれている。幸はそのことに何より安堵《あんど》していた。

——創業から百年続いたなら、次の百年、それを越えたらまた次の百年。たとえ、ひとの寿命は尽きても、末永《なご》うに五鈴屋の暖簾を守り、売り手も買い手も幸せにする商いを、続けていってほしい二代目の遺言《ゆいごん》として、その女房だった富久から託されたものだ。

約束の百年を、無事に越えることが出来た。

いよいよ、次の百年へ。

今日はその幕開けになる。幸は膝《ひざ》に揃えていた両の手を、そっと拳《こぶし》に握った。

赤飯を蒸し上げる柔らかな香りが、台所から座敷へと流れて、丁稚の腹の虫を切なく鳴かせる。厳《おごそ》かな座敷の雰囲気が柔らかに解《ほど》けつつあった。

「さあ、ほな」

両の手をぽん、と打ち鳴らし、賢輔は伸びやかに声を張る。

「祝い膳《ぜん》の仕度も整うてますで。今日は皆、ゆっくり過ごしなはれ。明日の初荷には盛大に働いてもらいますよってにな」

皆に告げたあと、「私らも、お祝いにしまひょか」と店主は女房に離れを示した。


「旦那さん、ご寮さん、おめでとうさんでございます」

「本年も、どうぞ宜しゅうにお頼み申します」

五鈴屋の離れ座敷、白髪《しらが》頭の男女が店主夫婦に謹厚《きんこう》に新年の挨拶をする。賢輔の両親の治兵衛とお染であった。越後町の住まいから、年始の挨拶に訪れたのだ。

「お父はん、お母はん、おめでとうさんでございます」

「おめでとうございます。お舅《とう》さん、お姑《かあ》さん、お待たせいたしました」

卒中風《そっちゅうふう》のあと、正座の苦手な舅《しゅうと》に、幸は座布団を勧める。

「おおきに、ご寮さん。否、今は、幸と呼ばせて頂きますで」

舅の治兵衛は、かつて「五鈴屋の要石《かなめいし》」と称された番頭だった。女衆奉公の頃から、幸には治兵衛に名を呼ばれることが嬉しい。

「はい、是非に」

幸の返事に頬《ほお》を緩めると、治兵衛は傍《かたわ》らの風呂敷《ふろしき》包みを引き寄せ、右手だけで器用に結び目を解いた。

「幸、還暦、おめでとうさんだす。これは、私らからの本卦返《ほんけがえ》りの祝いの品だす」

「どうぞ、お手にとっておくれやす」

お染にも勧められて、幸はそっと風呂敷ごと受け取り、贈り物を広げた。

上田紬《うえだつむぎ》の綿入れの長着と羽織、それに揃いの足袋《たび》。いずれも上田紬で極上とされる藍色、それら全てに目立たぬよう、小さな赤い鈴が刺繍《ししゅう》されている。生地を撫《な》でて、幸は感嘆の吐息を洩《も》らした。

「これ、お姑さんが仕立ててくださったのですか」

「私だけでは、とてもとても……。お竹さんに助けてもらいました」

お染が名を口にした、丁度その時。

「へぇ、私もお手伝いさせて頂きました」

襖の向こうから声が掛かり、お竹が姿を現した。傍らに、鮮やかな朱塗りの屠蘇器《とそき》が置かれている。

「お染さんまでが近頃は年寄り眼《め》ぇやそうで、二人して難儀して、難儀して。縫い目が不揃いなところもおますが、堪忍しとくなはれ」

詫《わ》びたあと、枠脚付きの低い屠蘇台に銚子や盃《さかずき》が載った屠蘇器を、よっこらしょっ、と持ち上げる。助けよう、と腰を浮かせる幸を「大丈夫だす」と制して、存外、軽やかな足取りで、お竹は座敷へと移った。

長く小頭役《こがしらやく》として勤め上げたお竹、もと番頭の治兵衛、二人がこの離れ座敷に揃うと、刻《とき》が巻き戻るようだ。

「いちいち、こないして声を出さんと動かれしまへんのだす。ほんに、齢は取りともない」

元日早々に嘆くお竹に、「そらそうだす」と治兵衛は楽しげに声を立てて笑う。

「何せ、あの小さかった幸が還暦だすのやで。私らが齢いくんも道理や」

私は九十六、これは七十六、と治兵衛は傍らの女房を示した。

「こうつと（ええと）、お竹どんは、何ぼやったかいなぁ」

問われてお竹は、「それがなぁ、治兵衛どん」と、身を乗りだす。

「何と、私、九十二になってしもたんだす。何ぼ勘定したかて、減りませんのや。九十二やて、自分でも恐ろしいて」

「まだまだですよ、お竹どん」

朗らかに笑って、幸はもと小頭役の方へとにじり寄る。

「お竹どんに請《こ》われて、二年前、卒寿《そつじゅ》を機に小頭役は辞めてもらいましたが、帯結び指南役として、まだまだ働いてもらいますから」

ご寮さんの物言いに、

「何と人遣いの荒い。菊栄さまに言いつけて、お説教してもらわんと」

と、うそぶきながらも、何処《どこ》か嬉しそうな指南役だった。

お竹も交えて皆で屠蘇を飲み、祝い膳を囲む。

ほろ酔いの治兵衛が、つくづくと洩らした。

「柳井《やない》先生も親旦那《おやだん》さんも、百四歳で亡《の》うなりはるまで、よう人さまのお役に立たはりましたなぁ」

医師の柳井道善《どうぜん》は、五鈴屋とは縁の深い名医だったが、亡くなって久しい。また、もと桔梗屋の主《あるじ》で、五鈴屋の親旦那《おやだんな》だった孫六は、主従にとって何よりの相談相手だったが、四年前に逝去してしまった。

「門松は冥土《めいど》の旅の一里塚、いう言葉もおます。いずれ辿《たど》る道やさかい、寂しがらんで、盛大に明るう笑《わろ》うて過ごしまひょ」

しんみりした雰囲気を、お竹のひと言が払う。

銚子が軽くなったのに気付いて、幸はそっと座敷を抜け出した。

母屋の台所に立つと、次の間からひとの声がする。奉公人たちには終日、休みを取らせたはずだ。訝《いぶか》しく思い、板敷に上がって次の間をそっと覗《のぞ》き見た。

小番頭の為助と手代の貞七が、帳面のようなものを間に、真剣な面持ちで話し込んでいる。

「なるほどなぁ」

為助が唸《うな》り声を洩らした。

「仕入れた日付と元値、売値は、それぞれ帳面を照らし合わせたらわかることやけんど、こないして、端切《はぎ》れを貼ってまとめたら、ひと目でわかりますな、貞七どん」

「へぇ、縞帖《しまちょう》や小紋《こもん》染めの見本帖から思いついたんだす。ええ品は端切れが出ることが少ないさかい、それを何とかしたら」

商いに欠かすことの出来ない帳面の工夫を、二人して話している、と知れた。

そっと台所へと引き返したが、幸は妙に胸の中が温かかった。


大坂では、正月三が日のうちに墓参りをする商家が多い。

賢輔と幸もまた、両親を越後町の家に送り届けたその足で綿屋町の連福寺に参った。

連福寺は五鈴屋の菩提寺《ぼだいじ》で、墓所には五鈴屋所縁《ゆかり》の先人たちが眠る。

富久、四代目、六代目、そして、産声《うぶごえ》を上げることもなかった娘、勁《けい》。

人生に深く関わったひとびとを偲《しの》んで、幸は深く首《こうべ》を垂れる。賢輔もまた、長い間、合掌《がっしょう》を解かない。夫が胸のうちで話す相手は、おそらく唯一人だろう。

ひょっひょっひょっ
ひょっひょっひょっ
夫婦の頭上高く、鶚《みさご》が一羽、鋭く鳴きながら旋回を続けていた。

「江戸から大坂へ戻り、九代目を襲名して十年。商いの知恵や工夫を重ね、奉公人や周囲のおひとらに支えられて、ここまで来られた」

墓参を終えて、寺門へと向かう道すがら、夫は傍らの幸に、しみじみと話す。

他にも墓参りをするひとがちらほら居て、境内《けいだい》は静謐《せいひつ》な祈りに満ちていた。

顔つきを改めて、賢輔は幸を見る。

「あとは、次の代に託すことを考えななりまへん」

店主の言葉に、女房は深い首肯《しゅこう》で応えた。

五鈴屋の商いを次の百年へと繋《つな》げるために、すべきことは幾つもある。

分けても、子どもの居ないふたりにとって、大切で重い決断を、何《いず》れはせねばならない。

誰《だれ》に暖簾を託すのか。

百年続いた暖簾を、守り育てることの出来る人物は誰か。

「そない容易うに決められるもんと違うし、焦り過ぎは良うない。じっくり取り組んでいきまひょ」

賢輔自身に言い聞かせるに似た語調だった。

五鈴屋は、初代徳兵衛が生国伊勢から大坂へ出て、天秤棒《てんびんぼう》の前後に古手を担《にな》って商い、やがて天満の裏店《うらだな》に暖簾を掲げたのを創業とする。

二代目で古手商から呉服商いへ転じ、あとを継いだ三代目が暖簾を守った。だが、四代目の放蕩《ほうとう》で商いを損ない、見事に立て直したはずの五代目は出奔《しゅっぽん》。六代目が同業の桔梗屋を買い上げて、五鈴屋高島店とし、さらには七代目で江戸への進出を果たした。八代目は大坂での商いを盤石なものとし、あとを託されたのが九代目、即ち、賢輔である。

「ほな、いて参じます」

「いて参じます」

弥生晦日《やよいみそか》の朝、反箱を背負った手代たちが、元気よく声を張り、次々と表格子を出ていく。

「お早《はよ》うお帰り」

大番頭の辰助に続き、丁稚らが「お早うお帰りやす」と声を揃えた。

中座敷にお茶を運ぶ、その足を止めて、幸は店の活気を慈しむ。

お客の方から店へ足を運んで、その場で支払いを済ませるのが「店前現銀売り《たなさきげんぎんうり》」。あぁして、店の方から顧客の屋敷を回って、代銀は節季払い《せっきばらい》の「屋敷売り」。五鈴屋江戸本店は店前現銀売りを取り入れたが、大坂本店、高島店、ともに屋敷売りを専ら《もっぱら》としていた。

「喉《のど》が渇いてましたよって、ありがたい」

熱いお茶を美味《おい》しそうに飲んで、初老の客は温《ぬる》く緩んだ息を吐く。天満組呉服仲間の月行事《がちぎょうじ》で、次の寄合《よりあい》の日程を知らせに、賢輔を訪ねてきたのだ。

「屋敷売りに見世物商い。それこそが呉服商いの基やと思うんだすが」

店から聞こえる遣《や》り取りに両の眼を細めていた月行事は、しかし、ふと哀しげな顔つきになった。

「それも今は昔。近年は『店前現銀売り』を掲げる呉服商が増えてしもて……言うても詮無《せんな》い（仕方がない）ことやが、寂しいもんだすなぁ」

天満組呉服仲間の中にも、店前現銀売りを望む店が現れた。時流に逆らえず、次回の寄合では、それを認めることになりそうだった。

「五鈴屋さんは江戸店で店前現銀売りをされてたそうだすが、何《いず》れはそっちも、とお考えなんやろか」

月行事に問われて、「どうだすやろか」と、言明を避けた賢輔だが、ただ、と思案しつつ続ける。

「ひと括《くく》りには出来へんのだすが、土地土地でお客さんの考え方も随分と違うように思います。大坂では、屋敷売りの方が合《お》うてるかと」

店と客、どちらも深い関わりを望まない江戸。逆に、双方ともに密な関わりを願う大坂。

例えば、大坂の顧客は、手持ちの衣裳《いしょう》を店に把握してもらい、季節や目的に応じて、頃合いの呉服を家まで持ってきてもらう、という買い方に慣れている。

「もちろん、『安いが一番』いう考え方もおますやろ。けんど、こと呉服に関しては、そういう買い方を好まれるかたが、大坂には多いように思います。先々、また変わってくるかも知れませんが」

五鈴屋店主の話に「なるほど、なるほど」と月行事は幾度も頷いて、憂いの晴れた表情を見せた。

「そない言うたら、二年前の打ち壊しで狙《ねら》われたんは、大川から向こうの、店前現銀売りの店ばかりだしたなぁ」

飢饉で米の値が天井知らずになった二年前の如月《きさらぎ》に、大坂市中で打ち壊しが起きた。狙われたのは米問屋ばかりではない、店前現銀売りで蔵に金銀を抱えた呉服商も標的とされ、軒並《のきな》み、散々な目に遭《あ》っていた。

「旦那さん」

廊下から中座敷へ、控えめに声が掛かった。

「何だす、為助どん」

店主に問われて、「へぇ」と小番頭は手にした売帳を示す。急用だと察せられた。

「えらい長居をしてしもて。五鈴屋さん、もうここで」

月行事に言われて、賢輔は「相済みません」と詫び、そのまま店の間へと戻る。

店の表まで、お客を見送りに出た幸に、月行事は、

「ご店主との遣《や》り取りで、胸の閊《つか》えが取れた心地だす。ようようお礼を伝えておくなはれ」

と、我が胸を撫で擦《さす》ってみせたあと、周囲を見回して、こう続ける。

「さっきの奉公人、為助いう名ぁやったが、両替商の伏見屋のお身内だすやろ？　ほれ、昔は大坂一の呉服商やった、あの伏見屋の」

そうだとも、違うとも、幸は答えず、ただ笑みを湛《たた》えるばかりだ。

何の答えも引き出せそうにない、と悟ったのだろう。月行事は頭を振り、

「亡うならはった伏見屋為右衛門はんの、大勢いる孫のうちの一人やて聞いてますで。小番頭いうことだすし、五鈴屋さんの跡取りとしては、申し分おまへんなぁ。ますます安泰で、羨《うらや》ましい限りだす」

と、言い置いて、揚々と帰っていった。

風に乗って、藤の花の甘い香りが漂う。立夏を過ぎて、少しずつ陽射《ひざ》しに熱が籠《こも》る

ようになった。

明日は、智蔵の祥月命日（しょうつきめいにち）である。亡くなって三十五年、生きた歳月よりも、亡くなってからの方が長くなってしまった。

遠ざかる月行事の姿を、じっと眼で追って、幸は唇を引き結ぶ。

――ほれ、昔は大坂一の呉服商やった、あの伏見屋の

――五鈴屋さんの跡取りとしては、申し分おまへんなぁ

月行事の台詞が、耳の奥に残る。

店主には子が無く、誰を十代目に据えるかは、店の内外を問わず、大きな関心事に違いなかった。

智蔵の忘れ形見の貫太。主筋の血を引く唯一人の人物だが、貫太には五鈴屋と関わりなく、本人の望む道を歩ませる、と決めている。

月行事の話していた通り、為助は、大坂屈指の呉服商で、両替商をも兼ねていた伏見屋為右衛門の孫にあたる。五年ほど前、縁があって五鈴屋で引き受けたが、当時、伏見屋で小番頭を務めていたこともあり、五鈴屋でも同じ立場で迎え入れた。祖父の血を受け継いで、働きぶりも気立ても申し分がない。

目下のところ、店主夫婦は為助と養子縁組をして、跡目を継がせるつもりではない

か、との噂《うわさ》が立っているのは確かなようだ。

けれど、と幸は五鈴屋の暖簾を振り返る。

この暖簾を背負うに相応《ふさわ》しいひと。選ぶ方も選ばれる方も、安易な気持ちでは決められない。それに、為助ばかりではない、ありがたいことに、大番頭の辰助を始め、五鈴屋は優れた奉公人に恵まれている。五鈴屋に奉公した年数、実績、人柄等々、色々と考慮したい。さらには、他から養子を迎える、という道も全くない訳ではなかろう。

「焦り過ぎは、良うない」

何時《いつ》ぞやの賢輔の言葉を声にして、幸は暖簾をそっと撫でた。

着物から綿が抜け、やがて裏も取れて、単衣《ひとえ》を纏《まと》う季節になった。

如月と葉月《はづき》。

一年のうち、このふた月は、物が売れない。

前の月が正月やらお盆やらで出費が嵩《かさ》むため、自然、翌月は買い物を控える。商家泣かせの葉月が、今年も巡って来た。

「ご寮さん、鱧《はも》の皮、買《こ》うて参りました」

通り庭から台所へと駆け戻り、年若い女衆が、笊《ざる》を示す。葉蘭《はらん》を敷いた上に鱧の皮だけが並んでいる。

暑い時季、大坂では鱧が好まれるが、吸い物にしたり、さっぱりと酢味噌《すみそ》で和《あ》えたりして食するのは、よほどの贅沢《ぜいたく》だ。

商家では、鱧の皮がさかんに買い求められる。身の方は蒲鉾屋《かまぼこや》が使い、余った皮が売られるのだが、厄介な骨切りをせずに済み、何より安い。

皮を炙《あぶ》って下味を付け、食べ易く切って、塩揉《しおも》みした胡瓜《きゆうり》と和えて酢の物にする。ざくざくとした歯応えが快く、残暑厳しい頃までのご馳走《ちそう》であった。亡くなった孫六が殊の外、好んだ味だ。

「お松《まつ》どん、桔梗屋さんへ持っていく分を取り分けたら、あとは昼餉《ひるげ》に出しなさい」

幸が女衆頭にそう命じた途端、台所で立ち働く女衆たちが、何とも言えず嬉しそうな顔になる。

大坂の商家の食事は、何処も慎《つつ》ましい。大抵、昼に一日分のご飯を炊き、お菜はひと品。夜は冷や飯でお茶漬け、翌朝は残ったご飯を茶粥《ちゃがゆ》にする。月に二度、朔日と十五日に魚が出るのは、恵まれた方であった。

五鈴屋でも長い間そうした食生活だったが、幸の代から少しずつ変えていった。特段、豪勢な食事ではないが、滋養のある物、旬《しゅん》の物をふんだんに取り入れるように、女衆たちに命じてある。五鈴屋の食に惹《ひ》かれて、奉公を望む者も居る、と聞く。

「ご寮さん、では、そないさせて頂きます」

奉公人への心遣いに感謝して、女衆頭のお松は声を弾ませた。

ひとが亡くなったあとは、月日の経《た》つのが一層早くなる。

親旦那の孫六が亡くなったのは四年前なのだが、つい先日のことのように思ってしまう。幸は亡き孫六に、桔梗屋と五鈴屋への変わらぬ加護を乞《こ》うて、ゆっくりと合掌を解いた。

「ご寮さん、おおきに、ありがとうさんでございます」

仏壇の脇《わき》に控えていた周助は、畳に手をついて、謝意を伝える。女房のお咲も、これに倣《なら》った。身体《からだ》ごと二人に向き直ると、幸は、

「高吉どん、否、高ぼんは、元気で奉公に励んでいますよ。気働きもあり、精進も惜しみません。あと四年ほどで手代に、と考えておりますので、どうか、安心してくださいね」

と、柔らかに伝える。

五鈴屋は周助の次男、高作を八年前から丁稚として預かっていた。商家の習い通り、五鈴屋では「高吉」と呼ばれている。

幸の口から次男坊の様子を聞き、夫婦はほっと安堵した。

「五鈴屋のご寮さん、おいでやす」

お咲に面差しの良く似た若者が、板張りに両膝を揃え、折り目正しく挨拶する。周助の長男、孫一であった。

「孫吉、何ぞ急ぎの用か」

「へぇ、紋羽織のことで、お客さんがお尋ねだす」

親子の会話ではない。周助が我が子を桔梗屋の奉公人として扱い、しっかり仕込んでいることが伝わった。

「周助どん、良いから行って頂戴《ちょうだい》な」

幸に促されて、周助は恐縮しつつ、座敷を出て行く。

親旦那さんが生きてらしたら——父子の姿を目の奥に留めて、幸はつくづくと思う。五鈴屋八代目徳兵衛だった周助は、賢輔に九代目を譲《ゆず》ったあと、念願の「桔梗屋」再建を果たした。借店、それに呉服商ではなく太物商としてではあったが、孫六がどれほど喜んだことか。

初めのうちこそ儘《まま》ならないことも多かったが、やがて、大坂好みの浴衣地《ゆかたじ》が大評判を取った。三年前、五鈴屋高島店の隣家を買い上げ、店を移して今に至っている。

「おいでやす」

「おおきに、ありがとうさんだす」

店前現銀売りならではの、客を迎え、見送る声が奥座敷にまで届く。

夏は浴衣地、冬は紋羽織。求められる品も季節によって変わり、難儀な如月と葉月も上手《うま》く乗り切っていることが窺《うかが》えた。

「五鈴屋とは勝手が違うので、苦労されたでしょうが、繁盛で本当に何よりだわ」

労《ねぎら》いの言葉を受けて、お咲は「お陰さまで」と、おっとりと笑みを零《こぼ》す。

「ご寮さんは江戸本店で『店前現銀売りでありながら、屋敷売りのような接客を』と心がけはった、と伺ってます。旦那さんは、そのお考えを引き継いだはかい、『桔梗屋の繁盛のもとは、ご寮さんだす』と、いっつも言うておいでだす」

月に一度、次の間を使って、お咲が浴衣の仕立ての工夫や紋羽の足袋の作り方を、お客に伝授している、と聞く。そうした遣り方は、確かに江戸本店の手法を引き継いだものだろうが、実行するために、どれほどお咲が研鑽《けんさん》を重ねたことか。

「周助どんを父親に、お咲さんを母親に持って、孫ぼんも高ぼんも幸せね。孫ぼんはきっと良い跡取りになりますよ」

本当に何よりです、と幸は柔らかに言い添えた。

お咲の見送りを辞し、暇《いとま》を告げて、外へ出る。

途中で振り返れば、桔梗色の暖簾の前で、周助が孫一、それに末娘のお糸とともに、幸に向かって深く辞儀をしていた。お糸は十六、美しい娘に育っていた。

隣りの高島店に比すれば、間口も狭いし、店も決して大きくはない。しかし、これから育てていく楽しみがあった。

伴侶《はんりよ》に恵まれ、子に恵まれる。我が子に様々な知恵を授け、いずれ暖簾を託す。浮き沈みの激しい商いの世界で生きる身には、それが最も望ましい人生の形に違いない。その望ましい姿が、今、眼前に在った。

五鈴屋のために尽くしてくれた周助。周助の得た幸せが、身に沁《し》みる。子を持たぬ身は、けれど、決して不幸せではない。血縁が無くとも、ひとはひとを思いやれるし、そのひとのために幾らでも精進を重ねられる。それを示してくれたのも、やはり周助であった。

親旦那さん、お幸せですね——八朔《はっさく》の蒼天《そうてん》に、幸はそっと呼び掛けた。

「これは宜しいなぁ」

蔵の前で、賢輔が帳面を手に、大番頭の辰助と立ち話をしている。

「端切れが貼ってあるよって、別々に帳面を見んでも、何時《いつ》、どれだけ売れたかがひと目でわかる。えらい知恵だすな」

「へぇ、為助どんから話がおました」

広縁に座って、聞くともなしに遣り取りを聞いていた幸は、淡い笑みを零した。元日に、貞七と為助が話していた工夫だと察せられた。

母屋の奥座敷は前栽《せんざい》に面しており、広縁に座れば、残暑厳しい折りにも、瑞々《みずみず》しい楓《かえで》の葉陰が涼を呼ぶ。

向かい側は離れ座敷、障子を開け放しているため、中の様子も良く見えた。

「こないして、輪ぁへ通してから、片側だけ垂らしますよって、片流しとでも呼びまひょか」

若い娘の身体に帯を巻きつけて、器用に結んでみせているのは、お竹だ。

「この結び方を覚えはったら、単衣でも、綿入れでも、洒落《しやれ》た着こなしになりますよってに」

月に一度の帯結び指南の真っ最中で、生徒はいずれも五鈴屋の屋敷売りの顧客。お竹による指南を受けたい、と望んだ者ばかりだ。

前栽を隔ててさえも、教える側、教わる側の熱が伝わってくる。

満たされた思いで、幸は膝に置いていた文《ふみ》を今一度、取り上げた。切紙を繋いだ長い文は、江戸の菊栄から届けられたものだった。

九十二のお竹が未だに帯結び指南役を務めていることに触れ、「働かせ過ぎ」との叱責《しっせき》から始まる文は、幸を大いに笑わせる。

惣次とは相変わらず軽口を叩《たた》き合う仲で、互いにその気はないが、双方の店の奉公人たちは、二人が何時夫婦になるのか、やきもきしているようだ。今さら、他家のご寮さんなどに納まったりするものか、と明るい筆致で認《したた》められていた。

四代目徳兵衛に嫁して、菊栄が五鈴屋に入ったのが丁度五十年前。何とも数奇な運命を辿ったものだ。かつては犬猿の仲だった菊栄と惣次の今を思い描けば、自然と笑みが零れた。だが、最後の一文に、面差しが改まる。

そこには、「菊栄」が御用金を命じられ、三年の分納をすることになった、とあった。金額までは書かれていないが、おそらく、かつて五鈴屋江戸本店が上納を命じられたのと同程度だと思われる。

金銀小鈴の揺れる簪《かんざし》、笄、と新たな髪飾りの潮流を作った上、五年ほど前には、誰も思いつかなかった丈長《たけなが》を考案し、小間物屋「菊栄」を不動の大店《おおだな》とした。おかみから、眼を付けられないはずがない。

五鈴屋が苦労の末に小紋染めを生みだし、盛大に売り伸ばした際にも、同じ目に遭《あ》った。商いの工夫の行きつく先が御用金では、商人は遣りきれない。菊栄の文には、惣次から聞いた話として、大坂でも二年前、商人らに多額の御用金の下命があったが未だ返済に至っていない、と書き添えてあった。

太く息を吐いて、幸は文を畳む。

折しも、帯結び指南を終えた女たちが、片流しに結んだ帯を背負って、浮き浮きと離れを出るところだった。

今は帯を前に結ぶ者が少なくなった。時代の流れに感じ入った時、離れ座敷から、

「帯地はどうぞ、そのままにしといておくれやす。私が仕舞いますよって」

と、手代の貞七の声がした。

帯結び指南の場に見本用に置いていた帯地を、貞七は慣れた手つきで巻き戻していく。その姿は、昔の留七を彷彿《ほうふつ》とさせた。

不慣れなものがやれば、大事な反物が傷んでしまう。誰に命じられたわけでもなかろうが、それを見越しての貞七の気配りを、幸は嬉しく思った。

「お竹どん、お疲れさまでした」

貞七が母屋に戻るのと入れ替わりに、離れに自ら冷茶を運んで、幸はお竹を労った。美味しそうにお茶を飲んで、指南役は、緩んだ息を吐く。

「年々、力が無《の》うなって、帯結ぶんも命がけだす。吉弥《きちや》結びやら引き締めやらは、もうあきまへん」

確かに、と幸は柔らかに笑む。

「お竹どんが仕込んでくれたので、五鈴屋の女衆たちも手伝えますよ」

「手伝える、て。替わらしてくれはるんと違うんだすか。ほんに、ご寮さんは人遣いが荒おます。菊栄さまに言いつけまひょかいなぁ」

朗らかに不服を洩らして、お竹は「そない言うたら」と、湯飲み茶碗《ぢゃわん》を置いた。

「このお彼岸《ひがん》に、旦那さんとご寮さんで、津門村にお墓参りに行かはるんだしたなぁ。久しいさかい、ご寮さんのお母はんもお待ちだすやろ」

しんみりしたお竹の口調に、幸は「ああ、そうだった」と思い出す。

お竹は母の房と二度、会っている。四代目、五代目、それぞれとの祝言の場に、津門村から呼ばれて、母はここに来ていた。

「お竹どん、母のことを覚えてくれているのね」

当たり前ですがな、とでも言いたげに頷いたあと、お竹は、

「苅安《かりやす》色の綿入れが、ようお似合いだしたなぁ」

と、懐かしそうに呟《つぶや》いた。


葉月二十三日は、秋彼岸の最後の日だった。

「旦那さん、ご寮さん、お気をつけて」

「お帰りをお待ちしてますよって」

まだ暗いうちに、五鈴屋大坂本店の奉公人たちに見送られて、賢輔と幸は天満を発《た》った。夫婦揃っての墓参は、およそ十年ぶりだった。その間、飢饉があり、創業百年があった。

西国《さいごく》街道沿い、北野《きたの》から神崎《かんざき》を過ぎる頃、漸く周囲は明るくなった。陽射しは、やはり夏のそれとは違い、円《まど》やかだ。秋分を境に昼が短くなる。急がねば、と思うものの、還暦の身。つい、遅れがちな幸を「大丈夫だすか、ゆっくりで構いませんのやで」と、賢輔は気遣った。

神崎川から武庫《むこ》川にかけての浜は、古《いにしえ》、琴浦と呼ばれていた。

尼崎城は、沖から見ればその姿が浮かび上がって見えることから、琴浦城の異名を

持つ。美しい装飾を施された城を真ん中に、大きな街が形作られ、漁業を生業《なりわい》にする者や商人ら、一万六千人を超える人々が暮らしていた。京坂と西国とを結ぶ要所でもあり、家やひとがひしめきあって、常に活況を呈する街。それこそが、幸たちの知る尼崎であった。

尼崎の城下に入った時だ。

「これは……」

十年前とは随分と様変わりしていることに、ふたりとも驚く。

旅人が足早に過ぎるほかは、人通りが少ない。棒手振《ぼてふ》りや行商人、買い物客が殆《ほとん》ど見当たらないのだ。何より、ここに住まう者たちの気配があまりせず、空き家ばかりが目立っている。

城を持つ街に相応しい賑《にぎ》わいは消え失せ、辺り一帯が暗く沈んで見えた。

「西宮や今津、兵庫津《ひょうごのつ》を上知《あげち》で失《うしの》うた上に、飢饉もあったさかい、尼崎藩はえらい目えに遭《お》うてますのやなぁ」

痛ましそうに、賢輔は頭を振る。

兵庫津は、風や波、水深などの自然の条件に恵まれた港で、住民は二万人を超える。武庫郡今津から兵庫津まで、村高も多く栄えていた土地を、幕府は尼崎藩から取り上げ、赤穂郡などの遠地を代替とした。この降って湧いた上知令により、尼崎藩は三割を超える領民を失い、繁栄を支えていた柱を全て奪われてしまった。藩が困窮に至ったことは、想像に難くない。しわ寄せは全て、領民に来てしまう。

それでも、十年前まではまだ、持ちこたえていたはずだ。そのあとの飢饉が追い打ちをかけ、家を捨て、街を捨てる者が相次いだのだろう。藩としての立て直しが叶《かな》わなければ、見通しは暗くなる一方だった。

幸の郷里の津門村は、今も変わらず尼崎藩領のままだ。しかし、何が出来るというわけでもない。胸塞《ふさ》ぐ思いで、ふたりは黙々と歩くよりなかった。

古寺の階段に差し掛かった時、夫婦はどちらからともなく、歩みを止める。沈んでいた気持ちが、ふっと柔らかくなった。

「懐かしおますなぁ」

「確かにここでしたね」

今から四十年ほど前、幸が五鈴屋に奉公に上がって、初めて里帰りをした時だった。当時、五代目の女房だった幸を気遣って、お家《え》さんの富久が賢輔に供を命じたのだ。

「この石段に腰を下ろして、お結びを食べましたね」

当時、賢輔は十三、声変わりもまだだった。

「へぇ、よう覚えてます」

気恥ずかしそうに応じて、賢輔は同じ場所に腰かけ、傍らを幸に示した。

かつては少し離れて座ったふたりが、今は仲睦《なかむつ》まじく並ぶ。あの頃は、よもや、後に夫婦になるとは思いも寄らない。ひとの縁、夫婦の縁というのは、不思議なものだ。

持参したお結びを分け合い、竹筒の水で喉を潤《うるお》して、食休みをする。さて、そろそろ、と賢輔は立ち上がり、幸に手を差し伸べた。

「これからのことだすが」

幸の手を取り、ゆっくりと石段を下りながら、賢輔はさり気なく続ける。

「商いの知恵とは別に、五鈴屋の信条が、次の百年にきちんと受け継がれるような工夫を考えようか、と思うてます」

「五鈴屋の信条が、受け継がれるような工夫……」

九代目店主の台詞《せりふ》を、七代目店主は繰り返す。

五鈴屋の信条は「買うての幸い、売っての幸せ」。その信条が後世に受け継がれる工夫、とはどういうことだろうか。

「商家の中には、奉公の心得を家訓なり店則《てんそく》なりにしたものがある、と聞いています。そうしたものを作る、ということでしょうか」

足を止め、問い掛ける眼差《まなざ》しを向ける七代目に、九代目は思案しつつ応える。

「たとえば、五鈴屋の二代目の教えは、お家さんを通じて、ぎりぎり伝わってますやろ。けんど、初代が何を考え、何を商いの基にしてはったかはわからんままだす。書き残しておくことは大事や、と思う。信条だけやない、それを守る手立ても考えならんと思うんだす」

賢輔は幸を促し、ふたりはまた歩きだした。

「仮に……仮にだすが、店主に相応しいない者が、その立場に留《とど》まり続けたなら、五鈴屋は危うい。せやさかい、予《あらかじ》め、そう出来んよう取り決めをしておくのは大事なことだす」

主人の横暴や無謀を止める力が、奉公人にはない。主筋の中に諫《いさ》める者が居れば良いが、そうでなければ店はいずれ、分散の憂き目に遭う。

賢輔の話に、幸はまさに四代目徳兵衛を重ねていた。

誓文払《せいもんばら》いで得た売り上げ銀を、我が物にしようとした四代目。あろうことか、それを阻止した奉公人らに「猫糞《ねこばば》するんやないで」と侮蔑《ぶべつ》の言葉を投げたのだ。この一件が原因となり、留七と伝七《でんしち》という優れた手代が二人、五鈴屋を辞めてしまった。

四代目を導く立場のお家さんの富久も、孫を不憫《ふびん》に思う気持ちが拭《ぬぐ》いきれず、結局は諫めきれなかった。真の大坂商人として、幸は富久を敬うが、それでも身内には甘過ぎた。

幸が四代目徳兵衛と富久を思い起こしたことを、賢輔も読み取ったのだろう。

「長年、五鈴屋のために尽力してくれた者を、そないな形で裏切るような真似《まね》は、もう二度とさせしまへん。せやさかい、五鈴屋の中だけで守るべき掟《おきて》を定めておこう、と思います」

店主が暖簾に傷をつける行いをした場合、別家や大番頭が諫め、聞き入れられなかった時に隠居させる手立てを、定めとして予め整えておく。

「良い考えです」

九代目の決意に、七代目は心からの賛意を示した。

ともに、丁稚と女衆として、五鈴屋へ入った身。主筋の身勝手がどれほど商いを危うくさせるか、骨身に染みている。

奉公人は、報われることが少ない。だが、奉公人がなければ、店は立ちいかない。その立場が守られなければ、「買うての幸い、売っての幸せ」そのものが成り立たなくなってしまう。

次の百年、さらに次の百年へ。成すべきことの道筋が、津門村への道に重なる。

「さぁ、ほな参りまひょか、ご寮さん」

「へぇ、旦那さん」

ふたりは声を掛け合い、しっかりとした足取りで歩いていく。

遠景に、甲《かぶと》を伏せた形の山。

種や苗を迎える前の、最後の眠りを楽しむ田畑。藁葺《わらぶき》の家々。

幸の生家の凌雲堂《りょううんどう》跡は草生《む》し、彦太夫の家もとうに代替わりしている。それでも、津門村は懐かしい姿そのままに、五鈴屋店主夫婦を迎え入れた。

立念寺の墓所に参り、両親と兄たちの卒塔婆《そとば》に触れ、頭を垂れる。五鈴屋のご寮さんとしてではない、重辰《しげたつ》と房の娘として、雅由《まさよし》の妹として、不義理を詫びる。そして、願うのは妹結への加護であった。

重追放に闕所《けつしょ》を言い渡された忠兵衛とともに、結が江戸を離れて以後、沙汰止《さたや》みだった。無事なのか、何処でどう暮らしているのか、皆目わからない。

否、正しくは、妹の消息を尋ね回ることさえしていない。

姉としての非情を思いつつ、幸は合掌を解いた。振り返れば、少し離れた場所で、賢輔はまだ手を合わせていた。

「今さらだすが、ひとつ、大事なことを確かめさせとくなはれ」

墓参を終えての帰り際、賢輔が少し固い語り口で切りだした。

並んで歩きながら聞く方が良い、と思い、幸は足を止めずに「何でも仰《おつしや》ってくださ
い」と返した。

「智ぼんの忘れ形見のあのおかたは、五鈴屋とは一切関わりがない。もちろん、後継
ぎ云々《うんぬん》の話はない——それで宜しいな」

「貫太さんには、思うままの人生を歩いてもらいます。それで良いのです」

一切の迷いのない幸の答えに、賢輔はほっと緩んだ息を吐く。

何時からか、商家では優れた手代を養子にもらい、後継ぎとする例が多くなった。
だが、その一方で、やはり主筋の血縁があとを継ぐべき、との考えも根強い。養子縁
組により店主となった賢輔には、迷いもあったのだろう。

「誰に五鈴屋の十代目を任せるか、悩ましいことだす。内からも外からも『跡継ぎに
据えるんは尤《もつと》もや』と思われる者でないと」

どないやろかなあ、と賢輔は吐息を重ねる。

大番頭の辰助、高島店支配人の末助、ともに高齢のため、先般「別家となって五鈴
屋を支えたい」との申し出を受けている。中番頭の大助《だいすけ》は、同業の川浪屋《かわなみや》への婿入《むこい》り
が内々に決まっていた。

「順番で言うたら、小番頭の為助どん、いうことになる。五鈴屋で取り入れた帳面の工夫。ほれ、端切れを貼って、仕入れ値や日付、売値まで記して、ひと目でどないな品がどれほど売れたかがわかる。あれを進言したんは、為助どんやった」

大坂一の呉服商だった伏見屋は、両替商も兼ねていたが、近年、呉服商を廃業、両替商のみに絞った。先代の為右衛門が亡くなった今も、さらに身代を広げている。

呉服商を畳む前、「呉服商いの才を捨てさせるに忍びない」と、先代自ら、孫の為助を五鈴屋へ預けたのだ。出自ゆえに「いずれ、五鈴屋は養子に迎える心づもりに違いない」と思う者も多い。

「伏見屋さんへの義理立てもあって、小番頭で迎えたものの、何せ五鈴屋へ来て、まだ五年ほど。見極めるには早い」

「商才と人柄ならば、貞七も負けてはいない、と思います」

帳面の工夫の経緯《いきさつ》を知る幸は、留七に面差しの似た手代の名を上げる。

さいだすな、と賢輔は大きく頷いた。

「貞七も、優れた大坂商人に育ちますやろ。謙虚が過ぎて、周りに気を遣い過ぎるんが難点だすが」

「旦那さんに、よく似ています」

笑みを含んだ声で応じて、幸はふと賢輔が九代目を継いだ時のことを思い返す。

内からも外からも、後継ぎとして支持される――賢輔の場合が、まさにそうだった。商才もあり、精進を欠かさない。謙虚で、ひととしての器も大きい。それに加えて、天満組呉服仲間の賛成を得られたのは、「五鈴屋の要石と呼ばれた治兵衛の子」というのもある。

「五鈴屋に尽くしたひとの子、というのは、後継を賛成してもらえる大きな理由になるかも知れません」

幸の言葉に、賢輔も頷いた。

「五鈴屋の店主にもなり、桔梗屋の再建も果たしたおかたの子、しかも今、五鈴屋に丁稚奉公してる者。相応しいのが、ひとり居てますなあ」

「ええ」

兄の孫一が桔梗屋を継ぎ、弟の高作が五鈴屋の養子に入れば、兄弟が力を合わせて、互いの商いを盛り立てていける――今まで互いに口にはしなかったが、七代目と九代目の脳裡《のうり》に、そうした図式があるのは確かだった。

「齢、十七。これから、どない育つかにもよるけれど、高吉どんやったら、まず、誰も反対せぇしませんやろ」

今のうちから養子に迎え、十代目店主に相応しい商人に育てる、というのも一つの手かも知れない。ただ、と賢輔は続ける。

「ありがたいことに、五鈴屋には育て甲斐《がい》のある若い者が多おます。今少し様子を見て考えようか、と」

「そうですね、それが良い、と私も思います」

店では話せないことを、ふたりきりで話せるのは何よりだった。

途中で舟は使ったが、ほかは歩き通して、北野村を過ぎたところで、日暮れを迎えた。天満《てんま》堀川《ほりかわ》沿いまで出れば、五鈴屋はじきだ。

「何時か、何時の日ぃか」

夜の帳《とばり》が下り始めた天を見上げて、賢輔が言う。

「初代の郷里を見てみとおます。お伊勢さんの、五十鈴《いすず》川の流れを、五鈴屋の商いの源流を、この目ぇで見ておきとうてならんのだす」

実は、五鈴屋初代徳兵衛について、何もかもが詳《つまび》らかなわけではない。生国は伊勢、五十鈴川の傍で生まれ育ったとされるものの、村の名や親の生業などは曖昧《あいまい》なままだ。ただ、「郷里を出立する間際に見た五十鈴川が、初代の心の支えとなった」という逸話が、屋号や暖簾の色とともに、今に伝えられている。

初代の一念発起を後押しした五十鈴川こそが、五鈴屋の源流に違いなかった。

「幸、あんさんと一緒に、何時か訪ねてみとおます」

亭主は声を低めて言い添えた。


着物に裏が付き、綿が入って、季節が晩秋から初冬へと移ろう。

五鈴屋の中座敷では、先刻より九代目徳兵衛が、半紙を前に考え込んでいる。

「店則、家訓、定法。呼び名は色々だすが、店にとって大事な決まり事を、満遍《まんべん》のう、時を越えて伝えていく。大事なことだすな」

さて、どない書くか、と賢輔は呻《うめ》いた。

例えば短い家訓なら、表に出ることも多いし、お客に親しまれることもある。また、仲間定法のように、仲間内で共有されるものもある。だが、奉公人の心得、昇進や給銀など細かな則は、外に洩《も》れることは決してない。どの店が、どのような店則を作成したかは不明で、今のところ、参考になるものは何もない。

夫の傍《かたわ》らで、丁寧に墨を磨《す》っていた幸は、ふとその手を止める。

「ほかの店はどうであれ、五鈴屋は五鈴屋です。うちらしい定法を作れば良いのではありませんか」

「そない思うんだすが、いざとなったら、難しおます。まずは商いの心得を書き上げるべきだすやろか」

商いの心得なぁ、と賢輔は眉間《みけん》に皺《しわ》を刻んだ。その時であった。

およそ商売、持ち扱う文字は

員数、取り遣《や》りの日記、証文

「あれは」

幸は墨を置き、中庭へ通じる障子《しょうじ》をそっと開ける。

中庭越し、次の間で「商売往来《しょうばいおうらい》」を読み上げる丁稚《でっち》たちの姿が見えた。

暖簾《のれん》を終《しま》い片付けを終えたあと、番頭が丁稚たちにああして「商売往来」を教え込むのは、治兵衛の頃《ころ》からの五鈴屋の習いであった。

夫婦は眼差《まなざ》しを交わし、微笑《ほほえ》み合う。ふたりとも奉公人だった時に、今の丁稚たちと同じく五鈴屋で商売往来を教わった身。

「惣《そう》じて、店棚綺麗《きれい》に、挨拶《あいさつ》、應答《あしらい》、饗應《もてなし》、柔和たるべし」

墨を手に、幸が唱和すれば、

「大いに高利を貪《むさぼ》り、ひとの目を掠《かす》め、天の罪を蒙《こうむ》らば、重ねて問い来るひと稀《まれ》なるべし」

と、賢輔が声を揃《そろ》える。

「天道の働きを恐る輩《ともから》は、終《つい》に富貴、繁昌、子孫栄花の瑞相《ずいそう》なり。倍々利潤、疑い無し。よって件《くだん》の如《ごと》し」

最後は、夫婦で声を合わせた。

あまりの声の大きさに、丁稚たちがこちらを見ている。幸と賢輔が笑みを送れば、次の間から、皆の嬉《うれ》しそうな笑い声が弾《はじ》けた。

中番頭の大助が慌てて皆を窘《たしな》め、また素読に戻る。眠いだろうに、ひと言、ひと言を心身に刻むかの如く、子どもらは懸命に読み上げている。

「ええ景色だすなぁ」

「ええ」

商いの心得は、定法として残さずとも、全《すべ》て「商売往来」に書かれていた。

「あとは難事に遭《お》うた時、どないするか。暖簾を守るため、主筋と奉公人、それぞれが何をすべきか、どないな手立てがあるか、それを考えてみまひょ」

九代目の決心に、七代目は深い首肯《しゆこう》で応じる。

注文、請け取り、質入れ、算用帳
丁稚たちの「商売往来」を読み上げる声は、まだ続いている。

神無月《かんなづき》八日は富久の月忌《がっき》。そして、この月二度目の黒日《くろび》であった。

店を開けて間もなく、奉行所よりの使者二名が内々に五鈴屋を訪れ、店主に面談を乞《こ》うた。賢輔は使者たちを離れへ通し、言われるまま人払いをして、三人きりで座敷に籠《こも》る。

「まだ終わらへんようだすが」

女衆頭《おなごしがしら》が、裏戸から離れを覗《のぞ》いて、悩まし気に吐息をついた。

ご飯の炊ける甘い匂《にお》いが辺りに満ちている。味噌汁《みそしる》に厚揚げの煮物も湯気を立て、あとは装《よそ》うだけだった。

「込み入った話なのでしょう。邪魔をしない方が良い。あとで旦《だん》那さんにお許しを頂きますから、皆、昼餉《ひるげ》になさい」

夫婦の分を中座敷に運ばせて、幸はじっと賢輔が離れから戻るのを待つ。

膳《ぜん》のものがすっかり冷め、さらに一刻《とき》ほど経《た》って漸《ようや》く、離れに動きがあった。幸は弾かれた如くに立ち上がり、客人を見送るため、廊下から通り庭へ下り立った。

二人の使者の肩越しに、賢輔の姿が見える。明かりの乏しい通り庭でさえ、その顔つきの険しさが見て取れた。

使者を見送ったあと、夫婦で中座敷へ移ったものの、賢輔は両の腕を組んで、押し黙ったままだ。

奉行所から、喜ばしくない申し入れがあったに違いない。奉行所の下命で、喜ばしくないもの――思い当たるのは、ただ一つしかない。

「御用金、でしょうか」

賢輔は女房の双眸《そうぼう》をじっと見て、深く頷《うなず》いてみせる。

「師走《しわす》十三日に、奉行所から呼び出しがおます。正式な申し渡しは当日か、そのあとか……。いずれにせよ、今日のところは内々の下命、いうことだした」

曰《いわ》く、二年前、大飢饉《だいききん》で困窮した藩を助けるため、銀八千七百貫目の御用金を、十一軒の商家に用立ててもらった。しかし、情勢は収まらず、さらなる支援を仰ぎたい。ついては、先の十一軒を除いて、新たに大勢の店に下命することとなった。五鈴屋もそのうちの一軒である、と。

やはり、と応じて、幸は両の掌《てのひら》を拳《こぶし》に握る。

「前回、銀八千七百貫目で足りなかった、ということは……。おかみは今回、どれほど集めるおつもりなのでしょうか」

「今回は金建てで、百五十万両やそうだす」

百五十万両。

一瞬、ふっと気が遠くなりかけて、幸は何とか堪《こら》えた。

前回が十一軒、今回、たとえば百軒に命じたとして、頭数で割れば、一万五千両。五鈴屋江戸本店《ほんだな》が請けた上納金の十倍である。

女房の激しい動揺を察して、賢輔は宥《なだ》めるようにその肩を優しく叩《たた》いた。

「宝暦《ほうれき》の頃には、二百人ほどの町人に、百七十万両の御用金が命じられたそうだす。おかみからしたら『それよりは少ない』いうことだすのやろ」

苦く笑ったあと、賢輔は浅く息を吸い、静かに吐いた。

「御用金は断ることが出来る、というのが建前だすが、まず、断られしまへん。その代わりに、私の方から、色々と聞かせてもらいました。お役人にも当たり外れがおますが、今日の二人は丁寧に答えてくれはった。内容自体は喜ばしいことやないけれど、そないな対応は、滅多にないことだすやろ」

賢輔の聞きだした話によれば、御用金の額について、幾ら請け負うかは各人の判断に任せるつもりだが、最初から指定高を申し渡す場合もあるとのこと。

前回の十一軒から洩れた大店、例えば越後屋、米屋、泉屋といったところには、おそらくは何万両もの指定高が示されることは、想像に難くない。

「貸主への斟酌《しんしゃく》なしに、借主が一方的に金額まで決めてしまうのですか」

商いの世界では、有り得ないことだ。

女房の憤りに、亭主は「せやない、借主はおかみと違う」と頭を振った。

「二年前の御用金の扱いと同じく、おかみの蔵へ納めるわけと違う。納めた体《てい》で、私ら商家に、大名に年七分の利で貸し付けさせますのや。さらには利子の内の一分をおかみに上納させる、いう仕組みやそうな」

そんな馬鹿な、と叫びたくなるのを必死で耐え、幸は辛《かろ》うじて、

「それでは大名貸しと同じではありませんか」

とだけ、掠《かす》れた声で言った。

「せや、御用金という隠れ蓑《みの》を着せただけや、と私も思う。それでも、おかみから命じられたら、断るんは難しおます」

苦悩の面持ちで、賢輔は幸に告げる。

五鈴屋は指定高を言い渡されるのか。一体、幾ら請け負う羽目になるのか。師走十三日が下命なら、日限りは何時《いつ》か。

不安ばかりが膨らんで、夫婦は固く唇を結んで溜息《ためいき》を堪えた。

ほな、居て参じます

お早《はよ》うお帰り
店の間の方から、奉公人らの声がしている。

「二年前、鴻池《こうのいけ》さんの千五百貫目を筆頭に、貸主となった十一軒には、屋号入りの御《ご》用提灯《ようちょうちん》と小幟小差《このぼりこさし》が許されたそうだす。けんど、そないなもん、有難がる者は居てへん。結局、おかみは民のことなぞ、まるで眼中にない、てことだすのやなぁ」

口惜《くや》しそうに、九代目店主は洩らした。

まさに黒日に起こったこの一件は、大番頭や支配人など主だった奉公人らに伝えられ、一同を大いに憤慨させたのだった。


小雪《しょうせつ》を迎え、早朝、霜が降りるようになった。迎春の晴れ着用の反物《たんもの》が、盛んに求められる時期でもある。

神無月最後の黒日が大過なく済んだ翌日、五鈴屋大坂本店では、蔵の出入りが激しい。蔵の外には、持ち主の名前が大きく書かれた反箱《たんばこ》が並び、五鈴屋の手代らと、がっしりした体《たい》軀《く》の男たちが反物を運んでいた。

「宝尽くしの小紋《こもん》染め、十反だす」

「こっちは薬玉紋《くすだまもん》、七宝繋《しっぽうつな》ぎ、熨斗目《のしめ》の友禅染《ゆうぜんぞ》め一反ずつ、それに茶染めの縞紬《しまつむぎ》を十反、頼みますで」

「十二支《じゅうにし》の文字散らし、新しい紋様の分を二十反、急いでんか」

どの反物がどれだけ要るか、声高に叫んでいるのは、背負い売りを専《もっぱ》らとする男たちだ。

五鈴屋から反物を借り受け、それを遠方まで運んで、自身の才覚で売る。売り上げの中から五鈴屋へ代銀を払う、という仕組みである。五鈴屋の反物を商うが、奉公人ではない。店を構えることはないが、それぞれが主、という立場であった。

天明《てんめい》に入ってからは飢饉続きだったため、背負い売りも頭打ちだったが、やっと持ち直した。

御用金の話が出て以来、胸が塞《ふさ》ぎがちだったが、広縁に座り、こうして皆の様子を見ていると、随分と慰められる。

背負い売りは、当初、留七と伝七、二人で始めたものだった。

四代目徳兵衛に仕えていた留七と伝七は、主のあまりの「阿呆《あほ》ぼん」振りに嫌気が差し、五鈴屋を退いた。しかし、六代目の呼びかけに応じて、五鈴屋の呉服を背負って諸国を売り歩く「背負い売り」を担うようになった。それが今では、ここまで人が増え、五鈴屋の売り上げを支える柱の一つとなっている。

五鈴屋目利きの呉服を、遠くに暮らすお客に届けてもらえることが、幸には、とても尊く、ありがたい。

「ご寮《りょん》さん」

そろそろ中へ戻ろうか、と立ち上がりかけた時、幸に声を掛けた者があった。

背はさほど高くないが、胸板は分厚く、如何《いか》にも頑健そうな男。留七に面差しの似た男が誰《だれ》かを認めて、幸は、

「まぁ、益彦《ますひこ》さん」

と、華やいだ声を上げた。

留七の長男の益彦であった。五鈴屋の手代の貞七は、益彦の末の弟にあたる。

「お父様の留七どんは、お変わりないかしら」

「へぇ、お陰さんで達者でおます。もう隠居したはずが、備前辺りまでやったら、まだ、私と一緒に行ってくれてます」

元気過ぎて敵《かな》いません、とほろ苦く笑ってみせたあと、ふと声を低める。

「貞七は、あれは、お役に立ててますやろか。私ら四人兄弟の中では一番聡《さと》うて、心根も温かい。けんど、小さい頃は大人し過ぎて、人前に出るのも嫌がるような『あかんたれ』だした。もう心配で、心配で」

荷受けの度、末の弟を案じる、優しい兄だ。

「貞七どんは、もう二十六。旦那さんが九代目を継ぐ前から、五鈴屋で奉公していますよ」

にこやかに笑みを零《こぼ》して、ご寮さんは、

「年の近い小番頭の為助どんをよく立てて、手代の中でも重い役目を引き受けてくれています。留七どんにも、そのようにお伝えくださいな」

と、言い添えた。

幾度も礼を繰り返したあと、益彦はふと思い出した体で、

「ご寮さんのお里は津門村だしたな。西宮の傍《そば》や。あの界隈《かいわい》は海にも山にも恵まれて、学問も盛ん。物心ともに豊かな土地だすな」

と、にこやかに言った。背負い売りで備前まで行くのに、西国街道を使うため、尼崎から西宮の様子に詳しいのだろう。

「ええ、だからこそ、西宮や今津は尼崎藩の領地から天領にされたのだと思います」

答えながら、秋の彼岸に通りかかった尼崎城下の様子を思い返す。あの荒廃は、金銀を生みだすはずの領地を失ったために違いない。

「尼崎藩は、お気の毒なことになってますよってになぁ。上知までは、領内の百姓に

賦課《ふか》せんかったはずが、何遍も御用銀を命じるようになった、と聞いてます。それでも、まだ足りん。飢饉は脱したかて、皆が皆、充分に食べられるわけやない。物乞《ものご》いも増えました」

しわ寄せは結局、弱い者に来ますよって、と益彦は切なげに洩らした。

背負い売り人が立ち去ったあとも、幸は、あの日を思い返し、胸が塞ぐ。

暮らしが成り立たないことほど、心細く、しんどいことはない。子どもにとっては、ことさらに。

五鈴屋は、万が一の時のために、売り上げの中から少しずつ積み立てている。店の再建や、被災者支援に用いるためであった。行人坂の大火で江戸本店が全焼した時も、店の再建だけでなく、被災者支援にも力を注いだ。

無理のない範囲で、出来る限りのことを。

その心づもりでいるが、天明の飢饉はあまりに広範囲に及び、結局、大したことは出来ていない。

幸は拳に握った右の手を、額に押し当てる。昔はこうすると、知恵の糸口が見えたものだ。

仮に、御用金が大名家の尻拭《しりぬぐ》いではなく、苦しい暮らしを強いられる弱い立場の者のために用いられるのなら――だが、考えても考えても、名案は浮かばなかった。

五鈴屋江戸本店は、かつて、毎年五百両、三年で千五百両の上納金を納めた実績があった。今回、御用金に名を借りてはいるが、実質は、困窮している大名家への貸付である。そうなると、分納はまず認められない。

千五百両。

今の五鈴屋には、決して払えぬ額ではない。だが、そうした金銀は、それこそ「よもや」の時のために蓄えておくべきものだ。

まずは五百両。五百両ならば、内々の不服も少なかろう。九代目店主と七代目店主とでよくよく話し合い、辛うじての落としどころを見つけた。

正式な御用金の拝命まで、ひと月を切ったところだった。

霜月《しもつき》、十八日。天赦日《てんしゃにち》の早朝に、五鈴屋は意外な人物の訪問を受けた。

六十がらみと思しき男は、五鈴屋の中座敷に案内されると、畳に両の手をついて、丁重に頭を下げた。

「朝早うに、堪忍《かんにん》しとくれやす。当代店主より、五鈴屋さんのお耳に入れておいた方が宜《よろ》しかろう、とのことだす」

紬地《つむぎじ》の綿入れ羽織を纏《まと》った男は、本両替商伏見屋の大番頭であった。伏見屋は、五鈴屋の小番頭為助の生家にあたる。

「お話、伺わせて頂きまひょ」

女房も同席させて頂きますよって、と賢輔は相手に断った。

では、早速、と大番頭は二人の方へと身を傾け、声を潜《ひそ》めて切りだした。

天赦日ぃ、大吉日に伊勢暦《いせごよみ》

丙午年《ひのえうま》、伊勢暦ぃ

通りを行く暦売りの伸びやかな声が、緊迫した中座敷まで届いていた。

よもや、と賢輔が吐息交じりに洩らす。

「よもや、おかみが、この大坂に貸付会所みたいな得体の知れんもんを、作らはるおつもりとはなぁ」

「考えれば考えるほど、解せません」

眉を曇らせて、幸は火箸《ひばし》で長火鉢の炭を動かす。炭が爆《は》ぜて、ぱち、ぱち、と賑《にぎ》やかに音を立てた。

本両替商の伏見屋から齎《もたら》された知らせは、老中田沼意次《たぬまおきつぐ》の采配《さいはい》により、来夏、大坂に貸付会所なるものを開く企《くわだ》てが在る、というものであった。聞き慣れない名だが、要するに、幕府としてそこを根城に大々的に大名貸しに乗りだす心づもりだという。

大坂には、大坂三郷ならびに近在の町人や百姓を相手とする銭小貸会所が、町人の手で設けられて久しい。取り立てに際しておかみの保護が受けられるというが、相場の下落や不正、返済滞りを受けて、存続の危機にある。それなのに、との思いがどうしても拭えない。

「大名に貸し付けるために、お百姓、町人、寺社、山伏《やまぶし》に至るまで御用金を命じるつもりや、て。正気の沙汰《さた》とも思われしまへん」

「仮にそんなことをすれば、大坂商人ばかりか、あらゆる立場の者の怒りを買うでしょう。それくらいはわかりそうなものですのに」

どうにも解せない、と夫婦は首を傾《かし》げるしかない。

――このことが広うに知られたら、御用金を拒む商家も続きますやろ。それを見越してか、おかみは前回の時よりも仰山の店、おそらくは三百軒ほどの店に呼び出しを掛けるつもりやと聞いてます。せやさかい、この度はお断りになったかて大事なかろう、と。主《あるじ》はそう申しておりました
伏見屋の大番頭の台詞《せりふ》を、幸は思い返す。

本両替商の伏見屋は、実は二年前、御用金を命じられたうちの一軒であった。従って、今回は指名から外されている。しかし、五鈴屋のためを思って、わざわざ内情を知らせてくれたのだ。

「どないしたもんやろか」

長火鉢に手を翳《かざ》し、賢輔は物憂げに続ける。

「伏見屋さんの助言通り、断るか……けど、何でだすやろ、そない簡単に決められへんように思うんだす」

最初は「大名家の尻拭いをさせられる」という理不尽に憤《いきどお》るばかりだったが、ふと、そうなのか、との疑念を抱くようになった、と九代目は語る。

大名家の失政により藩の財政が破綻《はたん》したというなら、御用金に頼るよりも藩政を正す方が先だ。おかみにしたところで、それほど愚かではなかろう。

ええ、と七代目も頷く。

「御用金がどう使われるか、今までもこれからも町民は知らぬままです。ただ、本当に、飢饉で苦しむ領民のために用いられるのなら……」

「ここらは飢饉を脱したが、まだまだ難儀してるところもおますやろ。ほんまに困窮してるとこに支援が回るなら、ええんだすが」

夫婦とも、頭に在るのは、津門村に行く途中に見た、尼崎の現状であった。

使いようによって、弱い立場の者を飢えや寒さから救えるのではなかろうか。

金五百両。

「何ぞ、手ぇはないか、今少し、考えてみまひょか」

まだ二十日余り、日は残されている。

炭火の上で、賢輔は両の手を擦《こす》り合わせて、

「いずれにせよ、貸付会所のことは、伏見屋さんに教えてもらわなんだら、来年の夏まで知らんままだした。先代の孫の奉公先やよって、五鈴屋を重んじてくれはったんだすな」

と、平らかに言った。

帰り際、伏見屋の大番頭は、五鈴屋店主夫婦に、二つ折になるほど頭を下げ、為助のことをくれぐれも頼んでいった。

「為助どんは、幸せですね」

「さいだすな。大きい後ろ盾がある、いうんは、商人にとって、どれほど心強いかわかりませんよって」

ただ、と賢輔は続ける。

「自身を鍛えるべき時には、むしろ後ろ盾が邪魔になる時もおますやろ。生まれた境遇や親の功績よりも、その後の本人の精進の方が、何ぼか大事だすよって」

九代目の言葉に、「出自に拘《かか》わらず、本人自身を見極めて後継者を選びたい」との強い意思を読み取って、七代目は深く頷いた。


師走、小寒《しょうかん》を迎えた。

富久の祥月命日《しょうつきめいにち》を二日後に迎えた朝、丁稚を供に、幸は有馬《ありま》町へと向かった。仕立物師のところへ、賢輔の羽織と長着を取りに行くためだった。

反物から着物に仕立てる役割は、通常、女が担う。だが、本当に良い仕立てというのは、男の仕立物師の手によるものだ、と生前、富久が話していた。胡坐《あぐら》をかいて両の足までを用いて縫い上げる、独特の「男仕立て」と呼ばれるものだ。

四代目との祝言の際、富久が、男仕立てで幸のための晴れ着を用意してくれたことを、ありがたく思い出す。当時の仕立物師の喜助《きすけ》はすでに鬼籍に入り、弟子の耕作《こうさく》が跡を継いで久しい。

「ご寮さん、お待ちしておりました」

幸より四つ五つ年嵩《としかさ》で、風格のある老仕立物師となった耕作が、にこやかに幸を迎えた。

黒羽二重《くろはぶたえ》の羽織と長着とを検《あらた》めて、幸は感嘆の息を洩らす。鏝《こて》を当てて整えられた生地、丁寧で細かい糸目。手に取ってさえ、着心地の良さが伝わるようだった。

「やはり、男仕立ては違いますねぇ」

「お誉《ほ》めに与《あずか》りまして、おおきにありがとうさんだす」

耕作は嬉しそうに笑う。

持参した風呂敷に仕立物を包もうとする幸を、「あ、ご寮さん、ちょっと待っとくれやす」と留めて、

「宜しかったら、こちらをお使いください」

と、風呂敷らしき絹地を差しだした。

その色を認めて、幸は驚き、息を呑《の》む。

青みがかった緑——五鈴屋の暖簾と同じ色だった。

「これ、別染めの品ではありませんか？」

わざわざ五鈴屋のために注文したのだろうか、と怪訝《けげん》そうなご寮さんに、「いえ、そうやないんだす」と、耕作は申し訳なさそうな、楽しそうな表情を見せた。

「種明かしをさせて頂きますと、馴染《なじ》みの染物師から譲《ゆず》り受けたものだす。深緑、いう染めの注文を受けたところが、手違いがあって、この色に染まってしもたそうな」

緑という染め色は、その色の草や葉を用いても、決して生まれない。苅安《かりやす》で染めた糸を藍甕《あいがめ》に浸けて、初めて作ることが出来る。僅《わず》かな手順の違いが、染め色の緑に幅を生むのだという。

「深緑に染めるはずが、手違いで、青みが強う出てしまったそうだす。綺麗な色やし、仕立物を渡す時に使うてくれへんか、と貰《もら》い受けました。ひと目で『ああ、五鈴屋さんの暖簾の色や』て思いまして」

苅安と、藍。

五鈴屋の暖簾の色は、青みがかった緑色だ。あの色に染め上げるのに、苅安と藍を用いると知って、何とも感慨深い。

奉公人たちのお仕着せの藍色。呉服仲間を外された五鈴屋江戸本店に、昌運をもたらした藍染めの浴衣地《ゆかたじ》。藍は、幸にとって、商いとは切り離せない色だった。

そして、苅安は我が母、房の思い出の色だ。

両者が混じりあって、あの暖簾の色になる――初めて知る事実に、幸は深く胸を打たれる。

「この色の風呂敷が私の手もとに来たんは、多分、今日、ご寮さんにお渡しせぇ、ということなんやと思います」

どうぞ、使うてやっとくなはれ、と耕作は白い歯を見せる。師匠《ししょう》の喜助同様、その前歯に、熟練の仕立物師らしい、大きな隙間《すきま》があった。

師走十三日は、事始め。

正月の事を始める、という意だが、江戸では八日、京坂はこの日であった。

五鈴屋大坂本店でも、例年通り、早朝から戸口や障子を開け放ち、盛大にすす払いを行い、普段は行き届かない場所を、丹念に清掃していく。

「奥座敷の畳を上げるんは、あとにしますのやで。今、旦那さんがお仕度をしてなはるよって」

大番頭の辰助の声が、通り庭の方から聞こえていた。

きゅっきゅっと絹鳴りする帯を、九代目の胴に巻いて結ぶ。解《ほど》けることのないように、と力を込めて結び上げる。

「十年ぶりの男仕立てだすなぁ」

九代目襲名の披露目《ひろめ》の時以来で、この度は新調の良い機会になった。店主は、羽織に袖《そで》を通すと、「やはり着心地が宜しおます」と目を細める。

「よくお似合いです」

幸は亭主の着付けに隙が無いかを検める。ほれぼれするほどの男振りであった。

賢輔は幸を見、幸もまた賢輔を見る。互いの瞳《ひとみ》に、強い意思が宿っていた。

本日、師走十三日は、町奉行所にて御用金が五鈴屋に下命される日だった。

捨て鐘がひとつ、続いて五つ。

時の鐘の最後のひと鳴りが長く尾を引く中、九代目徳兵衛は店を出る。

辰助ら番頭格、それに高島店からは支配人が駆け付けて、不安を滲《にじ》ませつつ、店主の出立を見守った。

かっかっ、と女房が火打石を打ち、切り火で亭主を送りだす。陽《ひ》の光に負けじ、とばかりに、切り火は橙《だいだい》色の火花を散らしている。

ほっこりぃ、ほっこり
ほっこりぃ、ほっこり
あれは蒸し芋売りか、殺伐《さつばつ》とした師走の夜の街に、長閑《のどか》な売り声が流れる。
越後町の長屋の一室では、先ほどから、治兵衛が俯《うつむ》いて、上体をゆらゆらと揺らしていた。

打ち明け話を途中で止めて、賢輔は「寝てしまわはった」と、傍らの幸に小声で囁《ささや》いた。

「あんた、寝てる場合と違いますで」

お染が、亭主の肩を軽く揺さ振る。

「賢輔とご寮さんが、大事な話をしに来てはりますのや」

「寝てまへん。笑うとりますのやがな」

顔を上げると、治兵衛は皺《しわ》に埋もれた両の眼《め》を見開いた。

「もう、可笑《おか》しいて、可笑しいて」

御用金、金五百両を承《うけたまわ》る。ただし、その実態が相対貸しであるならば、貸す相手を尼崎藩としたい――それが、町奉行所で御用金を申し渡された際の、五鈴屋九代目店主の回答であった。

「指定高を言われんかったんは、何よりだした。けど、ほかのどの店かて、まずは、おかみに返事までの日延べを願い出たはずだすで。それやのに、五鈴屋は、商人の分際でおかみに条件を突きつけるやて、そないな話、聞いたことがおまへん」

「ほんまだすで。おかみに盾突いて、ようもまぁ、無事やったこと」

お染がおろおろと、息子に取り縋《すが》った。心配おまへん、と賢輔は母を宥める。

「私ら商家は御用金を断られしまへんけんど、二年前の御用金かて、一切返済されてへん、いう話だす。おかみも、そない強気では居られへんのや、て思います」

この度は、返済が滞った場合の救済方法が示された。曰く、借主の大名家の領地の年貢をおかみが取り立てて、返済に替える、とのこと。

「今回、どれほどの商家が奉行所で下命を受けるか、数までは分からへんのだす。けど、返済がない場合の手立てが見えたよって、気張らはる店も多おますやろ」

せやろな、と老父は相槌《あいづち》を打つ。

「枡屋《ますや》はんあたりは、五千両くらい出さはるかも知れん。ほいで、おかみは五鈴屋の出した条件を飲んだんか、飲まんだんか」

「『町人の分際で』とえらい剣幕で。今は、尼崎藩の考えもわからしまへんし、はっきりと受けてもらえた訳やないんだすが、おそらくは、そないなるやろ、と。こちらは、相手が尼崎藩なら、たとえ返済がなされんでも、年貢米を寄越《よこ》せ、とは言いませんよって」

息子の返答に、治兵衛はまた朗笑《ろうしょう》した。笑い過ぎて目尻《めじり》に涙を溜《た》めたまま、幸に優しい眼差しを向ける。

「飢饉の時に、こまい妹と二人、小石しゃぶって飢えを凌《しの》いだ、と言うてはりましたな。津門村は尼崎藩や。藩主の裁量で、ひとりも餓死者を出さへんかった」

五鈴屋が尼崎藩への支援に拘《こだわ》った理由を、「五鈴屋の要石」は見抜いていた。

「金銀を汚うに溜めて、綺麗に使うんが、大坂商人だす。両替商の蔵の中に溜め込むばかりでは、甲斐《かい》がない。世の中のお役に立ててこその、生き金銀《がね》だすやろ。商いに余裕がないと、そないなことは考えもつかん。五鈴屋は、それだけの店になった、その証《あかし》だすなぁ」

治兵衛の温かな言葉に、幸の視界は潤《うる》む。

己の郷愁《きょうしゅう》に、店の大事な金銀を注ぎ込むのではないか。幸の心の奥底に、澱《おり》のように沈んでいた迷いを、「五鈴屋の要石」は綺麗に掬《すく》い取ったのだった。

明けて、天明六年（一七八六年）。

この度の御用金は、大坂中を震撼《しんかん》とさせていた。

噂《うわさ》によれば、おかみは、内平野《うちひらの》町の米屋や高麗橋《こうらいばし》の越後屋、今橋の鴻池《こうのいけ》、新難波《しんなんば》の泉屋に金七万両、天満屋《てんまや》や小橋屋《こばしや》、加嶋屋《かしまや》、升屋などに金五万両という壮絶な指定高を言い渡したという。無論、指定された額がそのまま請け負い額となるわけではないが、町人の懐を当てにするどころではない、最早、横暴とも言えるおかみの振舞いであった。

請高《うけだか》が百五十二万両に達したことが公にされた途端、大掛かりな普請《ふしん》や大きな買い物など、買い控えに歯止めが掛からなくなっている。

「睦月《むつき》でこれやったら、如月《きさらぎ》や葉月《はづき》はどないなるんだすやろな」

「けど、昔はもっと物が売れんかった、と聞いてますで」

五鈴屋の蔵の方から、手代らが話す声が聞こえる。

広縁で読売《よみうり》に目を走らせていた幸は、ふと口もとを緩めた。傍らを見れば、お竹も運針の手を止めて笑っている。

「昔は、もっともっと物が売れまへんだなぁ、ご寮さん」

「ええ、私が女衆奉公に上がった頃は、大変だったわ」

五鈴屋は、離縁した菊栄の敷銀、三十五両さえ用意できずに、天満組呉服仲間から借り受ける始末だった。往時を思えば、懐かしさよりも切なさ、苦さが優《まさ》る。

五鈴屋のみではない、世の中そのものが不景気だった。少しずつ景気が上向きになり、田沼意次が実権を握るようになってからは、売り買いに勢いがついた。

江戸から遠く離れたこの地では、公方《くぼう》さまも政《まつりごと》も庶民の暮らしとの関わりは薄い。

お奉行の名さえ覚えず、と謳《うた》われるほどだ。

だが、飢饉の対応の不手際や、二年前に長男意知《おきとも》が殿中で旗本に斬られたことなど、政に興味の薄い大坂者の間でも、意次の評判は芳しくない。

さらなる不興を買ったのが、意次が大坂に設置しようとしている貸付会所であった。御用金の対象をほぼ全国に広げ、集まった金銀で諸大名に融資を行うという。大名は助けても、民を助ける意思はない、というのを公言したに近かった。

手もとの読売には、田沼意次と若き白河《しらかわ》藩主松平定信《まつだいらさだのぶ》との確執が面白おかしく描かれている。

「珍しおますなぁ、ご寮さんが読売、読まはるの」

お竹に指摘されて、幸はほろ苦く笑った。

「御用金や貸付会所のことで、何か動きがないか、気になってしまってね」

五鈴屋が町奉行所に出した条件は、飲むとも飲まないとも、未《いま》だ返答がない。しかし、おそらく、五鈴屋の提示した五百両も、公にされた請高《うけだか》に含まれているのだろう。

「えらい目ぇに遭うんは、いっつも、立場の弱い者ばっかりだすなぁ」

九十三歳の人生分、重みのある独り言であった。

その年、大坂の商家にとっては、文月《ふみづき》、葉月、長月《ながつき》とおかみによって、嵐《あらし》の中の小舟の如く、翻弄《ほんろう》させられる秋であった。

まずは文月、幕府は大坂に貸付会所を設置し大名に貸し付けるため、全国の町人、寺社、山伏、百姓らに御用金を命じた。

葉月二十五日、第十代将軍、徳川家治《とくがわいえはる》が逝去。それから数日を置かずして、公方さまという後ろ盾を失った田沼意次は失脚した。

翌、長月十二日、貸付会所は頓挫《とんざ》。御用金は中止、打ち切りとなる。

そうなると、問題は、昨年の御用金下命であった。請高百五十二万両はどうなるのか。おかみに納める訳ではなく、相対で貸し付けるため、まだ何処《どこ》も実行に至っていない。

出さずに済むのなら、これほど助かることはない。中には一軒で三万両を請け負った鴻池屋の例もある。大坂中の商家が、やきもきと町奉行所の出方を待った。

神無月、御用金を担当した西町奉行は罷免《ひめん》された。そして迎えた、閏《うるう》十月十日。

五鈴屋大坂本店の離れでは、主だった奉公人たちが、幸とともに、店主の帰りを待っていた。五鈴屋九代目徳兵衛は、今朝、町奉行所から呼び出しを受け、羽織姿で出向いていたのだ。

「旦那さん、遅おますなぁ」

辰助はそわそわと落ち着かず、障子を開け放って、丁稚を呼ぶ。

「誰ぞ、表へ出て、旦那さんがお帰りやないか、見て来なはれ」

へぇ、との返事とともに、通り庭を駆ける軽い下駄の音がした。入れ違いに、雀躍《じゃくやく》せんばかりの為助が、裏戸から現れた。縁側に両手をつくと、座敷の皆の方へと身を乗りだす。

「ご寮さん、大番頭さん、打ち切りだす。御用金打ち切りの沙汰があったそうだす」

「ほんまか、ほんまなんやな、為助どん」

辰助が相手の胸倉《むなぐら》を摑《つか》んで、ゆさゆさと揺さ振って確かめる。

「へぇ、今、伏見屋から私に遣いが来ましたよって、間違いおまへん」

刹那《せつな》、離れ座敷からも、裏戸からも歓声が上がった。

「ご寮さん、宜しおましたなぁ」

高島店の支配人、末助が満面に笑みを浮かべれば、大番頭の辰助が、上ずった声で女衆頭を呼ぶ。

「お松どん、お松どん、赤飯や、赤飯の用意をしなはれ」

皆が喜びを弾けさせる中で、静かにじっと座っている者が二人。ひとりはお竹、今ひとりは幸であった。

辰助がそれに気づき、

「そうだすな、喜ぶんは、旦那さんのお帰りを待ってからだすな」

と、反省しきりであった。

だが、それから一刻（約二時間）が過ぎても、賢輔は戻らない。

高い位置に在った陽が傾き、楓《かえで》の樹《き》の影が伸びて母屋の方まで届いても、賢輔は帰らなかった。

安堵《あんど》に満ちていた離れ座敷は、次第に重苦しい雰囲気に変わっていく。

何かあったのではないか、誰か供を付けるべきだった、と各自が思い始めた時、漸く、賢輔が戻った。

奉公人らから「旦那さん、お帰りやす」「お帰りやす、旦那さん」と口々に迎えられた賢輔だが、皆の後ろに控える幸に気づいた。

黙って頷いてみせる賢輔に、幸は願いが聞き届けられたことを知り、笑みを添えて頷き返した。

九代目店主は、男仕立ての羽織姿のまま、先ず、奥座敷の仏壇に手を合わせる。

長い祈りを終えると、合掌を解いて、

「皆に話がおます。手代から上の者はここへ集まるように。末助どん、高島店に使いを遣《や》って、手代らをこっちに呼んどくれやす」

と、厳《おごそ》かに命じた。

御用金五百両を、尼崎藩にそのまま貸付けることとし、年内に出金を行う。利子の前納は求めず、返済の遅延や不能の場合の手当てなども一切設けない。

「御用金が打ち切りなったさかい、この話、おかみとは一切、関《かか》わりがおまへん。今日だけは、町奉行所に間に入ってもろて算段を整えてきたけれど、今後、尼崎藩との遣り取りは、表に出さしまへんよって」

間の襖《ふすま》を取り払い、中と奥とを繋《つな》げた座敷で、大番頭以下手代まで、皆、固唾《かたず》を呑んで店主の話に聞き入った。

幾つも置かれた行灯《あんどん》の明かりが、辰助や末助、それに手代らの戸惑いの表情を淡く照らしだす。

店主の話が終わったあと、誰も口を利かない。これだけの奉公人が集まっているというのに、針が落ちた音さえ聞こえそうなほどの静けさであった。

おかみが打ち切りにしたものを、何故《なぜ》、支払わねばならないのか。

五百両、五鈴屋の商いに用立てた方が、よほど実があるのではないのか。

そうした不満があって当然だった。

だが、奉公人は、店主の決めたことに一切逆らえない。それが商家の則である。

大番頭の辰助、支配人の末助が拳に握った両の手を震わせ、懸命に理不尽に耐えている。

幸が皆に、そう決心するに至った理由を伝えよう、と口を開きかけた時、賢輔がそれを察して、ゆっくりと頭を振った。

奉公人たち自身に考えさせたい、との思いを酌《く》み、幸は唇を結び直す。

「皆、遅うまで済まなんだ。それぞれ、持ち場に戻っとくなはれ」

一同は「へぇ」と声を揃え、店主夫婦にお辞儀をすると順に退室した。口に出来なかっただろう悔しさや苦さは、皆の去ったあとも、座敷に留まり続けていた。

籠《かご》一杯の柚子《ゆず》を天秤棒《てんびんぼう》の前後に担《にな》い、柚子売りがゆっくりした足取りで、幸とすれ違う。

爽《さわ》やかな芳香が辺りに漂い、幸は鼻から息を深く吸い込んだ。

霜月朔日《ついたち》、冬至《とうじ》。

閏十月を挟んだために、今年は冬至の巡り来るのが早い。

店主が尼崎藩への貸金を決めた、あの日からひと月足らず。初めのうちは屈託を封じている風にも見えた奉公人たちも、何時しか鬱屈《うっくつ》を払い除《の》けたようだった。

「ご寮さん」

不意に、背後から聞き覚えのある声で呼ばれた。振り返れば、思った通りの人物が、にこやかに立っている。

「周助どん」

「丁度良かった、ご寮さん、お話したい、と思うてたとこだす」

桔梗屋の店主は、せや、あそこへ行きまひょか、と両の手を軽く打ち合わせた。行き先を聞いて、幸も笑顔になった。

あもや、と書かれた暖簾を潜《くぐ》り、衝立《ついたて》で仕切った奥の床几《しょうぎ》に座る。五鈴屋からも近く、亡き富久が好んだ店だった。細々ながらも暖簾を継いで、守る者が居た。

「ここの酒饅頭《さかまんじゅう》、お家《え》さんがお好きでしたね」

「昔はこの倍はおました。年々、ちょっとずつ小さなって」

お茶と酒饅頭を楽しんだあと、周助が、

「この間、末助どんと話しました。例の御用金の件だす」

と、切りだした。

桔梗屋と五鈴屋高島店とは隣り合う。八代目店主だった周助のことを、支配人の末助は何かと心頼みにしていた。

「末助どんを含めて、皆、『何で旦那さんは』いう思いがあったようだす。正直な話、私と鉄助どんも、江戸の大火のあと、ご寮さんから仰山の古手を送るように言われた時、同じように思うたことがおましたよって」

堪忍したってください、と周助は気恥ずかしそうに頭を下げる。そして、徐《おもむろ》に話を続けた。

五鈴屋では、大坂本店か高島店、どちらかに手代や番頭が集まって、呉服について学ぶ機会を設けている。先月、高島店で皆が集まった時に、御用金の話になった。伏見屋の血が言わせたのか、為助が「大名貸しと同じで、危うい」と口にしたのをきっかけに、皆の不満が一気に溢《あふ》れた。末助が制止したものの「支配人さんかて、そない思うてはるんと違いますか」と言われる始末だ。

「為助のほかは、支配人にそないな口の利き方をする者は居てません。あれは余程、頭に血ぃが上ったんだすやろ。その時、貞七どんが、こない言うたそうな」

――私の父親は長いこと、呉服の背負い売りをしてました。その父親が口癖のように「どない遠い場所でも、空はひとつに繋がってる。同じ空のもと、色々な縁が結ばれて、商いは成り立つ。せやさかい、ひとさんに手ぇ貸せる時は貸して、借りる時は借りなはれ」て言いますのや。旦那さんやご寮さんが時々、口にしはる「万里《ばんり》一空《いっくう》」て、そないな意味やないか、と私は思うてます

「五百両は大変な額だすが、御用金としてなら腹据えられます。誰かて、今の五鈴屋の商いにそない障《さわ》るもんと違う、いうのはわかってますのや。せやさかい、貞七どんのひと言が、その場ぁの雰囲気をがらりと変えたんやと思います。ことに為助どんは、年下の手代の言葉に、えらい己を恥じたそうだす。末助どん自身も、『垂れ込めていた雲が切れて、青い空の見える思いがした』と話してました」

貞七が語ったという言葉に、幸の双眸は潤みだした。薄く膜を張り始めた涙を、俯いて堪える。

そんな幸に、周助は温かな眼差しを向ける。

「ご寮さん、五鈴屋は大坂本店、高島店、仕入れ店の巴屋《ともえや》。全部合わせて、奉公人の数はとうに百人を超えました。江戸本店まで加えたなら、じき二百に届きますやろ。『買《こ》うての幸い、売っての幸せ』で商いの柱を太うにしたら、それで得た利のうちの幾分かを、世の中の役に立てるために使う。そないなことが出来る店になったんや、

と思います」
――世の中のお役に立ててこその、生き金銀《がね》だすやろ
――五鈴屋は、それだけの店になった、その証だすなぁ
五鈴屋八代目店主だった男の言葉は、そのまま「五鈴屋の要石《かなめいし》」の言葉に重なるのだった。

師走八日、五鈴屋の菩提寺《ぼだいじ》の連福寺で、富久の法要《ほうよう》が営まれた。店からは辰助や末助など主だった奉公人とお竹、鉄助、それに周助夫婦、治兵衛夫婦など所縁《ゆかり》のひとたちが本堂に集まった。

富久が六十六歳で他界して、早《はや》や四十一年が過ぎたことに、幸は改めて驚く。

「旦那さん、ご寮さん、お久しぶりだす」

法要を終えて、本堂を出たところで、店主夫婦を呼び止める者があった。

長男の益彦に腕を取られ、曲がった腰を精一杯に伸ばした、白髪頭《しらがあたま》の老人。その姿を認めて、幸は駆け寄った。

「留七どん、ご無沙汰《ぶさた》しています」

「ご寮さん、お元気そうで何よりだす。長男のこれも、末の貞七も、えらいお世話に

なってます」

年寄りは子のために、幾度も幾度も頭を下げる。

留七どん、と賢輔が相手の名を呼んで、歩み寄った。

「年が改まったら、幸とふたりで一遍、留七どんの住まいへ寄せてもらおうと思うてます」

「私とこへ、だすか？　貞七が何ぞ、しでかしましたやろか」

年寄りの危惧《きぐ》を、「違う違う」と夫婦は揃って打ち消す。

賢輔は腰を屈めて、留七の顔を覗き込んだ。

「相談事がおますのや。睦月九日は天赦日やさかい、その日ぃがええと思うてます。都合、つけてもらえませんやろか」

九代目に懇願されて、留七は訝《いぶか》しがりつつも、「へぇ」と応じた。

「旦那さん、留七どん」

隠居した鉄助が、撞木杖《しゅもくづえ》を突き突き、二人の方へと駆け寄った。

それぞれ、八つ九つで五鈴屋に奉公に上がった三人だった。一緒に居るところを見ると、時が戻るように思われる。

――頼みましたで、幸

真澄の空から、富久の声が降ってくる。

幸は目を閉じ、はい、と胸のうちで応える。

七代目と九代目とで、誰に十代目を託すか、よくよく話し合い、心を決めた。年明けからその準備にかかる心づもりだ。

「ご寮さん、ちょっと宜しいでしょうか」

益彦が父のもとを離れ、幸の傍に立った。

「旦那さんとご寮さんとで、お伊勢さんへ参らはると……十日後の立春に発《た》たはる、と伺いましたよってに」

留七の倅《せがれ》は、「これを」と懐《ふところ》から何かを取り出した。

右手を開いて受け取れば、お守りか何か、鴇《とき》色の小袋に、長めに編んだ紐《ひも》がついている。

「先達《せんだつ》て、背負い売りで播磨国を訪ねた際に授かった身守りだす。旅籠《はたご》が泊り客のために拵《こしら》えたもんで、中には延命地蔵の敷石が入ってる、と聞きました」

よく守ってくれる、との噂が口伝で広まり、泊り客が絶えないのだという。

長めに編まれた紐は、苅安色と藍色の二色。紐を摘《つ》まんで、目の高さに持ち上げる。ちりり、と微《かす》かに音がした。角口に小さな鈴がひとつ、縫い留めてあった。

何と可愛《かわい》らしい、と幸は目を細める。

昔、江戸本店の周年記念に、鼻緒に鈴をつけて配ったことを懐かしく思い出す。鴇色の縮緬地《ちりめんじ》。小さなものは縫い辛《づら》いが、針目も整って丁寧な手仕事だった。紐の色が萠安と藍なのも、幸にはとても嬉しい。まるで五鈴屋のため、幸のために作られたもののように思ってしまう。

「身守り欲しさに泊まる客も多いやろと思いますが、何とも居心地のええ宿で。ああいうとこは、長いこと残りますやろ」

益彦の話に耳を傾けながら、そっと守り袋を握れば、生地越しに、こつんと固い石の手触りがした。

「ありがとうございます、大切にします」

守り袋を握り締め、幸は益彦に深く一礼した。


師走十八日、立春。

薄明の空に、明けの明星が輝く。

表通りには、昨日の節分の名残か、大豆がそこかしこに散らばる。商家の丁稚たちに競って拾われるまで、束《つか》の間《ま》の憩《いこ》いだった。

「旦那さん、ご寮さん、どうぞ道中、お気をつけて」

「お帰りをお待ちしてますよって」

初代の郷里、伊勢へと向かう店主夫婦を、辰助たち奉公人が全員で見送った。

賢輔が背中に負うのは、暖簾と同じ青みがかった緑色の風呂敷包み。幸の懐から覗く筥迫《はこせこ》には、件の守り袋が提げられている。

「去年やったら、御一緒できたんだすが」

九十三のお竹が悔しがってみせて、皆を大いに笑わせる。慌ただしい師走にあって、心和《なご》む旅立ちとなった。

大坂から京、鈴鹿峠《すずかとうげ》を越えて、関《せき》の追分《おいわけ》、津《つ》、そして伊勢街道へ。常は五日、若ければ四日で行く旅を、夫婦はゆっくりと片道に七日かける。

「奉公人の中から何人か——まずは貞七どん、それに為助どんを、江戸本店に預けよか、と思うてます。この先、店前現銀売《たなさきげんぎんう》りをするとなると、壮太どんらに仕込んでもろた方がええ」

「仰《おつしや》る通り、大事なことだと思います。江戸と大坂、両方知って初めて、見えることもありますから」

五鈴屋に入って、幸は五十三年、賢輔は四十七年。五鈴屋の来しかた行く末について、話すべきことは沢山あった。初代徳兵衛が、七代目と九代目に与えてくれた、かけがえない刻のように、ふたりには思われる。

松阪《まつさか》を過ぎると、彼方に低い山々が連なり、旅人を神宮へと誘う。道は平らかで、峠を越えた足には優しく、歩き易い。櫛田川《くしだ》、宮川《みやがわ》と大きな川を渡り、長い長い牛谷坂を下れば、左手に猿田彦《さるたひこ》神社。ここまで来たなら、伊勢街道も終わりに近い。

伊勢参りの善男善女で、辺りは相当に賑わっていた。夫婦は人の流れに従って、南へと折れて進むはずが、ふと、何か聞こえた気がして、足を止める。脇道で仕切られた狭い空を、白鷺《しらさぎ》の群れが、力強い羽音とともに横切っていくのが見えた。

川だ、川が在る。

「幸」

賢輔は女房の名を呼び、その手を取って走りだす。脇道を走りに走って、不意に視界が開けた。

師走の空を映して、青みがかった緑色の川が流れていた。川幅はさほど広くはなく、向こう岸に歩いて渡れそうなほどの浅瀬だった。

賢輔に助けられて砂利を踏みしめ、水際まで進む。近寄れば水は澄み、川底の石までくっきりと見えた。

初代徳兵衛が見たのと同じ景色を目にしている。その事実にふたりは胸を打たれる。姿も声も知らない。だが、倹《つま》しい旅姿の若者が川辺に佇《たたず》む。そんな幻が見えるようだった。

若き徳兵衛は、この川の姿を眼の底に焼き付けて郷里を離れ、何の寄る辺もない大坂へとひとり旅立ったのか。

九代目と七代目はどちらからともなく身を屈《かが》め、川の流れに手を差し伸べた。立春を過ぎても、水は肌を切る冷たさだった。

「創業から二十三年で大地震に見舞われて、店は倒壊。四十年で妙知焼けに遭《あ》い、何もかも焼けてしもうて……」

初代徳兵衛に話しかけるような、賢輔の語調だった。幸もそれに続く。

「三代目、四代目、六代目は短命でした。ほかにも不況や疫病や飢饉など、百年の間に色々なことがありました」

顧みれば、至らなかったことも多い。だが、初代徳兵衛の掲げた暖簾、この川の色と同じ暖簾は、百年を超えて受け継がれている。

ただ金銀が町人の氏系図になるぞかし――家柄や素性が、商いを支える訳では決してない。時に金となり、時に銀となる者たちが居てこそ、心を尽くしてこそ、商いの系譜は守られるのだ。

これからの百年も、決して安逸《あんいつ》な歳月ばかりではなかろう。だが、主従が心をひとつにして精進を欠かさぬ限り、きっと乗り越えられる。

「店にとって要になる決め事や事柄を、満遍のう、時を越えて伝えていく――そないな心づもりやけんど、出来れば、私らの代までに在った難事と、それをどう乗り越えたかを、書き残しておこうと思う」

難事に際しての主筋の心得、奉公人を守るための手立て、生き金銀《がね》の用い方。「買うての幸い、売っての幸せ」を貫くための知恵、等々。

「けんどそれは、店則、家訓、定法、どれにも当てはまらんように思う」

賢輔はゆっくりと立ち上がり、五十鈴川の流れを眼で追う。

「そうした呼び方に拘らずとも良いのでは、と思います」

幸もまた、膝《ひざ》を伸ばして賢輔と並んだ。

「五鈴屋なりの呼び方を考えてみてはどうでしょう」

「五鈴屋なりの呼び方？」

問い返されて、幸は「ええ」と頷いた。

「のちの世に伝えるもの——世傳《せいでん》、というのは如何《いかが》でしょうか」

「世傳……代々に亘《わた》って伝えていく、いう意味だすな」

それやったら、と賢輔は川面《かわも》から天へと視線を移し、暫《しば》し考えたあと、幸を見た。

「『商い世傳』というのは、どやろか」

商い世傳、と繰り返し、幸は破顔する。

次の百年、さらに次の百年へ。のちの世に五鈴屋の商道を伝えていく。

商いは川の流れに似ている、と語ったのは、番頭の治兵衛だった。流れを乱す者も居れば、洪水も渇水もある。真っ当な商人は、正直と信用を道具に、穏やかな川の流れを作りだす、と。

その川に橋を架けたい、と願ったのが、賢輔と幸だ。ひととひととの縁を繋いで、まだ見ぬ世界へ行きたい、と。

先人の想《おも》いを後世に伝えるべく、いざ、次の百年へ。

初代徳兵衛の想い、七代目と九代目の祈りを水面《みなも》に乗せ、伊勢湾を目指して、五十鈴川は清らに、厳かに流れていく。


（了）

治兵衛のあきない講座

特別巻のお代わりを
お届け出来る果報、
ほんにしみじみ嬉しおます。
感謝の気持ちを胸に、
早速と「あきない講座」を
開講させて頂きまひょ。

一時限目　作中の樹々や花について

桂《かつら》や小米花《こごめばな》など、作中に登場する植物は今も目にすることが出来ますか？

治兵衛の回答

六代目店主だった智蔵が息を引き取ったのは、桂の樹下でした。街路樹として見かけることの多い桂ですが、葉はハートの形で、落葉はキャラメルに似た甘い香りがします。普段は気づかなくとも、晩秋、その香りにハッとさせられます。小米花というのは、ユキヤナギ（雪柳）のこと。名前通りの姿ですが、目を凝らせば小さな花々は「小米」と呼ぶに相応しく、何とも優しい香りがします。物語に彩を添えるべく、様々な植物を登場させていますが、案外、今も身近に見られるものばかりです。探してみて頂ければ嬉しおます。

二時限目　架橋の工法

江戸時代、大川（隅田川）にどのようにして橋が架けられたのか、不思議でなりません。

治兵衛の回答

両国橋や永代橋など浮世絵に描かれる橋を見るにつけ、同じ疑問が浮かびます。クレーンなどの重機もない時代にあれほど大きな橋を架けたのですから、驚きます。実は大川に架かる橋の工法について、江戸時代の資料は殆《ほとん》ど残っていません。おそらくは、杭の上に台座を設け、土俵を積んで左右から人力で交互に引っ張り、杭を揺すりながら川底に押し込んでいく、震込《ゆりこみ》と呼ばれる方法が取られたのではないか、と推測されます。それでも「足場をどうやって組んだのか」等々、疑問は尽きません。解明できそうで難しい、ミステリーのようです。

三時限目　お代わりをもっと

特別巻のお代わりを楽しみにしています。一度と言わず何度もお代わりしたいのですが。

治兵衛の回答ならびにご挨拶

この度は同様のご要望を仰山、頂戴しました。ほんに、ありがたいことでおます(涙目)。幸たちの物語は今巻にて幕引きとなりますが、五鈴屋の主従の想いは「いざ、次の百年へ」。お代わりならぬ「代替わり」で、何時《いつ》の日か、御目見えの機会もございますやろ。大坂には「商いは牛の涎《よだれ》」いう言葉がおます。浮き沈みの多い商いやからこそ、どんな時かて気ぃを長うに、途切れんように、いう大坂商人の心がけを表したもんだす。読者の皆さまとのご縁も、商い同様、末永ぅ大切にさせて頂きとうおます。またの日ぃまで、皆さまの心の隅に、青みがかった緑色の暖簾《のれん》、そっと掛けたままにさせて頂きます。おおきに、ありがとうさんでございます。

作者より御礼

「あきない世傳　金と銀」シリーズが産声を上げたのは、二〇一六年。早いもので八年の歳月が流れました。この間にコロナ禍や戦禍があり、終わりの見えない息苦しさは今なお続いています。「大海篇」を手がけていた頃から、このシリーズの有りようについて深く考えるようになりました。困難や理不尽を乗り越え、難儀な人生をともに歩いていく——そんな存在のシリーズでありたい、と今、強く願っています。

作家として「書きたい」「書かずにいられない」題材が、私にはあります。充分な準備期間を経て、新たなシリーズを紡《つむ》いで参ります。同時に、タイミングを見計らい、五鈴屋の後継者たちの物語を、不定期にお届けしようと存じます。治兵衛の挨拶の通り、末永いお付き合いを賜れますように。

心からの感謝を込めて

「あきない世傳　金と銀」シリーズ著者

髙田郁　拝

本書は時代小説文庫（ハルキ文庫）の書き下ろし作品です。

時代小説文庫
た 19-32

幾《いく》世《よ》の鈴《すず》 あきない世傳《せいでん》 金《きん》と銀《ぎん》 特別巻《とくべつかん》（下）

著者 髙田《たかだ》 郁《かおる》

2024年3月8日第一刷発行

発行者 角川春樹

発行所 株式会社 角川春樹事務所
〒102-0074 東京都千代田区九段南2-1-30 イタリア文化会館

電話 03(3263)5247[編集] 03(3263)5881[営業]

印刷・製本 中央精版印刷株式会社

フォーマット・デザイン＆シンボルマーク 芦澤泰偉

ISBN978-4-7584-4621-1 C0193

http://www.kadokawaharuki.co.jp/[営業]
fanmail@kadokawaharuki.co.jp[編集] ご意見・ご感想をお寄せください。

〈 高田 郁の本 〉

あきない世傳《せいでん》金と銀シリーズ

「買うての幸い、売っての幸せ」を実現させていく、主人公・幸《さち》の商道を描いた大人気シリーズ。

①源流篇
②早瀬篇
③奔流篇
④貫流篇
⑤転流篇
⑥本流篇
⑦碧流篇
⑧瀑布篇
⑨淵泉篇
⑩合流篇
⑪風待ち篇
⑫出帆篇
⑬大海篇

契り橋　特別巻［上］
幾世の鈴　特別巻［下］

時代小説文庫
ハルキ文庫